在阅读中展开，人生的可能

CONTENT
肯特文化

相见何如不见时

仓央嘉措，他在春花秋月里等你

吴俣阳 著

长江出版社

图书在版编目（CIP）数据

相见何如不见时 / 吴俣阳 著；
— 武汉：长江出版社，2017.5
ISBN 978-7-5492-5136-0

Ⅰ.①相… Ⅱ.①吴… Ⅲ.①散文集–中国–当代 Ⅳ.①I267

中国版本图书馆CIP数据核字(2017)第132015号

相见何如不见时 / 吴俣阳 著
仓央嘉措，他在春花秋月里等你

出　　版	长江出版社
	（武汉市解放大道1863号 邮政编码：430010）
选题策划	肯特文化
出 品 人	柯利明　林苑中
特约监制	伊　然
市场发行	长江出版社发行部
网　　址	http://www.cjpress.com.cn
责任编辑	钟一丹
特约编辑	聂福荣
装帧设计	梧　白
印　　刷	三河市华东印刷有限公司
版　　次	2017年8月第1版
印　　次	2021年5月第2次印刷
开　　本	710mm×1000mm　1/16
印　　张	16
字　　数	236千字
书　　号	ISBN 978-7-5492-5136-0
定　　价	39.80元

版权所有，翻版必究。如有质量问题，请联系本社退换。
电话：027-82926557（总编室）027-82926806（市场营销部）

目录

前言　世间安得双全法，不负如来不负卿　　　　1

第一卷　迷失菩提：佛前哭泣的玫瑰　　　　001

第一章　只为途中与你相见　　　　003

第二章　大道明明为我宣　　　　010

第三章　相见何如不见时　　　　019

第四章　十地庄严住法王　　　　026

第二卷　青梅竹马：不负如来不负卿　　　　035

第五章　世间安得双全法　　　　037

第六章　名家有女初长成　　　　048

第七章　就中难测是深情　　　　062

第八章　别问是劫还是缘　　　　071

第三卷　情深不悔：我是人间惆怅客　　　　085

第九章　恰似东山山上月　　　　087

第十章　玉树临风一少年　　　　096

| 第十一章 | 我为忧思自憔悴 | 107 |
| 第十二章 | 琼结佳人独秀群 | 117 |

第四卷　风流情种：世间最美的情郎　129

第十三章	破晓归来积雪中	131
第十四章	暂时判袂莫伤情	143
第十五章	游戏拉萨十字街	159
第十六章	不遣生前有别离	172

第五卷　神王诗人：此情无关风与月　189

第十七章	云霄一羽雪皑皑	191
第十八章	为卿憔悴欲成尘	203
第十九章	怨杀无情一夜霜	213
第二十章	知情只有闲鹦鹉	222
第二十一章	历历情人挂眼前	231

尾声　239

前言

世间安得双全法，不负如来不负卿

因为《不负如来不负卿》与仓央嘉措结缘，因为一首诗爱上一个人。

每每读仓央嘉措的文字，那高高在上的六世达赖喇嘛倾心写下的诗句，能想到的，却只有雪域高原蓝得纯粹的天和白得纯粹的云，空灵、恬静、飘逸、洒脱。

一直觉得这是个既多情又浪漫的男子，一生短暂却留下悠远绵长的故事，时时打动着我们易感的心，让我们总是与他同在，无论在那高高的山巅，还是在那曲水流觞的溪口。如果你是当时的女子，你一定会喜欢上他，喜欢在窗前听他吟诗，喜欢在月下听他浅唱，喜欢在禅房听他讲经，然后，任他把胭脂色的花钿贴上你热恋的额头。

他位高权重，甚至神圣不可侵犯，却又叛逆不羁，一心只想在山高水长里寻觅一份属于他的情爱与心动，而这些遭遇，以及那点点滴滴的思绪，都成就了他与众不同的传奇性的一生。或许，远离布达拉宫是他的幸运而非劫难，所以，站在他背后的我，只想在夕阳西下的光影里，为他祈祷，但愿曾经沧海的他终能够逃离这多事的世界，在那桃花开遍的水湄，逍遥一生，欢喜一生。

——给我心中的仓央嘉措

推窗望月，清风如橘。凝眸，灵魂的乐章于发愣之际若烟火般绚烂升华。窗下巍峨的青山隐隐延宕向亘古的远方，听晚霞丝丝线线穿梭交织着梦想的图景，看倦鸟归巢背负着满天紫色的梦幻，我只想偎在古色古香的廊檐下，拾取相思树畔一片静穆的玄想，于宁谧中遥寄天涯，共此明月一轮，倏忽间点燃天地间万千诗意。

海天茫茫，拉不开恩怨纠葛，扯不断缠绵悱恻，阅不尽人生沧桑，解不完世间风流。我能听到的，唯有我的心，在日升月落时，始终伴随着凝露的花儿一起绽放，一起凋零，我知道，那是我的感动，也是我的向往。只是，那临窗思慕的人儿，此时可曾将少女的情怀从远古的铜镜中轻轻捞起，而那潺潺流过的溪水，又可曾将缥缈的紫气用竹篮过滤得空洞灵明，和蓝天一起，把本真与纯粹一一还给这个世界？

隐约之间，广漠空虚的世界里，苍凉的旋律在风过后的荷塘畔悠然奏响，似水般缠绵，如丝般轻柔，用一颗锦绣做成的心爆裂着莲花盛开般的光芒，于是，六世达赖喇嘛仓央嘉措不息的情歌，便又清晰地吹进了生命火焰始终不泯的心灵：

> 心头影事幻重重，化作佳人绝代容。
> 恰似东山山上月，轻轻走出最高峰。

> 一自魂销那壁厢，至今寤寐不断忘。
> 当时交臂还相失，此后思君空断肠。

六世达赖喇嘛仓央嘉措，给后人留下的是天下第一有情人的风雅形象。灵山遥遥，经幡飘飘，那一缕灵动的梵音，始终招引着超越世俗的朝圣者艰苦卓绝地行进在或平坦或崎岖的道途，前赴后继，从未间断；而作为活佛的雪域之王仓央嘉措却在这条充满希冀的路上演绎着一段段令人扼腕唏嘘的情爱悲剧，给求圣者们捎去生命中最真实的感动。

佛是什么？寻佛成祖的路途中，是否必须经历喧嚣红尘中那一幕幕繁华与颓败的洗礼？佛陀释迦牟尼之所以伟大，是因为他经历了从繁华之极到淡定之极的蜕变,并非他一出生就能洞悉了悟生命轮回的十二因缘,而仓央嘉措要在成佛的道路上一路走下去,自然也要经历一番大艰辛。

不历经磨难,如何见彩虹?释迦牟尼从凡人到成佛的过程,恰恰印证了生命需要在多生多劫中不断受罪与吃苦,才能获得灵魂上的不断升华;而仓央嘉措对性灵与爱情的渴求,往往和高高在上的神佛,或者和人为臆想的若干天条是相违背的,于是,从他流连于八廓街的各种酒肆之际,便已注定他只能成为一个失败的活佛。

然而,因缘际会,上天又于无意间将仓央嘉措铸就成一个伟大的诗人,一个世间罕有的有情人。当踏着温软多情的雪花,从夜色笼罩下的神坛偷偷走出宫门的他来到那个仿佛东山明月般皎洁的少女面前时,也许就是为了印证过往中那一个又一个让人心醉神迷的瞬间的到来。但,这样的行为显然与世人理解的神佛相去甚远。

佛是有情觉悟了的众生,那世间清纯灵动的女子又如何呢?那纯净有如喜马拉雅山的冰洁心灵,那潋滟有如纳木错圣湖的澄澈情怀,终让仓央嘉措灵魂深处生出对爱情的渴慕,于是在那些个不为人知的夜晚,他们千怜万爱,入神,入灵,入魂,又一个生命的轮回如同隽秀的画轴被缓缓铺展在人世的灯光下。而佛之出入于世间的情怀,亦实实在在地给了人间最彻底的警示。

爱,生生世世苦苦追寻着某人的爱情,生生世世苦苦眷恋着某人的执着,那"恰似东山山上月"的"佳人绝代容"也只是心头一抹珍念,遥远得无法用时间与空间丈量,但他始终"寤寐不断忘",而那一句"心头影事幻重重",更道尽人世间所有执着于思念的情爱最终的虚幻不实,所以到最后也只能抱着"此后思君空断肠"的空寂,度过悲伤苦痛的一生了。他短暂的情感示现,最终的生命归宿,至今都还是未解的秘密,但无论怎样,他带有悲剧色彩的一生,总是能给我们这个五毒炽盛的人间以某些正面的启示。

静时修止动修观，历历情人挂眼前。
肯把此心移学道，即生成佛有何难。

仓央嘉措的"历历情人挂眼前"，描绘了他在研习佛法和追求爱情之间难于取舍的矛盾心情。从字面上解释，这首诗的大意是说观照时凝神于一处，将满腔的爱意倾注于一个又一个的具体形象上，清晰着一个又一个执着的相，也就是成就灵魂升华的参照物。如果能将此种意识转移到学道上，也就可以将学道之外的名闻利养、宠辱得失统统放下，成佛成道也就很容易了。

这世间，本色的真爱，实为难得，若有，最终亦会以凄艳的悲剧结局，任后人久久凭吊，亦如仓央嘉措对玛吉阿米的眷恋。真爱如佛心者，世上也许不会存在，但仓央嘉措超越凡俗乃至宗教条规的对于爱情的生死追寻，却将所有的顾忌统统放下，于大悲大喜的真实感动里时时激荡着心灵的梵唱，或许，这才是最真实的菩提觉悟的行迹吧。

把酒问天，静默中，再次聆听仓央嘉措透着人性真相的梵唱，心，禁不住悲喜交结：

第一最好不相见，如此便可不相恋。
第二最好不相知，如此便可不相思。
第三最好不相伴，如此便可不相欠。
第四最好不相惜，如此便可不相忆。
第五最好不相爱，如此便可不相弃。
第六最好不相对，如此便可不相会。
第七最好不相误，如此便可不相负。
第八最好不相许，如此便可不相续。
第九最好不相依，如此便可不相偎。
第十最好不相遇，如此便可不相聚。
但曾相见便相知，相见何如不见时。
安得与君相诀绝，免教生死作相思。

因缘际会，少年时代的仓央嘉措并没有出现在神圣的布达拉宫中，也没有过着被清规戒律包围的活佛生活；恰恰相反，年少懵懂的他在这段相对自由的时期在民间邂逅了美丽纯真的少女玛吉阿米，并与之相恋相爱，共同谱写演绎出一段凄婉甜美的爱情故事。

少年的天性一经跟人性里情爱的因缘汇合，那巨大的牵引力就让他永远无法摆脱掉爱欲的"桎梏"，以至于成为活佛后的仓央嘉措也不禁咨嗟惋叹着"不相见""不相知""不相伴""不相惜""不相爱""不相对""不相误""不相许""不相依""不相遇"。

对混迹于红尘之中的仓央嘉措来说，这假定的十个前提是毫无意义的，而后来的"不相恋""不相思""不相欠""不相忆""不相弃""不相会""不相负""不相续""不相偎""不相聚"，恰恰是在前面虚幻不实的因中衍生出的同样虚幻不实的果，至于怎样地去爱，仓央嘉措没有给出具体的答案，最终只是以一个苍凉孤独的背影，将自我灵性中最为艳丽的影像，永远地镌刻在了后世求真悟道者的心间。

仓央嘉措生生世世所求的"不负如来不负卿""结尽同心缔尽缘""深怜密爱誓终身"，如果我们仅仅将之当作红尘世界男女灵肉相融的快感，或者情爱泛滥的借口，便大错特错了。世间男女相亲相爱并不是目的，而是让人从中透视出生命无常，最终走向觉悟的一个关口。仓央嘉措的虔诚，纯净无瑕的少年情怀，不就是求道觉悟者所应具备的基本条件吗？若能将爱恋化成寻求菩提觉悟的动力，道心也就坚定不移了；再将人间的相知、相见、相依、相偎、相爱、相恋参悟通透，这无常变幻的欲念亦即熄灭了。

灵魂触须无处不延伸，人之灵魂，无形、无相、无声、无语、无色、无味，却广大有如虚空。而灵魂的玄机，更是我们人类无法理解透彻，也无法调控掌握的。人的过失，也许就来自灵魂深处的一念，至于人性中固有的爱恨情仇，数千年来已经上演了太多的悲欢离合。或许，当我们灵魂感悟的触须，偶然间契合了佛陀当年"中道"觉悟的因缘之际，三百多年前西藏雪域高原那个苍凉瘦削的背影，才能指引我们摈弃人性中所有虚伪的情感，毅然迈向自我灵魂不断超越的喜悦之路。

第一卷

迷失菩提：佛前哭泣的玫瑰

但曾相见便相知，相见何如不见时。
安得与君相诀绝，免教生死作相思。

你在缥缈的云端上俯视，这草甸的柔软，这溪水的澄澈；你在朗朗的月色里聆听，这大山的葱郁，这殿宇的寂寞。经文里，深藏的是你的泪水；梵音里，缭绕的是你的叹息。你是佛前哭泣的玫瑰，你是风中流浪的灵魂，你是水面漾起的涟漪，你是忘忧河上绽开的青莲……而所有人都忘记了，你的心，从始至终，由来都只归属于爱。

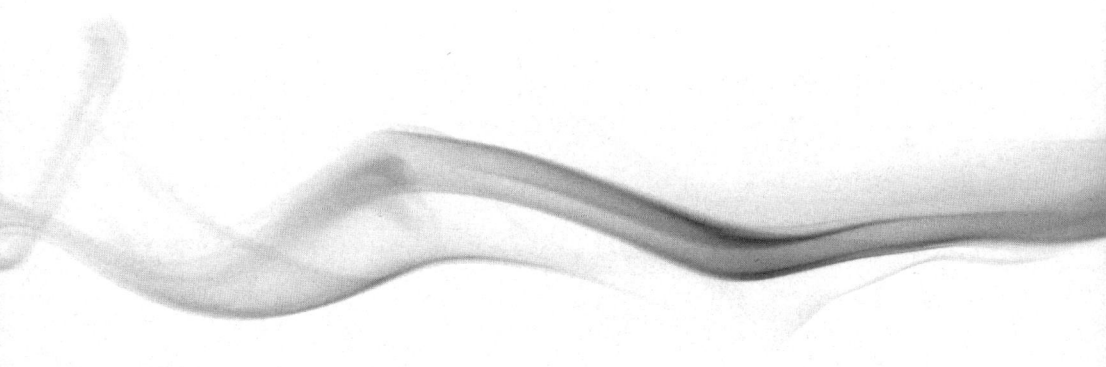

第一章 只为途中与你相见

那一夜，我听了一宿梵唱，不为参悟，只为寻你的一丝气息。
那一月，我转过所有经轮，不为超度，只为触摸你的指纹。
那一年，我磕长头拥抱尘埃，不为朝佛，只为贴着你的温暖。
那一世，我翻遍十万大山，不为修来世，只为路中能与你相遇。
那一瞬，我飞升成仙，不为长生，只为佑你平安喜乐。

那一天，闭目在经殿的香雾中，蓦然听见你颂经中的真言。
那一月，我摇动所有的经筒，不为超度，只为触摸你的指尖。
那一年，磕长头匍匐在山路，不为觐见，只为贴着你的温暖。
那一世，转山转水转佛塔，不为修来世，只为途中与你相见。

那一刻，我升起风马，不为祈福，只为守候你的到来。
那一日，我垒起玛尼堆，不为修德，只为投下心湖的石子。
那一月，我摇动所有的经筒，不为超度，只为触摸你的指尖。
那一年，我磕长头在山路，不为觐见，只为贴着你的温暖。
那一世，转山不为轮回，只为途中与你相见。

夏天的拉萨，云很低，像是触手可及的棉花糖，更若"风吹草低见牛羊"的牧群，只一眼，便喜欢上了这里的静幽与淳美。放下行囊，仰躺在山花遍野的草原上，才发现这流火的六月，天居然可以蓝得那样澄静耀目，心，一下子就浸在了遥远的空灵中，只想在那一曲从林木深处传来的藏歌声中寻找遗失了许久许久的纯真与纯粹。

漫山遍野的格桑花开得如火如荼，在微微漾起的风中尽情摇曳着世间最美的芳华，还能有什么比这一抹原始的绚美更能牵引我向往的目光？放眼望去，潺潺的溪流在远处的山脚下欢快地嬉戏，依依的柳枝在低坡上温和地低语，阳光也眷恋着不愿离开这片写满风情的空间，一切的一切，都将拉萨宁静的夏天引向亘古的深远与空寂。

这里没有熟悉的人群，没有北京街头的喧嚣，没有华灯初上的杯来盏往，也没有都市夜总会里歇斯底里的喧哗，更没有情人于耳畔窃窃私语的浪漫。那些平时必须包裹着的伪装，此刻都蜕成一地飘飞的芦花，变得风轻云淡，而那些职场上的尔虞我诈、名闻利养，也都显得无足轻重。我知道，拉萨的风，把世间所有的得失计较都过滤成了一杯清醇的酒，每个来到这里的人，都会在不自觉中历经一场心灵的洗礼，而我也不例外。

一切都是安静而甜美的。抬头望望，便可以惊奇地发现，原来这里的天是圆的，仿佛一个大大的泛着青色的藏包，而它的四个边角都被掖在了青藏高原碧绿的草甸里。我被这壮美的景象惊得目瞪口呆，然而还没等我还过神来，便又惊觉，那青色的藏包里随意放着的，是怎么也数不过来的可以四处漂泊的白云。此时此刻，我再也按捺不住激动的心情，只想匍匐在它的脚下，与天地一起欢呼，一起呐喊。

走在拉萨街头，触目所及的除了无限的温柔与敦厚，还有简洁而强烈的绚丽色彩，那一抹抹的蓝、一丛丛的绿，无不呈现出纯净明朗的美，给这宁静的世界又披上了一层神秘的轻纱。透明的蓝，那是古城天空的底色；圣洁的白，那是无瑕的云朵和飘逸的哈达；温暖的红，那是寺庙的外墙和僧侣的袈裟；奔放的黄，那是布达拉宫金顶绽放出的耀眼金光；生动的绿，那是罗布林卡的芳草碧树。而这一切的景致，都在拉萨热烈的阳光下，照射得白就是白，红就是红，黄就是黄，绿就是绿，没有阴暗，唯有亮堂、清晰、广阔、分明。

轻轻，攥着一把缤纷的色彩，我随着人头攒动的游人与信徒，缓缓走向位于八廓街的大昭寺。大昭寺前骄阳似火，我看见，从遥远的地方一路磕长头而来的藏人匍匐在我身前，正朝着寺门的方向一遍遍地站起、行礼、卧地，一脸的肃穆与庄严，而我，并没有跟随游人进入寺内，只是伸手理了理被风吹乱的头发，便从路边的阴凉里钻出来，随即汇入转经的人群，顺时针绕大昭寺去了寺后我最喜欢的"玛吉阿米"。

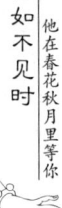

玛吉阿米。这名字令人神往，更令人遐想。只因一个人，一段情，一场幽梦，才使它名闻天下。去过西藏的朋友都说，到了拉萨，不去"玛吉阿米"感受一番那里的浪漫情怀，是一种莫大的遗憾。

三百年前，它是拉萨八廓街一座无名的黄色小酒馆，至今仍封存着那段记忆。

三百年后，它是一座墙上涂着黄色颜料的二层建筑。这里有尼泊尔风格的装饰，就连厨师都是尼泊尔人。

玛吉阿米，一个藏族少女的名字。六世达赖喇嘛仓央嘉措最钟情的女子。

"玛吉"在藏语里是圣洁、纯真、无瑕之意；"阿米"是阿妈的介词形式，在藏族人的审美观念中，母亲是美丽的化身，这样，玛吉阿米就是圣洁之母、纯洁少女之意。还有一种说法，"玛吉阿米"在藏语里是未嫁娇娘的意思，自仓央嘉措为之谱写出流芳千古的诗歌篇章之后，她又被引申为美丽的传说、浪漫的邂逅。

早就知道，凡是遥远的地方，总有一种倾世的诱惑，不是诱惑于美丽，就是诱惑于传说。西藏的诱惑，不仅仅缘于她遥远美丽的风情，更缘于仓央嘉措流传了三百年的传说。

来拉萨的游客几乎都会来"玛吉阿米"坐一坐，喝一杯满口生香的青稞酒，亲身感受下三百年前曾是仓央嘉措和玛吉阿米幽会之地的香艳氛围，寻找自己早已遗失了的初恋般的喜悦之情。然而，来这里又总会生出一种莫名的伤感，说不清到底是为了仓央嘉措与玛吉阿米那段失之交臂的绝恋，还是为了自己遗失已久的俗世爱情。在这里，人们总会跟随仓央嘉措曼妙婉约的情歌，让这种伤感在心底慢慢流淌，让往事在回忆中散发出沁人心脾的清香，然后，在别人泛黄的故事里默默打捞一直掩埋在内心深处最为隐蔽角落里的那些不为人知的辛酸与秘密。

入夜，我仍然滞留在"玛吉阿米"。在这安静澄澈的夜里，借着酥油灯温馨柔和的光芒，喝着香香甜甜的奶茶，我的灵魂渐渐被收缩成一个点，暂被安置在这静谧安然的小楼里。此刻的我,静如止水,好似把自己的心放进一个安逸的洞穴里,只在空寂的天地间,一遍遍解读着别人的芳梦,而那些尘世间的纷杂,都早已在柔软里被酿成了一抹过眼云烟。

夜深了,我依然不愿离去,继续要了一杯青稞酒,默默听着那一曲空灵的《信徒》,在酒与曲的诱惑里,渐渐迷醉,几至神魂颠倒。不经意地,我忽然感觉到了什么,透过桌边酥油灯跳动的火苗,仿佛看到一位佳人正托腮静静地坐在对面,温情脉脉地凝望着我。

隔着桌子,我俩默默对视,彼此的眼眸里闪动着莹莹的泪光。在这亦梦亦真的幻影里,让我蓦地想起仓央嘉措那首流传于民间的情诗:"我对你眉目传情,你对我暗送秋波,目光交汇的地方,命运打了个死结。"轻轻,默诵着这浪漫多情的诗句,我把迷离的目光缓缓收回,可此时的心却再也收不回来了。于是,不自觉地拿起手边的笔,在纸上随意地划动,那一瞬,一种被释放的冲动迅速涌向笔尖,每一个字,每一句话,都凝成了我对那段湮没在岁月中的史迹的向往。

玛吉阿米,让人心如止水,又令人心潮澎湃。只是,在这黄色的小楼里,我究竟在寻找些什么,得到了些什么,而在来这里之前,我又曾失去些什么?

在酥油灯下追慕着那段过往的情事,冷不防,窗外的世界却忽地下起了倾盆大雨。放眼望去,风吹草动,电闪雷鸣,整个拉萨都浸在了疾风骤雨中,而她依然矗立在高原上岿然不动,仿佛这世间再也没有任何风暴可以掀起她心底哪怕是点滴的微澜。不以物喜,不以物悲,我想,或许这就是她成为圣城的缘由吧。

在拉萨,一切都是神圣的,雨水也不例外。雨声曼妙,雨水纯净,点点滴滴,落在心间,梳洗着思绪,涤荡着尘垢,酣畅淋漓地调适着疲惫的身体,于是,心中陡地升起一种敬意,一种寄托,而这种意念转瞬间便将世间所有的浮华与欲望化作一丝清凉与爽朗。

打开随身带来的《仓央嘉措传记》,翻至那首以讹传讹的《那一年,那一月,那一天》,心中充满无限悲悯的情怀。就着醇美的青稞酒,听着雨中的电闪雷鸣,醉眼蒙眬中于灯下再次捧读此诗,我竟然感动得一时语塞,便在那冷寂中默默缅怀那一段消逝在风中的爱情,祭奠那个湮灭在历史尘埃中的男子。

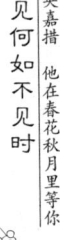

一个风雨交加的夜晚，一个孤独的男人和一首孤独的诗。我知道，《那一年，那一月，那一天》并非仓央嘉措的真笔，而是当代著名词作家何训田先生作词并由歌手朱哲琴演唱的歌曲《信徒》。然而，无论如何，这首歌的创作灵感还是缘起于仓央嘉措，以及他与玛吉阿米那段令后人唏嘘了三百年之久的旷世绝恋。空灵的歌声与缠绵的诗词完美融合，给了我更多关于美的想象，谁又能说那一句"只为途中与你相见"不是仓央嘉措的心声，谁又能够证明《信徒》的创作没有渗进六世达赖喇嘛的藏诗原句？

朦胧中，我醉在了仓央嘉措用情诗打造的那一片温柔缱绻的世界里。我用一颗敏感的心，去感悟他的悲伤，他的忧郁，他的愁苦，他的不得已与深沉的痛，刹那间，却仿佛看见他，孑然一身，踩着一缕飘香的清风飘然而来。

幸福已经和他隔了三个世纪，是他永远都触碰不到的遥远，而他那瘦削面庞下依然炯炯的目光，则向我无声地低诉着他前世的深爱与不舍，坚定而不犹豫。月光下，一道孤独的背影，就那样默默踽踽在我的窗前，踌躇、徘徊、叹息，我知道，对逝去的那段情，他依然记忆犹新，可我又如何才能帮他渡过历史的河流，去格桑花卜寻觅他的旧爱？

那一刹那，他悲天悯人的眼神让我读懂，记忆是一张挂满风铃的卷帘，藏匿不了回味里哪怕是一丝缱绻的痕迹，轻轻撩开，便可看见满目的疮痍，或是曾经的欢喜与悲伤，而那清脆悦耳的铃声，无非是装点了青春门楣的一道虚无的摆设，再悠扬动听，也无法掩盖岁月的流光。

他仍然在爱，曾经青春的羽翼，一滴滴地划破他伤痛的记忆；昨日悲痛的泪水，一点点地激起他心中万般的涟漪。再回首，时间的沙漏依然沉淀着无法逃离的过往，而记忆的双手亦总是在追忆中拾起那些明媚的忧伤，让人无法与历史割离，更无法不去留恋那些逝去的时光。在这样绝望而又古老的爱情里，时间仿若被冻结了般停滞不前，他千百次地回望，千百次地辗转，在雪雨风霜中一次又一次固执地将她找寻，却不知道，只一个痴情的回眸，岁月便迅速老了三百年的韶华，而他曾经俊美的面容也早已不再青春。

记忆宛若倒在掌中的水，无论你是摊开还是紧握，终究还是会从指缝中一滴滴流淌干净，对她的思念亦然。他不是不明白这个道理，也不是不

第一章 只为途中与你相见

懂，这样决绝的爱情，只能追忆，无可挽回，可他还是不甘心于上天的安排，他依然要将她固执地寻觅，即便找寻不见，也不会任由时间把她从他的记忆里剔除。

夜，总是在最伤怀时显得格外的寂静。我知道，他曾在佛前起誓，不再想她，不再念她，也曾在佛前告诉自己，想她是不勇敢的，想她是懦弱的，想她是浮躁的，想她是否定自己选择了佛的行为，想起她是不能被自己与佛祖原谅的。可他还是想她，无法自拔，无可救药，尽管历经了三百年的风雨沧桑，她依旧是他心底最深的思念与最重的沉痛。

他就那样静默地在我面前煎熬着，满眼柔情，满面疲惫，却又不肯对我说出一句的伤痛。我心疼他的痛，默然中却看见窗外的雨水把他肆意流淌的眼泪悄悄覆盖，于是，回忆便开始在心里残落，而对他的悲悯便又多了一份。

透过摇曳在窗前的酥油灯火苗，看他守着那份经久而又沉痛的爱，像一阵风，在万籁俱寂中吹拂着春天的记忆，待到满园春色关不住的时候，便又陡地沉入心底，泛滥成一片汪洋，流出来，只留下两颗泪滴；心，禁不住涌出一片无语的伤然。我徘徊在他的忧伤里，彷徨着他的彷徨，此时此刻，莽莽苍穹之下，仿佛只有我与这首风情万种的诗独存于世。

　　那一夜，我听了一宿梵唱，不为参悟，只为寻你的一丝气息。
　　那一月，我转过所有经轮，不为超度，只为触摸你的指纹。
　　那一年，我磕长头拥抱尘埃，不为朝佛，只为贴着你的温暖。
　　那一世，我翻遍十万大山，不为修来世，只为路中能与你相遇。
　　那一瞬，我飞升成仙，不为长生，只为佑你平安喜乐。

　　那一天，闭目在经殿的香雾中，蓦然听见你诵经中的真言。
　　那一月，我摇动所有的经筒，不为超度，只为触摸你的指尖。
　　那一年，磕长头匍匐在山路，不为觐见，只为贴着你的温暖。
　　那一世，转山转水转佛塔，不为修来世，只为途中与你相见。

　　那一刻，我升起风马，不为祈福，只为守候你的到来。

那一日，我垒起玛尼堆，不为修德，只为投下心湖的石子。
那一月，我摇动所有的经筒，不为超度，只为触摸你的指尖。
那一年，我磕长头在山路，不为觐见，只为贴着你的温暖。
那一世，转山不为轮回，只为途中与你相见。

我早已忘了这其实只是一首叫作《信徒》的歌词，甚至，潜意识中，只想把它当作被人们以讹传讹后渲染出的所谓的仓央嘉措情诗。我并不喜欢"信徒"这个名字，而喜欢仓央嘉措的崇拜者们为它冠上的那个名字。那一年，那一月，那一天。多么富有诗情画意的词眼，吟唱着这句句染香的字句，谁又忍心纠正说它并非六世达赖的真笔呢？

轻轻，念着这首多情的词，读毕，竟有一种从未有过的惆怅，透过空灵的长空，蓦然闯进屋内，深深地攫住了我，那一瞬，更有种撕心裂肺的痛将我紧紧地包裹。抬头，看那窗外雨打浮萍，一切皆恍惚若梦，只是我不明白，天空的阴霾，究竟是他的伤怀还是我的悲哀。

谁曾从谁的青春里走过，留下了明媚的笑靥？谁曾在谁的花季里停留，温暖了长久的想念？谁又从谁的雨季里消失，泛滥了思慕的泪水？他又在吟唱。用生命，用鲜血，和着无尽的泪水与不舍。在这空寂凄清的夜晚，我能深切地感受到这个男子的忧郁，还有他的绝望，他的悲恸，他的无可奈何。

沉溺在那久远的故事中，一个浅淡的回眸，烟雨迷蒙里，我仿佛听到那来自遥远年代的古老歌声，缥缈而绝望，倏忽间便穿透三百年的光阴，滑过天际，一直飘落在我的心头。

蓦然回首，隔着洞开的雨窗，我与他凝眸对视，触摸他孤寂的气息，一望便是千年。只是，我究竟在心疼什么，又在怜悯什么？而他又在寻找什么，坚持什么？

第二章 大道明明为我宣

至诚皈命喇嘛前,大道明明为我宣。
无奈此心狂未歇,归来仍到那人边。

佛曰:人生有八苦,生、老、病、死、爱别离、怨憎会、求不得、五取蕴。

佛曰:命由己造,相由心生,世间万物皆是幻象。心不动,万物皆不动。心不变,万物皆不变。

佛曰:坐亦禅,行亦禅,一花一世界,一叶一如来,春来花自青,秋至叶飘零。无穷般若心自在,语默动静体自然。

我只想简单而安静地活着。一盏青灯,一杯淡茗,一本佛经,一曲梵音,一如三百年前的你——仓央嘉措。

我只希望尘世中的一切纷纷扰扰都会自行风云落定,任时光悠悠荡荡,随意去向一个不知名的地方,去过一种与世无争的生活。不需要华丽,不需要绚烂,不需要灯红酒绿,不需要名震江湖,而心亦总是沉静的,即便低到尘埃里,也能从尘埃里开出风情万种的花来。

只想这样,一路跟着心走。想一抬头就可以看见纯净澄澈的天空,想一转身就可以看见潺潺流过的溪水,想永远都有做不完的绮梦,想每天都能悟到一些真谛。但也仅仅,只是想想而已。

倾耳，又听到朱哲琴那曲《信徒》空灵幽美的歌声。那首歌记录了一个凄美绝伦的爱情故事，总是令人百听不厌。一个英俊浪漫的男子和一个柔弱婉约的女子，于红尘万象之中，于千万年的时光流转中蓦然相遇，四目相对，秋波暗送，相互惊艳于瞬间，只一眼，便谱写了永恒的绝唱。

那是一段衍生于萍水相逢、相绝于遥首相望的爱情。凄清而无助，孤寂而彷徨。多少次夜凉似水，他站在润白洁净的花树阴影下，吹响一管悠扬缠绵的竹笛时，总有雪莲精致的花瓣伴着温柔的叹息，轻轻滑过他的面颊，那晶莹剔透的色泽透出隐隐淡淡的清香，千娇百媚的心事也被碎成层层的涟漪，在暗夜里荡漾开来，被他轻轻攫在手心。然而，错过了便是经久的伤，再多甜蜜的回忆也不会在追想中成就一段旷世奇缘，他和她也只能两两相望，终至相忘。

人这一生，或许爱过，或许恨过，或许错过，或许路过，当一切过往都烟消云散的时候，一切企图挽回的方式都是徒劳苍白的。谁都不会永远停留在起点等待已经走向另一个终点路上的过往，擦身而过的一刹那就已注定了无助的期待与默默的无望。你已走出我的视线，正如我早已无法在你心中停留，相爱的，不相爱的，走过了那个处于交叉的中点，就只能永远向着各自的方向无限延伸，连回望的机会都被甩到了无数个曾经之前。

然，这并不是他们想要的爱情。他们不甘只是曾经拥有，不甘彼此相忘于冷寂的月夜，他们期待缠绵缱绻，期待白头偕老，一生一世，生生世世。"曾经沧海难为水，除却巫山不是云"。他是她的沧海，她是他的巫云，他们许诺，任海枯石烂，离弃的脚步不会衍生于他们的足下，而他也选择了用生命去捍卫这纯真唯美的爱情之花。在仓央嘉措生命消逝的那一刻，这原本简单的爱情便在一瞬间被绝对化、永恒化了。

风，一点点地吹来，和煦而温暖。抬头望去，夜色笼罩的天幕上，弦月如玉，繁星点点，一一映照着他们曾经绚美的青春片段。相识虽浅，似是经年。唯美的诗情冶艳了少年触目的芬芳，悠长的旋律醉了少女摇曳的心旌，却掩盖不了他心头的几许惆怅、彷徨。我微闭着眼，仿佛看到他穿梭在雪山之巅、圣湖之畔，他的轮廓从模糊到清晰，那种无奈，那种撕扯，让他身心疲惫，满目萧条。他默默走在玛尼堆边，轻轻摇动所有的经筒，绽放的才情惊起满天芬芳，低回的思念令人流连。

他在经殿听了一宿的梵唱,只为找寻她如花的笑靥。想那幽居深谷的佳人,吹气如兰、暗香袭人,双眸似水、颦下生辉,他不由得匍匐在地,上下求索,叩长头于山路。不为朝觐,只为能与他心爱的玛吉阿米相遇,再为她描一次柳眉,再为她贴一次花钿,再由她伸手替他抚平眉间蹙起的忧伤,任他重温她指尖的温暖。

此刻,他温暖眸子下又掩藏着怎样的心思?是不是,对她的思念已经燃尽了他所有的激情与温度?

玛吉阿米,当我历经千难万苦,穿梭时光回到这座黄色的小楼,你又在哪里守候着我呢?你可知道此刻的我正用早已被历史尘封的温暖追忆着你曾经的温柔吗?

心,总是在最痛时,复苏;爱,总是在最深时,落下帷幕。可是玛吉阿米,请相信我,我对你的爱永远不会落下帷幕,永远。爱上你,只用了一瞬间那么短的光阴,可要忘记你却是用生生世世的时间都远远不够的啊!

仓央嘉措的心在泣血,如山边的杜鹃红得惊魂。如此痛彻心扉的诗歌,如此绝望的爱情,也只有在仓央嘉措笔下才能如珠玉般倾泻而出。

我在揣测,悲恸的仓央嘉措并非与幸福绝缘,在隐隐心痛后珍藏下的那份惦念带来的喜悦是未爱过的人无法体会的。或许,青春的寂寞总是生命的点缀,没有寂寞的青春注定是悲哀的,然而寂寞的青春不是没有幸福,那悲伤过后的永恒幸福或许只有那样至情至性的男人才可以体悟。

仓央嘉措。我屏息凝神,默默倾听着从遥远的方向传来的歌声。不知是从楼下飘然而至,还是从亘古的远方穿透时间的云层不期而来。缓缓,合上《仓央嘉措传记》,我追思的目光定落在书皮上那四个烫金大字上:仓央嘉措。噢,仓央嘉措,我从上到下,轻轻念出:仓央嘉措。对,就是这个名字,就是那个恋着玛吉阿米的痴情男子。

我正深情地注视着他,一如他情深款款地注视着玛吉阿米。

仓央嘉措出生的时代,正是西藏风云变幻,蒙藏满汉各方势力纠葛的多事之秋。在他出生之前,噶举教派(白教)掌握着西藏的统治权,对格

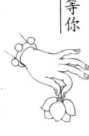

鲁派（黄教）实行压制剪除政策。格鲁派五世达赖罗桑嘉措与四世班禅罗桑曲结联合蒙古势力，密召和硕特部首领固始汗率蒙古骑兵进藏，一举推翻白教王朝，建立了以黄教为中心的噶丹颇章王朝，并由此确立了黄教在西藏三百多年的统治地位。后又经清朝皇帝册封，达赖喇嘛成为西藏至高无上的政治领袖，但蒙军入藏，也造成了固始汗操纵西藏实权的后果，导致了其后几十年间各方政治势力激烈的权力斗争。

公元1679年，年事已高的五世达赖为防自己死后大权旁落，任命桑结嘉措为第巴（即藏王）。三年后，五世达赖圆寂。第巴"欲专国事，秘不发丧，伪言达赖入定，居高阁不见人，凡事传达赖之名以行"。十五年后，在清朝康熙皇帝的追问和指斥下，桑结嘉措才将五世达赖的死讯和仓央嘉措作为转世灵童的消息公开。仓央嘉措就是在这种政治、宗教和权力斗争的漩涡中被推上了六世达赖的宝座。

公元1682年冬日的某个清晨，在凛冽的寒风中，伴随着响彻天寰的低沉威严的法号声，一面五色佛旗急促地升起在布达拉宫前广场上。按照惯例，这预示着达赖喇嘛或者第巴府将有重大事项公示。

听到法号声的人群次第而来，广场东侧的第巴府大门洞开，数十名官员鱼贯而出。第巴桑结嘉措表情冷漠地走在最后，同一名宣读官登上临时搭建的木台，其余官员则依次排列台下。

法号声在桑结嘉措身前戛然而止。宣读官手捧一块绢布宣读五世达赖佛爷法旨。风势渐渐大了起来，靠后的人们听不太清，于是前边的人纷纷向后排传递圣谕的大概意思，最后大家都知道了活佛即将闭关修行，所有政教事务交由第巴大人遵照喇嘛之意代行管理的决策。

活佛、喇嘛闭关修行在西藏是一桩平淡无奇的事情，人们并未更多在意，只是祈求活佛能接获菩萨更大加持，好引领、超度众生往生西方极乐世界。宣读官最后一句是说为祝福五世达赖喇嘛修行圆满，即将在广场西侧施粥七七四十九日，并发放一些衣物救济贫苦百姓，这立即引起人群热烈响应。

桑结嘉措站在台上自始至终都没开言。他仪态端肃，双目平视，只有一次看似不经意地将目光越过喜马拉雅山脉投向遥远的东南方。他清楚地知道，今天这一举动意味着什么。尽管事先经过何止千百次的思量，但当这万钧重担一下子压在自己肩上时，面对艰险难料的前程，在他沉静、自信的眼神中，还是闪过一丝隐约的不安。

第巴府是一幢南北走向的二层楼房，标准的藏式建筑，通体雪白，窄式窗框涂为朱红色，挂着黑绒窗帘。两侧各有十多间东西走向的平房，由属员、侍卫使用，其中两间是茶房。中间是约三千平方米的院落，硬土夯实，铺有碎石小径。靠墙是一溜白杨，旁边栽有藤类花草。大门朝东开，主楼后墙紧贴广场，有便门相通。旁侧有一小院，放有官轿、马匹等物品，也是佣人的住所。

当天下午，桑结嘉措站在二楼北头的办公房里注视着刚挂上墙的一幅唐卡。他擅画，且不拘一格。眼前这幅绢制唐卡就是他刚完成不久的作品，从风格上看，不似传统技法那样注重写实、笔画繁密、色彩艳丽，倒有点像汉地写意，简洁明快、空灵剔透。图的底色为深黄，中部是连绵的雪山，间或点缀几座寺庙，左下角画一老僧入定，右上角为群雁盘旋。然而桑结嘉措并没有因为这幅写意的唐卡稍稍放下心头的不安，愁绪随着窗外徐来的清风渐渐将他的眉头拧成了一道皱褶纵横的沟壑。

活佛五世达赖喇嘛阿旺罗桑嘉措的突然辞世，让第巴桑结嘉措生平第一次感受到一股强大的压力袭遍周身。此时，蒙古贵族丹增达赖汗正集兵于藏北，虎视眈眈，妄图控制整个西藏。为了西藏的安定，桑结嘉措决定隐匿五世达赖的死讯，代为执掌西藏大权，一面牢牢钳制固始汗的孙子拉藏鲁白，一面加紧寻访转世灵童。

这一年，是清圣祖康熙二十一年，藏历第十一饶迥水狗年。五世达赖喇嘛阿旺罗桑嘉措在布达拉宫圆寂，临终前，他将一卷用羊皮纸写就的遗言紧紧塞到自己最信任的第巴桑结嘉措手中。第巴桑结嘉措没有说话，他呆呆望着已经圆寂的阿旺罗桑嘉措蜡黄的面庞，似乎不相信这位神佛一般的圣人就这般逝去了。

西藏的精神领袖阿旺罗桑嘉措去世了！西藏上空最耀眼的太阳陨落了！以后的西藏将何去何从？没有了五世达赖，以后他该怎么带领藏民沿着阿旺罗桑嘉措于乱世中开创的路途继续走下去呢？

桑结嘉措抬手擦了擦眼角的泪水。不，现在并不是他伤心哭泣的时候，

他还有更重要的事情要做。他告诉自己，五世达赖喇嘛阿旺罗桑嘉措并没有归天，他只是即将长期闭关修行佛法而已。同时，他又用一种奇怪的悲伤的语气告诉第巴府所有官员，活佛闭关修行期间任何人不准打扰，从此他将代替阿旺罗桑嘉措接管西藏一切政教大权。

处理完这些之后，他终于打开了羊皮卷，在那卷羊皮卷上，阿旺罗桑嘉措用鲜血写就了自己的遗嘱。从这天开始，一直到他死，第巴桑结嘉措都一直牢牢记着羊皮纸上鲜红的两行字：隐匿死讯，警惕固始汗之孙拉藏鲁白。秘密寻访转世灵童，地点，山南。

打开窗户，桑结嘉措的目光落在了遥远的东南方向，那遥远而又古老的山南。六世达赖喇嘛就要出生在那里，他将是怎么样的一个人？此时此刻，他不会知道，那个转世灵童将会成为西藏最放浪不羁的活佛、最多情浪漫的情歌王子，在诗中，他自己唱道：住在布达拉宫，我是雪域最大的王；流浪在拉萨街头，我是世间最美的情郎。

山南门隅的上空紫气环绕、祥瑞漫天，这样的异象显然预示着五世达赖喇嘛将会在那里转世。桑结嘉措微眯着眼睛久久凝视着那个方向，终于下定决心，派遣了一个心腹喇嘛连夜赶往门隅，秘密寻访达赖五世的转世灵童。

弹指一挥间，一年光阴便悄无声息地从指缝间流逝了。第一年，也就是藏历第十一绕迥水猪年，康熙二十二年，转世灵童最终在门隅地区被找到，具体地点是门隅的达旺。

圣地门隅！

素有"藏南明珠"之称的门隅地处喜马拉雅山脉南麓，在历史上被视为神秘的地方，藏语称"白隅吉莫郡"，意为"隐藏的乐园"。作为世界第一大峡谷雅鲁藏布大峡谷出口的门隅地形狭窄、四季如春、江河纵横，聂门隅香河、章玛河、章囊河和绒囊河均流经她的怀抱，是藏南地区开发较早的富饶之地，更是藏族民众心中的一块圣地。

门隅的神秘，绝不仅仅是因了她的风光，而是因了她在西藏佛教中有着卓然不群的超脱地位。

相传，早在聂赤赞普时代（约公元前4世纪），门隅地区已有土著居民活动，与雅隆人有着密切的文化往来。聂赤赞普在前往雅隆地区时，曾经游览过"二十九地"。

《西藏王臣记》亦记载,在吐蕃建国之后,人们就把门隅人称为"黑门朱"。"门巴族曾有三族",即久居门隅地区的门巴嫡系、汉藏交界处之西夏以及工布等三族也。这些传说和史料记载,大致廓清了门巴族的族源:门巴族自古就是门隅土著群体和外部群体互相融合的后裔。"此一雪域南方门隅地,自古逐渐形成之人类"。

在灿若星河的历史记忆里,这片秀美的山川有幸成为佛教东传中土最早的途径之一。据考证,佛教最初由印度传入中土的途径经由两个方向,一是经过门隅北部的错那,一是经由西部的主隅(不丹的古称),由此便可一窥门隅在佛教东传过程中的重要性。

据藏文史籍《红史》记载,早在公元7世纪的松赞干布时代,吐蕃王朝的疆域就包括门隅地区。松赞干布在门隅派有官员主持政务,传说在他亲自绘制的状如仰卧罗刹女的吐蕃地形图中,就把门隅画作罗刹女的左手心,并在其上建有一座罗刹女庙。这座庙位于上门隅勒布四措之一的斯木措境内,名"斯木拉岗寺",意为"罗刹女庙",在后来每年举行的朝佛供神活动中,西藏地方政府都要派官员前往主持。

8世纪中后期,莲花生大师入藏,一路降妖伏魔,帮助赤松德赞修建了西藏第一座佛法僧三宝俱全的寺庙桑耶寺。在门巴族民间传说中,桑耶寺建成后,莲花生大师便沿河谷向南,翻越亚堆拉、雪香拉、俗坡达拉和波拉等大山南下门隅,至今在错那和上门隅勒布一带,还可以见到许多相传是当年莲花生大师传教时留下的遗迹。

门隅是藏区通往印度和不丹的主要通道,而不丹是古门隅的一部分,在那里也盛传莲花生传教和降妖伏魔的故事,尤其在不丹东部的布姆塘一带,留有诸多莲花生活动的圣迹。莲花生对门隅的影响力非常之巨大,事实上,在门隅的佛堂庙宇中,供奉的主神均为莲花生大师。莲花生后来还被宁玛派这一西藏最为古老的佛教派别奉为开山始祖,而宁玛派则是当地原住民门巴族最为信奉的教派。

公元9世纪中前期,在佛教与西藏本土宗教苯教激烈的权力争斗中,吐蕃末代赞普朗达玛被推上历史的潮头。朗达玛上台后便开始了焚经书、毁寺院、强令僧人改宗还俗等一系列灭佛行为,佛教因而在西藏腹心地区

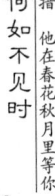

遭到毁灭性的打击。此间，佛教僧人大批逃亡，一部分逃往西藏东部，一部分逃往南部门隅。吐蕃王朝崩溃后的二百多年间，西藏腹心地区已难觅佛教踪影，佛教仅在包括门隅在内的边地得以保存和继续传播。

随着封建农奴制在西藏地区的确立，西藏佛教进入了一个再度繁盛的时期，即所谓"后弘期"。萨迦派、宁玛派、噶举派、噶当派等佛教教派的出现，标志着具有西藏特色的藏传佛教的最终形成。藏传佛教的宁玛派、噶举派和在噶当派基础上改造而来的格鲁派都相继传入了门隅地区。

宁玛派是最早传入门隅的一个佛教教派，如果把莲花生作为宁玛派的开山祖师，那么早在吐蕃时代中期（公元8世纪）宁玛派就在门隅有所传播。然而，宁玛派作为一个佛教教派出现却是在后弘期。因此，宁玛派作为一个被认可的教派传入门隅的时间，目前所见资料一致认为是在公元11世纪左右。

其时，宁玛派活佛德尔顿·白玛宁巴从主隅布姆塘来到门隅的降喀（在达旺附近）传教，得到了当地头人的支持。其后，乌金桑布（白玛宁巴胞弟）也来到门隅，与当地土王楚卡尔娃之女多吉宗巴成婚。乌金桑布在降喀的索旺一带建了乌坚林、桑吉林和措吉林三座宁玛派寺庙，此地因此被称为"拉俄域松"，意为三神地。他还在原噶拉旺波土王王宫所在地满扎岗为门巴信徒授以"马头金刚灌顶"，当地百姓纷纷接受教化，皈依佛法，地名也由满扎岗改为达旺。此后，乌金桑布在拉俄域松群众和白林施主的帮助下，在灌顶的地方建立了达旺寺。乌金桑布终其一生在门隅传教，最后逝世于乌坚林。他的后代一直在达旺一带传教和执掌宗教事务。

藏传佛教噶举派传入门隅当在12世纪。噶举派支系众多，素有四大八小之分。据藏文历史文献《青史》载，公元1146年前后，噶玛噶举派僧人都松钦巴曾到门隅游历传教，他到过门地的夏雾达郭地方，并做了门隅土王卡通的供奉上师。

对门隅影响较大的是噶举派帕竹噶举的主巴噶举支系。主巴噶举中的下主巴创始人为洛热巴旺秋尊追，他曾到主隅布姆塘地方建立了塔尔巴林寺，传播噶举派教法。主巴噶举派势力一直很强，在主隅占有重要地位。公元17世纪初，阿旺南杰从西藏来到主隅，整合了互不统属的噶举派力量，形成了"南主巴"的新的支系，并掌握了不丹的政教权力。主隅属古门隅的一部分，主隅的噶举派势力必然对门巴族的宗教信仰产生过一定的影响。

藏传佛教格鲁派是最后兴起的一个教派，创始于15世纪初叶，到16世纪中期便已成为一个势力强大的宗教集团。17世纪中叶，更成为西藏社会占统治地位的政教势力。当时五世达赖喇嘛派门巴族喇嘛梅惹·洛珠嘉措到门隅传教，公元1680年，梅惹喇嘛将宁玛派寺庙达旺寺改属格鲁派，并对寺庙进行了扩建，名为甘丹朗杰拉孜寺，使它成为格鲁派在门隅地区最大也是最重要的寺院。

从佛教在门隅开始传播到格鲁派在门隅取得统治地位，经历了长达近千年的漫长过程。佛教的传入，深刻地影响着门巴族社会和门巴族的传统宗教信仰。

就在这佛之净土门隅达旺的乌坚林，殊胜之中最殊胜的地方；就在藏历第十一绕迥水猪年，公元1683年3月1日，他，六世达赖，传奇活佛，情歌王子仓央嘉措终于诞生了！

仓央嘉措，原名洛桑仁钦·仓央嘉措。据说，他出生的那天，天降异象，空中居然同时出现了七个太阳，一时间黄柱照耀、佛光东升、紫气冲天。仓央嘉措的父母扎西丹增、次旺拉姆居住的那个村子里所有的人都为这奇异的天相而震惊，或不知所措，或惴惴不安，或欣喜若狂，或顶礼膜拜。据西藏奇书《神鬼遗教》预言，此异象为莲花生大师转世的圣迹，应运而生的孩子将来必定尊贵无比，有万佛朝圣之象，势不可挡。

七日同升，黄柱照耀，多么美丽的场景，却只为你仓央嘉措一人呈现！

看哪！青藏高原最东方的天边出现了一抹曙光，在那里，一个不世出的伟人已然呱呱坠地，从此，青藏高原将迎来一个完全不同于以往的活佛时代。一个属于情歌王子的时代就这样不可预知地拉开了帷幕。

偎在阿妈怀里吮吸着甘甜乳汁的小仓央嘉措，完全不理会外面正发生的一切以及村人们对他降生的种种谈论。一直到很多年之后，他始终无法想象那究竟是怎样的一种奇景，因此也不觉得自己与常人有如何的不同。他和所有门巴族的孩子一样，在青稞酥油茶、牛羊牧马中渐渐长大，身上没有一丝一毫的骄矜之气。

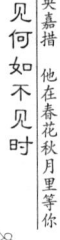

第三章 相见何如不见时

第一最好不相见，如此便可不相恋。
第二最好不相知，如此便可不相思。
第三最好不相伴，如此便可不相欠。
第四最好不相惜，如此便可不相忆。
第五最好不相爱，如此便可不相弃。
第六最好不相对，如此便可不相会。
第七最好不相误，如此便可不相负。
第八最好不相许，如此便可不相续。
第九最好不相依，如此便可不相偎。
第十最好不相遇，如此便可不相聚。
但曾相见便相知，相见何如不见时。
安得与君相诀绝，免教生死作相思。

他是一个活佛，却写尽了世间所有的悲欢离合。他是藏传佛教史上最受人景仰的上师，西藏最伟大的诗人与宗教领袖，经由他鼓励和加持的人间情感平添了神性光彩，正如学者桑田吉美诺布曾经说过的："他最根本的教诲，就在于生命本身，不管它以什么相显现在我们眼前，都是我们最好的老师。"

这位藏传佛教史上最受人爱戴的活佛，这些来源于深刻佛学修养的豁达诗篇，这些超凡脱俗、不即不离的般若智慧，这位才华横溢、风流倜傥、不惧世间陈俗的圣域上师，带给我们的是醍醐灌顶般的大智大慧以及诗歌中饱含的睿智与洒脱之美。

无数次捧读这首诗，仍觉得吟罢口齿生香。字里行间充斥着缠绵缱绻的香艳，却又总是透着些许无奈和决绝。比之纳兰容若的"人生若只如初见"之句，显得更为悲戚、执着，也更令人忧伤至极。

仓央嘉措写下的诗篇总是如此与众不同，若韩娥之歌绕梁三日，余韵无穷。不管外界多么纷繁嘈杂，这个男人的内心始终平静如砥，对爱情的执着更是始终明澈快意，然这，这究竟是经历了百折磨难后的大彻大悟，还是求不得、放不下的爱别离呢？

他仿若看透了世间万物，却又深深纠缠于情爱之中不能自拔。难道，为了不相恋，就可以忍受无尽的疼痛不去相见吗？为了不相思，就可以强逼着自己不去感受那份两心缱绻的相知吗？为了不相欠，就宁愿终身离别而不去追逐相依相伴的永恒吗？

身处五浊世间的红男绿女们，很容易便会坠入红尘的漩涡，很容易便会相见、相知、相恋、相伴、相忆、相爱，很容易地便不怕相欠、相误、相弃、相负，甚至到最后的相决绝，他们也要坚决地痴爱一场，哪怕会受伤，会难过，会留下遗憾，也总好过因噎废食、望而却步，从而抱憾终身。努力过，尽力了，生亦尽欢，死亦何憾？但说得容易，做起来却千难万难，正如诗人汪国真说的那样："我是多么不情愿，把痛苦也化作诗行。"

不相遇，不相见，不相恋，就不会受伤。感情的事，谁也无法预料，常是说不清道不明的，正应验了那句"无可奈何花落去"，又如"情也成空，宛如挥手袖底风"。

然而，无可奈何的仓央嘉措，身不由己的仓央嘉措，那时那刻，又是怀着怎样的心情，在花前月下，将那一场空前绝后的痴恋演绎成了一曲永不落幕的天籁之音，纵历经三百年的岁月沧桑，亦依然明媚如新？

读仓央嘉措的诗，很多时候，会在脑海中产生这样的镜头：你漫不经心，随意一瞥，目光投射的方向并无预设的焦点，仿若熏熏暖风，飘到哪里就落到哪里，但就在这不经意中，你看到了意外，看到了故知，看到了似曾相识。这不是惊鸿一瞥，没有惊艳，没有凛冽，更没有波涛汹涌；这只是

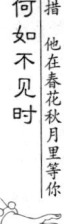

不经意间的蓦然回首，灯火阑珊处，是你从来不曾忘怀的新知旧梦。它牵住了你的心，让你再难移转双眸，就那样定定地呆在了原地，尽情享受着它的完美与圆满。

他所有的诗作都令人心惊，尤其是这首《相见何如不见时》，字字句句，颠来转去，反反复复，看似简单平直，实则蕴含着无言的大爱。读这样品位超然的诗，或许应该选择一个落花缤纷的日子，一个人醉卧翠竹葱茏的溪畔，浣着花，凝着香，看青烟袅袅，听流水潺潺，只把那绮丽的诗章慢慢铺展开来。然后，捧一杯香茗在手里，让那隔着几个世纪的点点忧愁缓缓融于你的万般思绪里，和仓央嘉措一起吹响悠远的竹笛，将相思层层叠叠地收拾进行囊，只听他吟唱起无人能和的诗情画意。

> 第一最好不相见，如此便可不相恋。
> 第二最好不相知，如此便可不相思。

相见了，就会相恋；相知了，便要相思。

从出生那天起，天边的荆棘鸟便开始寻找那根能让自己与世长辞的刺；从出生那天起，你便开始寻找她，哪怕人流湍急，哪怕荒草丛生，哪怕她就是那根能让你与世长辞的刺。其实，你们本不该相见的，如此便可不相恋。

这尘世间，兵荒马乱时时刻刻都在编排上演，离别更是一曲经久不散的歌，而相知与相思只是这多灾多难中一种短暂的温暖。相知，相思。从相知开始，你便将她相思。我知道，她是你生命里永远不会结束的戏，一次次的谢幕退场，一次次的盛大上演，她在你心里早已根深蒂固，叫你如何能不将她相思？

思念就像三月细雨中的丁香颗，结着自己心绪的愁，彷徨在人生寂寥的雨巷，撑着油纸伞，默默行着，冷漠、凄清、惆怅。当天上飘散着朦胧的细雨，水面吹过湿润的微风，空气中弥漫了一股淡淡的香草味道，玲珑剔透的她穿着真丝旗袍，撑着油纸伞，在你身边落寞而高傲地走过；你却背着厚重的经卷，捻动念珠，以一种审美的态度来审视她，就像画家在观察风景一样——隔着一层薄纱或一层轻雾。而正是因为这种距离和朦胧感，她的所有弊病、缺陷都被你无意识地美化了。她的一举手，一投足，甚至是一个淡漠的眼神，都令你迷醉。

第三最好不相伴，如此便可不相欠。
第四最好不相惜，如此便可不相忆。

你是一个漫不经心的少年，有些玩世不恭，却对她情有独钟。你尝过了人间的落寞与孤寂，懂得相伴的儿女情长，却又害怕，怕她太过浓烈的情让你偿还不起太多的相思。

她是一个孤傲的女子，如同苦涩的咖啡，需要你慢慢品味，自有一种香甜与清香。可是世上有味道的东西，都是甜与苦奇妙地混合着的，你不可能两样兼顾。这一点你从开始就知道。

当那一点点苦涩顺着舌根缓缓流入口中，当那一丝丝香甜沁入你的心底，人生的滋味也就默默地流淌了下去。仿佛上天早已注定你和她之间永远保持着无法接近的距离，永远没有要求与索取，只有注视和欣赏，当你的孤独遭遇她的落寞，她的高傲遭遇你的沉默时，彼此便会用思念与折磨酝酿出生命中一种最最纯美的情怀。

第五最好不相爱，如此便可不相弃。
第六最好不相对，如此便可不相会。

你是一个懂得爱的男子。一旦爱了就不会放弃，但你仍然害怕，害怕绚烂过后留下的只是一声哀叹与惋惜，所以你在佛前默默祷告，祈祷你对她的爱永远都是欢喜与愉悦。某个不经意的时候，你会不由自主地想到放弃，或许不相爱，便不会相弃，那么你做好了不相爱的准备吗？

你摇摇头。你明白，她是一杯醇美的酒，只能小酌，不可痛饮。浅饮一滴，也许只是她的一个眼神，只是她一次默默的微笑，也或许仅仅只是她伸过来的一只手，却有着足以让你追忆一生的美丽。

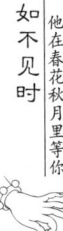

这就是你和她的恋情，只属于纯洁善良和温柔浪漫，只能悄悄流淌于你和她两人的心间，那是如音乐一般永远只能用来感觉的幸福的源泉。但是如果有人痛饮，它却会把一切美好的梦幻都打得粉碎，或者让处于恋爱中的人们陷入痛苦的深渊无法自拔。

你知道，她是温婉沉静的女子，渴望的，只是生活中的那份宁静与永恒，也知道，你们尽管相识、相知、相爱，但是注定要分开在山花烂漫的红尘中。既然，与她相爱终究要忍受分别时的痛苦，那么，不如一开始便不继续这份感情，在和她相遇的那一刻，你索性回过头去，不去看她，也不再追忆邂逅时的那份美好与惊艳。

是的，没有相聚，就不会有离别；没有相对，就不会有相会；没有相爱，便不会有相弃。便是这般退缩的爱，才是最真的爱。

> 第七最好不相误，如此便可不相负。
> 第八最好不相许，如此便可不相续。

当岁月一点点流逝，时间慢慢钝化了感觉；当距离一点点缩短，相恋的情人之间的缺陷也渐渐清晰。热恋中的人们很容易把对对方的欣赏转化为要求，尤其是发现所爱的人再不是完美的化身，而只是一个有着种种缺陷的平庸之人的时候，所有的期盼便会转为失望，然后曾有的感情也渐渐地消淡，终于无声又无息，再也找不回当初的那份惊心与欢喜。

你是迟来三天的梁山伯，她是嫁错了人的祝英台。你误了三天，她却误了终身。错过了，便是错过了，永远不可能回头。你眼眸含笑，轻许承诺，爱她一生一世，爱她天荒地老，爱她千年不变，这是诺言；她低眉轻许，爱你生生世世，爱你海枯石烂，爱你山高水长，这是誓言。我知道，这是你们的山盟海誓。然而，错误的诺言，错误的誓言，注定了你们错误的爱恋。若不相许，又怎会相续，怎会酿下一杯情爱的苦酒？

> 第九最好不相依，如此便可不相偎。
> 第十最好不相遇，如此便可不相聚。

她轻轻靠着你的肩头，你紧紧搂着她入怀，那样的温暖是何等的令人艳羡！然而一回眸间，曾经青春曼妙的好时光却踏着细细的尘浪一去便不复返，唯余一袭惆怅爬上那华美的锦袍，铭记着你们永恒的爱恋，怎不让人彷徨！

依偎，依偎。那时那刻，你若不将她相依，她又怎会将你相偎？而今，擦肩而过后，她身上淡淡的馨香还萦绕在你脑海里挥之不去，你嘴边温暖如火的碎念还盘旋在记忆里肆意穿行。是的，那馨香、那碎念还在。而你，你热爱的她，又在哪里？

三生石上，缘分天定，冥冥中自有命运主宰着一切的聚散离合，你们终究还是无法逃避既定的安排，还是要在红尘中相见。相遇，还是那样的相遇，相对，还是那样的相对；相知，还是那样的相知；相识，还是那样的相识；相爱，还是那样的相爱。

原来，你说不见为假，早已陷入爱情的魔咒却是真。不见，是为了不爱；不爱，是为了不伤；不伤，是为了永爱。遇见她，青春开始变得色彩旖旎；遇见她，泪水里充满了暖意；遇见她，丢了自己丢了心。与她相聚的日子，每一天都是晴天；与她相聚的日子，每一天你的手都会将她轻轻牵起。

然，与她相聚，却造成了今天，那痛彻心扉的悲剧。为何要相遇，为何要相聚？谁在寂寞无助的时候与她相依？谁在孤苦难耐的时候与她相偎？是你。一直是你。谁在你无助的时候与你相依？谁在你孤苦难耐的时候与你相伴？是她。一直都是她。只是，你依然欠她一句我爱你，而她也欠你一句我愿意。

我知道，其实你一直想对她说会爱她生生世世，直到永远，而她也愿意与你一起浪迹天涯海角，形影不离。你们之所以不说，只是害怕那份爱会伤害到彼此，于是，你们总在沉默，总用眼神表达着内心的深爱。

爱到深处，才明白那句"安得与君相诀绝，免教生死作相思"究竟凝结了多少的沉痛与不得已。无数个思念的夜里，她温热的气息总是抚过你脸上磅礴的泪水，她清晰的笑靥总是抚过你心里的疲惫，而你亦总是轻柔地吻过她紧蹙的眉头，总是紧紧地将她疲惫的心拥入怀里，小心呵护。你们遍体鳞伤，你们互相疼惜。如此善解人意、温柔敦厚的她，怎能不让你去思忆，去回忆？

爱上她，便是结束你自己。走过时间的荒野，踏过黄昏的尘埃，你还在将她悄然等待。只是，她离开了你，你又怎样才能在阡陌的尽头等待你们重来的爱？礼教的束缚将你和她抛弃在时间的末端，你却还在穷途末路上将她等待。然而，这一路的崎岖，你们究竟为何相爱，为何相弃，又为何不舍，为何不甘？

一束玫瑰可以换取柔暖的笑颜，所有的矛盾都可以在脉脉温情的眼神中无声化解，然而，你们没有，你们只是在默默地等待，长久地等待，任凭痛苦吞噬撕咬着你们早已千疮百孔的心灵。我看见，你的眼里有了泪花，也明白，不是你不想努力，也不是你没有努力过。现在，你甚至无力到猜不透自己的心思，你心里有太多太多的结，更不知道是要打开它们还是继续任由它们纠结缠绕，或许，放纵它们在自己的身体里勒索你的心脏才是你真正想要的吧。

越思念越心痛，越心痛越悲伤。这世间，有些人是不该去轻易触碰的，比如灯火阑珊处的她。你仰头，她低眉，四目相对，那是注定。那一回眸，便注定她将是走进你人生路上的那一位令你刻骨铭心的女子，要与你纠缠到底。为何，为何你要仰头？为何，为何她要低眉？为何，为何你们要四目相对？

第四章 十地庄严住法王

十地庄严住法王，誓言诃护有金刚。

神通大力智无敌，尽逐魔军去八荒。

从拉萨一直往南走，在喜马拉雅山的东南坡，不丹国之东，便是山南的"门隅"地区。这里是仓央嘉措出生的地方。当地人说，文成公主曾到这里传授过生产经验，所以这里门巴妇女的装束，至今还是仿效文成公主当年入藏的衣着。

在门隅，有一个十分神秘的民族，叫作门巴族。"门巴"是门巴族的自称。"门"指的是西藏东南部的门隅地方；"巴"是指人的意思，"门巴"即门隅地方的人，这是一个非常神秘的民族。

是的，仓央嘉措，就是在这样神秘的民族中出生，并且成为了西藏历史上最传奇的活佛、最风流的情歌王子。

时间回转到康熙二十二年。山南门隅达旺附近的乌坚林寺旁，贫穷而又相貌英毅的僧人扎西丹增正跪在佛祖的圣像前苦苦祷告着，希望祖师莲花生大师能保佑他即将生产的妻子顺利分娩。

雪山上吹下来的风里夹带着刺骨的凛冽，人们只有在走进那些低矮黝黑的石板房，盘腿坐在燃烧着木柴或者牛粪的炉火旁之际，才会感到些许的温暖，但是在扎西丹增家里，真正的春天早已降临了。他的心比炉火更热，

自从妻子告诉他儿子这几天就要出世时,他一直都处于极度亢奋的状态中,没日没夜地忙碌着。细糌粑、青稞酒、茯茶、酥油、风干牛肉都已经准备好了,但他总觉得还应当做些什么,经常在屋里踱过来踱过去半举着两只手,而心里充斥的,除了紧张的喜悦外则是一片空白,所以他又不自觉地转到了乌坚林寺里。

扎西丹增是宁玛教派的僧人,他家世世代代都生活在门隅夏日错一个名叫派嘎的小村落。宁玛教派是藏传佛教中最早产生的一个教派,吸收并保留了大量原始宗教苯教的色彩,重视寻找和挖掘古代佛教徒藏匿的经典。该教的教义比较宽松,僧人可以娶妻生子,因为这个教派的僧人只戴红色僧帽,因而又被称为红教。

扎西丹增在寺院里研学过佛学经典,通晓密教,甚至有密宗大师之称。他恪守教规,潜心研习教义,平时喜欢唱歌,尤其是缠绵悱恻的情歌,所以在这一带很受人们的喜爱。但是,贫穷却像一条毒蛇始终缠绕着他,让他每天都疲于应付,也没有哪个女人敢于向他抛来爱情的橄榄枝。

就这样,一年又一年的岁月都在一成不变的沉寂中过去了,而就在他早已不对婚姻抱有任何幻想之际,终于有一个叫作次旺拉姆的贵族少女被他的歌声打动,带着娇羞的笑容来到他的身边,执意要做他一生一世的妻。然而,他却没有能力迎娶自己心爱的次旺拉姆,眼瞅着自己青春消逝、韶华不再,扎西丹增暗自心焦起来,无论怎样,他也不能再让次旺拉姆漫无边际地等下去,于是他鼓足勇气来到次旺拉姆家里向她的家人提起亲来。

"什么?"次旺拉姆的哥哥朗宗巴不敢相信地瞪着眼前这个贫穷的僧人,"你说什么?我没听清,请你再说一遍。"

"尊敬的朗宗巴大人,我是说我想迎娶您尊贵的妹妹次旺拉姆为妻。"扎西丹增不卑不亢地说。

"我要没听错的话,你这个卑贱的僧人是想娶我尊贵无比的妹妹吗?"朗宗巴发出一阵轻蔑的大笑,"你也不撒泡尿照照,你是什么人?你也配娶次旺拉姆?你连给她当奴才都不够格!"

"可我是真心爱着次旺拉姆的,次旺拉姆也深深爱着我。我们真心相爱,我们情比金坚,我们……"

"够了！"朗宗巴收起脸上的笑容，瞪着扎西丹增愤愤骂着，"你这只痴心妄想，伸长了脖子想吃天鹅肉的癞蛤蟆，请你赶紧从我家里滚出去，马上消失在我眼前！"

"可您还没答应我和次旺拉姆的婚事啊！"

"我是绝对不会答应的！"

"可我们是真心相爱的，您不能拆散我们！"扎西丹增比谁都更加明白自己和次旺拉姆身份的悬殊。门隅地方的百姓几乎没人不知道朗宗巴和次旺拉姆兄妹的尊贵身份，他们的父亲嘎玛多吉是藏王松赞干布一支失散了的后裔，他们身上流淌着吐蕃皇族高贵的血液，而他一个贫贱如洗的宁玛教僧人又凭什么能娶上吐蕃王室的后裔呢？

"哥哥，扎西丹增虽然只是一个贫苦的僧人，但他人品高尚，待人善良热情，而且还有一颗金子般灿烂的心，他的修为门隅上下无人不知、无人不晓，如果你不允许我嫁给他，妹子宁可终身不嫁！"次旺拉姆在屏风后听到郎宗巴拒绝了扎西丹增的求婚后，不顾一切地冲了出来，用决绝的语气表明自己的心迹。

"次旺拉姆！"

"扎西丹增！"

次旺拉姆的手指被扎西丹增紧紧攥在手心里。郎宗巴望着他们卿卿我我的样子，不禁勃然大怒："次旺拉姆！我最后问你一遍，你到底是要嫁给这个贫贱的僧人而跟哥哥决裂，还是要听从哥哥的意愿远离这个卑下的男人？"

"水和奶搅在一起，就是用金勺子也分不开！"次旺拉姆毫不示弱地说，"今生今世，次旺拉姆非扎西丹增不嫁！"

"好！我就成全你们！"朗宗巴指着妹妹的鼻子咆哮着，"不过你别妄图从我这里带走一针一线！要嫁给这个男人，你就给我一穷二白地走出去！"

"放心，我们什么东西也不会带走的。"伤了心的次旺拉姆拉着扎西丹增的手，毅然跨出了朗宗巴家的大门。

冬天的风在旷野上肆意咆哮凌虐着，低矮的枯草在山坡上瑟瑟抖动，放眼望去，无垠的天地间流淌着亘古的荒芜与无尽的苍白。寂静的山岭上，看不到飞鸟与走兽的痕迹，也看不到牛羊与磕着长头去拉萨朝圣的信徒的身影，唯有扎西丹增与次旺拉姆离去的脚步声，一遍又一遍地响彻在这空寂世界的边缘。

他和她肩并着肩，手牵着手，沿着一条陌生的山径，拖着沉重而又缓慢的步子坚定地向前移动，虽然前方的路意味着艰难与困苦，但他们的脸上依然洋溢着欢喜的微笑。只要能与相爱的人厮守一生，即便风餐露宿，即便未来充满未知的变数，内心也是安然而踏实的。

就这样，一对得到了自由却失去了家园的情侣，以无比坚定的信心与毅力，相互搀扶着无言地朝着温暖的南方一路走去。走着，走着，既觉得温馨甜蜜，又感到茫然无助。他们走的时候是那样的决绝，甚至连一句留恋的话也没有留下——伤透了心的人，是谁也留不住的，更何况，在他们心里，爱情比什么都要重要。如今离家乡渐渐远了，值得留恋的东西也渐渐多了起来：阿爸做的糌粑，阿妈酿的青稞酒，还有门前那条川流不息的河流，甚至就连朗宗巴对他们尖酸刻薄的斥骂，也成了使他们依依难舍的精神寄托。

记不清到底走了多少个日日夜夜，他们终于来到一处地势平坦、风物富庶的地方。日后他们才知道这里便是门隅地区的达旺。也许是山沟里那成排的杨柳和家乡的杨柳十分相似，使他们对此地产生了亲切之感，于是，在纳拉山下这个被人们叫作乌坚林的村落里，他们终于停下了长途跋涉的脚步，次旺拉姆在河边架起了铜锅，并寻来干柴与牛粪开始熬煮奶茶，准备吃他们最后剩下的两碗糌粑，而扎西丹增却紧紧拉着次旺拉姆的手不无动情地说："拉姆，从今往后，我们就是乌坚林村的人了，你真的准备好要做我的新娘吗？"

次旺拉姆含笑不语，只是轻轻偎在那个憨厚的男人怀里。就这样，她终于在远离家乡的地方成为扎西丹增新婚的妻子，并一心憧憬着相夫教子的惬意生活。

现在，扎西丹增依然虔诚地跪在莲花生大师的坐像前默默祷告着，希望佛祖可以保佑次旺拉姆母子平安。这时，空中突然响起一声轰然雷鸣，紧接着便地动山摇起来，天幕仿佛一下子被撕开了一个大口子，还没等扎西丹增从地上爬起来，就发现巨大的光柱冲天而起，一时间红华闪耀、金光熠熠。

扎西丹增完全被眼前的景象惊呆了，这可是佛光普照，天现祥瑞，真真的佛祖降临之兆啊！他连忙抬起袖子遮住刺目的阳光，透过指间的缝隙小心翼翼地朝空中窥去，却发现在那九天之上竟然同时出现了七个太阳。那一瞬，冲天的黄柱弥漫着绚烂的金光，漫天都飘起五彩的莲花雨，一时间梵音渺渺，恍若天境。浩渺的佛光之中，仿佛站立着一群群金光闪闪的喇嘛，戴着桃形的帽子，帽子上垂拂着长长的飘带，飘飘荡荡，在天空中洒下了漫天的花朵。

这一天，是汉历的正月十六日。史书上记载，在这一天，西藏山南地区错那宗门隅天现异象，有七日同升，黄柱照耀。据佛典记载，这便是莲花生大师转世的异象。众人纷纷奔走相庆，争相传诵着莲花生菩萨已在门隅转世了，众人对着天空跪拜祈祷，庆祝这千年不遇的福气。

扎西丹增痴痴望着天上的异象，作为红教僧人的他当然知道，刚才的天相便是活佛转生之兆。活佛是神在人间的化身，是佛菩萨为普度众生而变现的色身在人间的依托之物。幸福的祥云预示着活佛转世降生的家庭将沐浴无上的荣耀和无上的崇高。只是，莲花生菩萨的转世将要降临在哪里呢？

就在扎西丹增面对天现异象不知所措的时候，从他自己居住的紧邻着乌坚林寺边的帐房里突然传来一阵嘹亮的啼哭声。他的儿子降生了。对于孩子的降生，扎西丹增却没有太多的喜悦，他只是呆呆地看了看天空，又看了看自己的孩子，直觉告诉他，这天上的异象也许和他刚出生的孩子有些关联。但是，这究竟是祸还是福呢？

良久，他终于走进帐房，默默看着那个孩子，并给他起了个伟大的名字：洛桑仁钦·仓央嘉措。

洛桑仁钦·仓央嘉措，藏语意为"大海"，这是一个伟大而博爱的名字，也是一个悲伤的名字。十五年后，这个名字将会传遍西藏的任何一个角落，成为每个人都竞相传诵的六世达赖喇嘛仓央嘉措；一百年之后，这个名字将会流传到整个中国，每个人都将为他的爱情击节赞叹，每个人都会为他的传奇震撼不已；三百年后，这个名字将会流传到整个世界的每一个角落，成为西藏的象征，西藏的灵魂。

扎西丹增的妻子次旺拉姆在经历剧烈的疼痛昏迷之后苏醒了过来，她并不知道枕边这个粉粉嫩嫩的婴孩仓央嘉措与天上显示的异象有怎样的关联。她只是一个敦厚善良的女人，心中充满了江河般宽广的母爱。她紧紧抱着仓央嘉措，渴望给他最温暖的怀抱。

在仓央嘉措很小的时候，她便给他讲一个又一个美丽的故事。她说，太阳名叫"达登旺波"，门隅这个地方曾经出现过七匹马拉车似的太阳，七匹马的太阳车辚辚过处，还生长着门巴人起源的爱情故事，说的是明镜般的湖水中走出一位美男子，怎样以月亮为弓，以流星为箭，将定情的靴带射向他心仪的美丽姑娘。

可是，身为赞普后裔，身上流着皇族血液的次旺拉姆却渐渐发现，怀里的这个灵气逼人的孩子，从呱呱落地的那一瞬间便与别的孩子有些不同。

仓央嘉措两岁了。他突然开口说话了。他说的第一句话并不是"阿妈"，而是"阿爸"，而这是任谁也想不到更揣摩不透的。

《不尽智慧所指经藏》中说道，仓央嘉措一开始说话就讲："我不是小人物，而是三界的怙主，殊胜尊者。""我是从拉萨布达拉来，所以要尽快回去了，久已把第巴和众多僧侣抛弃了，也应去朝觐了。"

扎西丹增大奇，拉着他的小手问："孩子，你到底是什么人？"

仓央嘉措瞪大眼睛嘟囔着小嘴说："我是阿旺罗桑嘉措啊。"

阿旺罗桑嘉措是谁？就是那个刚刚逝世的五世达赖喇嘛吗？在这个时候，大家还不知道阿旺罗桑嘉措已经坐化了，更听不懂仓央嘉措说的这话是什么意思。但是这个时候，扎西丹增已经猜到了几分，他的这个孩子也许真的是活佛转世。

在西藏，经常会出现这样神奇的事：一个目不识丁的牧羊娃，在一场突发的大病痊愈后，会突然变得通晓古今，知前后事，甚至能一字不差地背诵完英雄史诗《格萨尔王》。而且他们还会告诉身边的人，自己已经不是原来的身份，而是完完全全变成了另外一个人。这样的人，这样的经历，一般都被视为转世。转世的人能回忆起前世的住地在什么地方，前世的名字、种姓、家族、肤色、年龄、相貌，等等。这是西藏独有的一种神秘文化。

就在大家还没弄懂仓央嘉措话里的意思时，转折却在悄无声息中发生了。那天，山南门隅村的天空突然变得沉穆起来，犹如笼罩着一层不干净的纱。年幼的仓央嘉措正在离家不远的路边玩耍，却陡然发现一股别样的氛围正朝他周身袭了过来。路，还是那条熟悉又陌生的路，他却不要命地奔跑。他的身后，滚滚而来的是一队看不到边际的马，依稀还有法螺吹奏，红幡舞动。浩大的声势吓跑了他身后的羊群，他却不知道要干什么。他只得向他那简陋的家中跑去，那一刻，他只想找他的阿爸和阿妈。快到家的时候，马队追上了他，一切声音凭空消失，寂静得仿佛什么事情也没有发生。他知道所有的人都静立在他的身后，但却不敢回头，而是迅速推开房门，飞快地躲到了门后。

短暂的沉默之后，门外突然传来一阵悦耳的梵音，和着莲花的清香，缓缓飘进门内。一群品貌端庄的喇嘛走了进来。喇嘛们自动列成两队，为首的喇嘛双手合十，对着小仓央嘉措顶礼膜拜。一个严肃的声音破空而来："神圣的仓央嘉错，我是来自拉萨布达拉宫的多吉喇嘛，奉第巴桑结嘉措之命前来迎接佛祖的转世灵童前往错那宗巴桑寺学习经文，以待日后返回圣城坐床归位。请您怜悯地回头，您是西天赐福的佛祖，您是藏域人民至高无上的法王。"

他在说什么？

他不能相信自己所听到的一切。我是佛祖，佛祖是我，这又怎么可能是真的呢？

他不过是宁玛派红教最忠实的信徒的儿子，生在最普通的农民家庭，他的阿爸叫扎西丹增，阿妈叫次旺拉姆，还有，还有乌坚林一切的一切，他，又怎会是佛祖呢？

他在惊愕中回头，他看到，作陪的土司身旁那锦服华衣的汉子，正面朝着他，捧起了西藏最圣洁的哈达。

一瞬间,所有在场的人都向他跪拜,匍匐的人群中,有他的阿爸,也有他的阿妈,他们黝黑质朴的脸上写满了安详,他们似乎也接受了他是活佛转世的事实。

第四章 十地庄严住法王

第二卷 青梅竹马：不负如来不负卿

我问佛：如果遇到了可以爱的人，却又怕不能把握该怎么办？佛曰：留人间多少爱，迎浮世千重变；和有情人，做快乐事；别问是劫是缘。一低头的刹那，你遇见了她，遇见了倾城的月光，遇见了流浪的莺歌，从此，你的世界，有了欢喜的追逐，有了葳蕤的恣意，寂寞成了一首空虚的绝响，被你们相恋的眼神，远远抛在，苍白深处的彼岸。她临水而妆，为你折一枝青梅，把它叠成一束爱的浪漫，而你却在诗歌里找出竹马的传奇，要带她乘风起舞，海阔天空地翱翔……

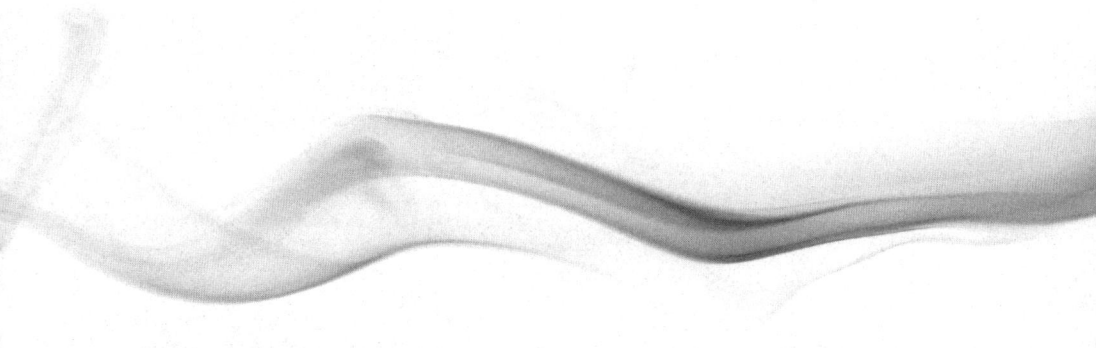

第五章 世间安得双全法

> 曾虑多情损梵行，入山又恐别倾城。
> 世间安得双全法，不负如来不负卿？

隔着岁月的河，默默站在今世的红尘，透过一抹飘缈的云烟，望着彼岸的华仪锦心、至情至性的男子——仓央嘉措，我心里涌起的是阵阵莫名的感伤与惆怅。

一句"世间安得双全法"，将人生种种得与不得的苦楚，将尘世中无法握紧的爱与情问向苍天，问向世人。只可惜，问破一生心，问过三百年，都是令世人扼腕且无法回答的绝响。

这一瞬，竟然有眼泪缓缓滴落，视线渐至模糊。

原谅我是如此的多愁善感，禁不住端坐电脑前一字一句敲下这荡气回肠的诗章。也许，前生或者今世，那一个情字，早已入了眉际，挥之不去，任你一路种下苦菩提。只是，这一念之外，些许言语，我们便各自流转，失散在红尘万丈里。

潋滟的黄昏，寂寞的人，孤单的心，喧闹而又欢腾的都市。书房里流淌着黄莺莺忧伤的声音："林花儿谢了，连心也埋，他日春燕归来，身何在？天给的苦，给的灾，都不怪，千不该，万不该，芳华怕孤单。"魂飞魄散的曲子，听得人愁肠百结。

"不负如来不负卿"。敲下这句诗,竟让我有瞬间的恍惚,仿佛置身于一出才子佳人的折子戏里,提起笔,却久久未曾落下。只是那一笔,写下去,画地为牢的心事便流溢了出去。

又是一年春来早,桃花还未曾在陌上燃烧十里芳菲,窗外,却早已是车如水,马如龙,行人如潮。这城市的尘色太重,重得让人不忍目睹,握一杯清茶,仔细聆听树梢头春鸟的啼鸣,我已悲伤得不能作声。我知道,这世间有太多的悲喜,太多的不得已,以至于让我们无法相逢在街头或是巷尾,所以,这孤寂的日子里,我只能收了绵针,藏了柔软,在自己的天地里独品一盏干涩的酒,将你默默地怀想。

凝眸处,天高云淡,树叶在风中浅唱离愁,年月如花,却又是如此薄凉,怎不让人心伤难禁?叹一声,懵懂少年时,回头君已去,往事终究沉浸在历史的尘埃中渐渐泛黄,摊开双手,空空如斯,握不住最初的暖意,又有谁来珍重你眉间蹙起的那抹忧伤?

回首,你生涯中的山河岁月在我凝望的眼中渐渐淡去,没有曾经沧海,不懂得爱情的真谛,之于此,却有"除却巫山不是云"之感衍生于易感的心头。拈一朵桃红,在杨柳拂面的风中轻叹一声,我看见,夕阳的最后一抹光晕正悄然滑过西山,自是红消绿殒、山重水复,又哪里去寻找你隔世的温柔?

东风轻薄,西风欺瞒。可曾有一双红酥手,为你斟满一杯黄滕酒?可曾有一位佳人,在花前月下为你轻舞一曲?那些曾经一起欢喜着悲伤着度过的日子,你是否还记忆犹新?那一年,你为她伤心欲绝的时候,又可曾看见,杜鹃花树下,有一双哭红的眼睛曾为你倾泊成河?

那一世,我只是一个路人,却为你们的爱情感动唏嘘,那就是我们的渊源,只是你已记不清有过我的存在,若你记得,又可会在柳荫下听我将你们的故事娓娓道来?

饮尽月色华年,人生若只如初见,该有多好。我知道,这世事恰如一场纷繁迷局,子起子落的地方就是心的皈依处。也许,谁人与你,都永远只是一棹的距离,而我却沉溺在那些泛黄的故事里遁不出去,一如三百年前的你——仓央嘉措。

只是,我的字句,何以洗去铅华,还你如初的本来面目?我知道,你

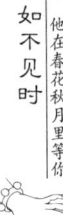

早已走进历史的烟尘，而我的字，到此也只能作罢，只怕一落笔便添了你的心伤。

其实，写你，我也惊怕。只是，不写你，从此后，曲有误，又有谁来顾？

读仓央嘉措的诗，最好于月夜之下斜倚窗前，身旁，熏一炉檀香，燃一支凤烛，煮一壶绍兴黄酒，在那优哉游哉中一路品读，不只为那个美丽的传说，更为彼此心中浮动着的爱情。然后，一边听着花雕在火红的炉上毕剥作响，一边嗅着檀香在屋里飘溢流转，于万种风情中将诗章的浪漫与哀愁通通不经意地采撷，和着滚烫的花雕咽下，于不羁间将诗人古老、战栗的灵魂轻轻抚摸。

曾虑多情损梵行，入山又恐别倾城。
世间安得双全法，不负如来不负卿。

轻轻吟诵这首诗，却发现字里行间处处流溢着戴望舒笔下《雨巷》的哀怨、静谧与空灵，骨子里流淌的是一种冷艳的凄婉的美。失望和希望，幻灭与追求，都交织在诗人的心头，那个像丁香一样结着愁怨的姑娘怕不就是仓央嘉措心头的玛吉阿米？那雨巷中徘徊的独行者又何尝不是披着迷惘情绪的仓央嘉措？

思念是遥遥的距离，尽管身在佛门，但仓央嘉措仍然感觉到自己的生命里依旧不是一个人在独自行走，因为有着她的相思在做伴。在黄昏的时候，总有许多想念涌上心头，尤其是一个人的时候更是特别的多，当夜深人静的时候，记忆中不断闪现过的片断，今天把昨天的掩盖去，前天的便开始淡然，然后，周而复始。某一刻，忽然触动那根心弦，不管前天还是昨天，通通的，甚至若干年前的，都漂浮眼前，恍若隔世由此而来。

她是他今生今世在茫茫人海中遇到的第一个，也是唯一一个令他牵动心弦的人，为了她，无论快乐或是伤心，他都是心甘情愿的。可是，一个活佛，蓦地爱上一个尘世间的女子，这份爱，一经开始便是错上加错。僧人有僧人的戒律。在西藏，自松赞干布时起，僧人中便出现了规定修为的《十善经》，其中"十戒"中明确规定了：不杀、不盗、不淫、不两舌、不恶口、不妄言、不绮语、不贪、不嗔、不痴。这十条戒律，只要犯一条便要落入万劫不复的深渊中，而仓央嘉措动了凡心，爱了那个女子，便将那个"不淫戒"彻彻底底地犯下了。

尘世的喧嚣让沉浸在美梦中的他还过神来，原来一切相思都是他的冲动。一切的美好都是那样遥不可及，甚至让他来不及仔细咀嚼回味，无情的现实便又迫不及待地把他带回了沧桑的世间。成为活佛，却是以埋葬爱情作为代价，这样的戒律，便是成佛又能如何？

他在挣扎，他想过放弃，想过把那个姑娘从脑海中彻底驱走。他逼着自己不去想她，不去眷恋，绝口不念她的名字。他努力着，他再不想一看到什么、听到什么，就想起她的脸、她的笑容、她的背影、她的言语。也许是对于回忆的约束太过严苛，思念都被贴上了禁止的标签，所以每当他突然想起她的时候便会挣扎许久，想靠近记忆中的她，看清她的脸，却又被心里的约束牵绊。

怎么办？他痛苦莫名，他犹豫彷徨。他求助于佛法，他在想她的时候念起大宝法王经文："尔时天魔候得其便。飞精附人口说经法。其人亦不觉知魔着。亦言自得无上涅槃。来彼求游善男子处。敷座说法自形无变。其听法者忽自见身坐宝莲华。全体化成紫金光聚。"

他闭目端坐，任经文倾泻于他柔润的唇。越念，心中越乱。爱与痛混在一起，分不出彼此，究竟是经乱，还是心乱？

他索性睁开眼，转动起经轮。他知道，转经轮一圈，便抵得上念诵《大藏经》一次，他一遍遍转动经轮，也是在救赎自己的灵魂。

经轮亦称为"法轮"，或"玛尼解脱轮"，属佛教法器，其中装藏经文或咒语，通过右旋转动即等同念诵之功。在西藏，随处可见信徒们不分男女老幼，手中拿着一个经轮，不停地转动。释迦佛牟尼佛云："承此经轮威力故，一切善神护持、救护、解脱一切非时横死及痛苦，于子、财、享用、衣食、奴仆等无人能比。若言身语之善行无有超过此经轮力大者。"由此便可证鉴转经轮在藏人心目中是何等的神圣的修为。

但是，但是，经轮飞转，经文被一遍遍转过，他却发现，自己在佛前

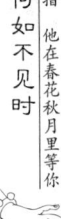

苦苦哀求的，不是为了超度，却只为触摸她曾经抚过经轮的指尖。

他终于睁开眼。

在那袅袅轻烟之中，在那梵音缥缈不绝之中，他慢慢睁开眼，满眼都升腾起她的影子。

就在那一刻，他的眼泪和一些叫作伤心、悲痛、忧郁、无奈的情绪一起诞生了。那是一串为爱而流的眼泪，是一串为爱而存在的生命。就在它们从他腮边滑落的刹那，他发现在不远处有一簇小小的火焰，那是她浓烈得化不开的情。那火焰明亮而温暖，他被震撼了。那一刻，他知道，他的出生便只是为了等她点燃情爱之火后见到她，在那颗相思的泪珠散落之前爱上她。

他真的是爱了，无可救药地爱了。那向上蹿起的火苗如同张开的双臂，他不顾一切地扑向它。只要能靠近它，他不在乎毁灭。

他知道，当"相思"与"热烈"纠缠在一起时，注定会演绎出最浪漫的故事。哪怕火焰灭了，泪珠散了，他们的身躯也要紧密地融为一体；哪怕化作一缕轻烟，他们也要拥抱着、缠绵着飘向遥远的天之涯、海之角。

那是怎样炽热而决绝的爱情啊？他无法言说。

公元 1685 年，仓央嘉措已经两岁了。第巴桑结嘉措在拉萨听说了门隅天降异象的传说，特地派遣亲信喇嘛前去秘密查访，在经过十五项的严密考核和辨认之后，仓央嘉措被秘密确定为五世活佛的转世灵童。

活佛的转世制度，发端于 12 世纪初。公元 1193 年，藏传佛教噶玛噶举派的创始人都松钦巴大师，临终时口嘱弟子他将于某时某地转世，后人遵循大师遗言寻找并认定转世灵童，从而拉开了藏传佛教活佛转世之先河。此后，活佛转世这一新生的宗教制度相继被藏传佛教各宗派普遍采纳，并在长期的发展过程中，逐渐形成了对于活佛转世灵童的寻找、认定、教育等一整套严格而系统的制度。

《大方广庄严经》对仓央嘉措有着这样的描述："就一切的孩子所具备的大勇者，他有三十二种吉相——肉髻突兀头闪佛光，孔雀颈羽色的长发右旋着下垂，眉宇对称，眉间白毫有如银雪，眼睫毛逼似牛王之睫，眼睛黑白分明，四十颗牙齿平滑、整齐、洁白，声具梵音，味觉最灵，舌头既长且薄，颔轮如狮，肩膊圆满，肩头隆起，皮肤细腻颜色金黄，手长过膝，上身如狮，体如柽柳匀称，汗毛单生，四肢汗毛旋向上，势峰茂密，大腿浑圆，胫如兽王系泥耶，手指纤长，脚跟圆广，脚背高厚，手掌脚掌平整细软，掌有蹼网，脚下有千辐轮，立足坚稳……"

随后，年幼的仓央嘉措被秘密接往错那的巴桑寺里奉养。这一切安排都被第巴桑结嘉措布置得异常严密，除了门隅政教首领梅惹大喇嘛和两名得道高僧以及两名经师可以随时随地服侍他、照管他，外人均不得接近之，甚至连仓央嘉措的父母至亲也不行。

仓央嘉措从小就非常聪明，在他5岁刚开始学习文字时，第一天就熟练掌握了三十个字母，并能上下加字、逐一拼读。在他七岁的时候，便在当地的巴桑寺中正式学习佛法。8岁的仓央嘉措，已经开始学习《土古拉》《诗镜注释》《除垢经》《释迦百行传》等。这个时候，他还试着给桑结嘉措写了一封信，说明了自己的学习情况。

转眼间，仓央嘉措已经十五岁了。

15岁的他，已经从一个稚童长成了一个体态均匀的美貌少年。在学习的间隙，他偶尔也偷偷走出去，在寺院外散步。巴桑寺地处山南错那，属门巴族人聚集之地，该地抑制黄教，盛崇红教，且生殖崇拜盛行，男欢女爱，情歌回旋，僧人可以和女子通婚。

在这里，寺院外经常回荡着一些缠绵的情歌，这些情歌，常常打断仓央嘉措对于佛教思想的冥想。

在巴桑寺的极远处，有一座雄伟的大山，那就是著名的苯日神山。在这座神山上，有一棵巨大的神树，神树上挂满了各种各样的经幡和祭品，此树高耸入云，经常有云雾缭绕，仿若仙境。仓央嘉措也经常从寺院的窗口远远地凝视着这棵神树，懵懂地猜想着那些情歌中所歌咏的意蕴。

那一年的四月，葱绿的青稞麦一片连着一片，在视线的尽头，低低的山丘擦着明朗的天空，安逸得如同夜莺恬淡的歌喉。童心未泯的仓央嘉措

久居寺院，时常听到寺外的歌声，免不了心猿意马。这一天趁喇嘛们不注意，他再一次偷偷跑了出去，一直走到树荫浓密的树林边。仓央嘉措在路边发现了一群无人看管的羊，于是拾起挂在树上的皮鞭划过长空，赶着羊群一路高歌而去，却不想在风的呼声中听到了一阵沁人心脾的铃音。

那是从一匹白色的牦牛身上传来的，而牦牛所驮负的，正是一个入画的白衣少女。仓央嘉措笑着，有些害羞地望着她。她顾盼的目光从眼角传过来，落在他的脸上，大胆而放肆地取笑着他："有什么好笑的啊？你这牧羊的少年！"

"我……"仓央嘉措的脸陡地红了起来，他虽然已经长成了一个标致的小伙子，但却从来没有接触过像她这样清纯美貌的女孩子。他低着头，斜着身子便要从路边穿过去。

"嘿，我又不是夜叉，你干吗要避着我走？"白衣少女发出银铃般的笑声，笑得花枝乱颤，在他眼里露出了她动人的小蛮腰。

"我，我笑你像唐卡上画的仙女！"仓央嘉措回过头来，目光炯炯地盯着白衣少女，此刻他正感到心潮澎湃，一种从来没有体验过的感觉在他身体深处蠢蠢欲动。

"仙女？"白衣少女咯咯笑着，"我说你个小喇嘛，干吗非得装成牧羊人出来唬人？噢，我知道了，你一定是背着大喇嘛们偷偷跑出来的，对不对？"她调皮地眨着眼睛，伸出右手的食指放在嘴边肆意舔了舔，笑得更加肆意烂漫。

"你……"仓央嘉措站住了，满脸拘谨地望着她，羞怯而又好奇。

"想知道我是怎么知道你真实身份的吗？"白衣少女歪着脑袋，轻轻指着他腕上戴的一串骨珠，"在这里，只有小喇嘛才会戴这个的。"

仓央嘉措低头不语，轻轻咬了咬嘴唇。他被白衣少女的大方和出尘的清丽搅动了心绪，整颗心"怦怦"跳个不停。

"你叫什么名字呢？"她伸长脖子好奇地问。

"仓央嘉措。"

"你是说,你的名字叫仓央嘉措?"白衣少女露出皓齿浅笑。

"是的。"仓央嘉措憨憨地望着笑颜如画的她。

"仓央嘉措?那就是'梵音海'的意思了?真是个不错的好名字。"她走到他身边,伸出手递到他的手边,"我叫玛吉阿米。我们做个朋友好不好?"

"朋友?好啊!"仓央嘉措伸出手,可刚刚触摸到少女柔若无骨的纤指,他的手便又腾地缩了回去。

白衣少女轻轻笑着,落落大方地抽回自己的手:"仓央嘉措,你是在后边巴桑寺里当小喇嘛吗?"

"是的。"

"做喇嘛每天都要念经的吗?"

"嗯。"仓央嘉措轻轻点着头,不经意地挥舞着手里赶羊的皮鞭。

"快把这东西扔了吧。一会儿牧羊人来了发现鞭子不见了,会到大喇嘛那里告你状的。"

"噢。"仓央嘉措恋恋不舍地望着手里的皮鞭。

"快放回去吧。"少女从他手里接过皮鞭,挂在路边的树梢上,"念经好玩吗?"

"啊?"他瞪大眼睛盯着少女澄静如水的眸子,似乎对她的发问感到不解。

"经有什么好念的?"少女一脸灿烂地瞟着前方的树林说,"要不跟我一块儿到林子里玩吧。林子里有可爱的小兔子,还有很多蘑菇,我们一起采蘑菇炖了吃好不好?"

"不行。我是背着梅惹大喇嘛偷偷跑出来的,一会儿他们发现我不见了肯定要出来找我的。"

"怕什么?反正他们现在又不在这里!我们就玩一会儿,好不好?"

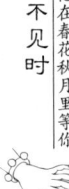

仓央嘉措摇着头:"我马上就要回去了。要不让大喇嘛们发现我不见了,以后就再也找不到今天这样的机会跑出来散心了。"

"就一次还不行吗?"少女不给他犹豫的机会。她一把拉起他的衣袖,飞快地跑进前方茂密的树林里。树林里有古老参天的大树,有飞流直下的瀑布,有清澈的小溪,有嶙峋的怪石,有各种各样的蘑菇,还有可爱的松鼠。这一切,都让每天和沉闷的喇嘛们待在一起念那枯燥乏味经文的仓央嘉措感觉到新奇和神秘。少女带他在瀑布下嬉戏打闹,逗了松鼠,惊了鹦鹉,玩累了便躺在芳草萋萋的溪畔,编织着属于各自心底最隐蔽的欢喜心思。

"仓央嘉措?"她撅起嘴回头睃着他,"怎么不说话,在想心思吗?"

仓央嘉措摇摇头:"我在看天。"

"天有什么好看的?日出日落,哪天不是一样的?"

"可是今天的天空格外的好看。"仓央嘉措若有所悟地仰头望着如洗的天空,突然叹口气说,"要是每天都能和你一起在林子里玩就好了。"

"你喜欢跟我一起玩吗?"

"喜欢。"他点点头,目光仍然盯着头顶那片湛蓝的天空。

"我看你说的不是真心话。"

"怎么不是?"他有些急了,脸憋得通红通红。

"那你干吗老盯着天看?难道怕我吃了你?"

"我……"

"好了,不难为你了。我问你,等你长大了还会留在巴桑寺里做喇嘛吗?"

"嗯?"他摇着头,"不知道。"

"什么不知道?只要你愿意,就可以娶妻生子,不再留在寺里做喇嘛的。"

"啊?"他浑身犹如被电击了般,轻轻颤抖着。

"瞧你,还是个男孩子呢!怎么说起这些倒比姑娘还要忸怩?"少女取笑起他来,"你要是娶了亲,就不会想起来我是谁了。"

"那我就一辈子都不娶亲。"

"这可由不得你想不想。"少女忽地坐起身,娇羞满面地睨着他,"要是你想当一辈子喇嘛,我就一辈子都在这山里陪着你。"

"什么?"仓央嘉措羞涩地望着她,他似乎能够明白她这句话背后隐藏的深意,只是他不敢,也不愿说破,只是呆呆地如痴如醉地盯着她如花的芳容,为之失色。

白衣少女笑了。她抬手拢着被风吹散的长发,踮起脚尖,将飘散着莲花芳香的身体轻轻移向仓央嘉措身前,趁其不备,突然使劲在他脸上亲了一口,便又站起身飞快地跑开了。

白衣少女的笑声响彻在空旷的天际。仓央嘉措满脸通红地坐在草地上,面对突如其来的情状显得不知所措,两只手举起来又放下,徒劳地张在那里。

"仓央嘉措,我会想你的!"白衣少女一边朝前飞跑,一边转过头来望着神魂颠倒的仓央嘉措。

他突地站起身,昂起头,大声对着白衣少女跑过去的方向问了一句:"你叫什么名字?"

"我叫玛吉阿米!刚刚告诉过你的,这么快就忘了?"白衣少女咯咯的笑声再次划破长空贯进他的双耳。

玛吉阿米。玛吉阿米。白衣少女已经骑在白牦牛上缓缓离去。仓央嘉措伸手拍打着身上的灰尘,深情凝望少女远去的背影。玛吉阿米。她就像吉祥天身边无瑕的仙子。不,她就是吉祥天身边的仙子。她是那么纯真,那么圣洁,难道都因为她的名字叫玛吉阿米吗?

仓央嘉措点点头。嗯,这个名字在藏文中的含义,就是纯洁无瑕、圣洁少女的意思。他抬头望着湛蓝的天空,腼腆地笑了。这是他离开家乡来到错那的巴桑寺研习佛法后第一次笑得如此惬意生花。

仓央嘉措一路走着,一边痴痴想着那个叫玛吉阿米的白衣少女。他现

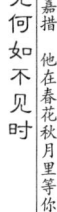

在已经懂了很多了,知道山南人一般信仰的都是红教,而红教是允许僧人和女子通婚的。那么,他以后有可能会娶这个叫作玛吉阿米的女孩子做他心爱的妻子吗?

第五章 世间安得双全法

第六章 名家有女初长成

名家有女初长成，体态轻盈貌端秀。
恰似园林清香果，鲜艳熟美挂枝头。

  自打遇上那个白度母般美丽清芬的女子，一连数日，上完经课后，仓央嘉措都会趁大喇嘛们不备之际偷偷跑出去，一直跑到那片茂密的树林边。他在等玛吉阿米，热切地期盼她穿着一袭雪白的衣裙、骑着牦牛再次出现在他目光所及之处。然而一连十天过去了，他始终没等来玛吉阿米灿若云霞般的身影。

  那天，梅惹大喇嘛带着大大小小的喇嘛离开巴桑寺前往某山民家做佛事，偌大一座寺庙只剩下仓央嘉措和他的亲随侍奉。仓央嘉措略施小计便轻松支开侍从，满怀欣喜地跑了出去。从巴桑寺走出来的时候已近黄昏，地上是一层蓬蓬松松的小草，阳光从巴桑寺上空斜照过来，草地、寺庙皆被渲染成了柔和的橘黄色。仓央嘉措满心温柔，遥首眺望，寺庙外几处星星点点的火光刹那闯入他的眼帘，依稀间还能听到来自云端的空灵幽远的歌声。

  仓央嘉措快步走着，在路口，翩然走过一个体态轻盈的女子，那女子头上掩着面纱，冲他回眸一笑，翩然而去。

  仓央嘉措呆呆地站在那里，那一对流光溢彩的倩目，不正是那天在树林里将香吻送给自己的玛吉阿米吗？玛吉阿米，啊，玛吉阿米！飘逸灵秀的玛吉阿米让他心醉，令他神往，不知不觉中，他看她看得愣住了神，久久无法自拔。蓦然回首，哪里还有什么绝色女子近在咫尺，那人早已走得连影子也不见了。

仓央嘉措怅然若失，沿着小溪跟跄地走着，一直走到梅惹大喇嘛做佛事的那户人家门外。刚一抬头，就看见玛吉阿米轻轻揭开薄如蝉翼的面纱，对着他报以甜甜一笑。他怔住了，莫非他爱慕的女子就是这户人家的小姐？

玛吉阿米伸出右手的食指放在嘴边对着他轻嘘一声，随即穿过人群走到屋角檐下，抿着嘴朝他打着手势，指向路边茂密的果林。他心领神会地转身踅进她指向的果林，很快，玛吉阿米也跟着走了进来。

"你叫仓央嘉措？"玛吉阿米拉着他一屁股坐到草地上，饶有兴致地瞪着他上下打量着，"你是叫仓央嘉措，我没记错吧？"

他点点头，一脸憨憨的笑意。

"你还记得我叫什么吗？"她昂起头，一脸笑靥如花。

"玛吉阿米。"他红着脸低声说。

"什么？"她盯着他如水的眸子，"说大点声，我听不见。"

"玛吉阿米！"他鼓起勇气大声喊着她的名字。

"叫这么大声干吗？你想让梅惹大喇嘛知道我们躲在这里玩吗？"

"是你让我喊大声点的。"他怔怔望着她，一脸的羞涩。

"你还真听话，叫你干吗就干吗。我要叫你去杀人，你会去干吗？"

"我……"他的脸憋得通红，"我是……"

"哎呀，逗你玩的啦！"玛吉阿米娇笑如珠，"你是小喇嘛，我当然不会教唆你去做杀人放火的事情。"

"那你会叫我做什么？"仓央嘉措慢慢放松开来，转过头紧紧盯着她问。

"你这么看着我干吗？"玛吉阿米撅着嘴，"我还是个小姑娘，你这样看着我，我会难为情的。"

"那我……"仓央嘉措迅速低下头，脸上荡漾起一圈一圈的红潮。

"你这人真有意思。"玛吉阿米咯咯笑着,"说你一句立马就脸红了,比姑娘们还要害羞。"

"谁说我害羞了?"仓央嘉措嗫嚅着嘴唇低声反驳着她。

"你不害羞?好,不害羞你就唱首歌给我听。"

"……"

"怎么?不想唱啊?还说你不害羞呢!"玛吉阿米做着鬼脸取笑着他。

"唱就唱!"仓央嘉措不想在玛吉阿米面前丢了面子,轻轻耸耸肩头,望着对面树上累累的果实,不禁扯开喉咙高歌一曲:"名家有女初长成,体态轻盈貌端秀。恰似园林清香果,鲜艳熟美挂枝头。"

"你这唱的什么?"玛吉阿米不解地盯着他,"我怎么从没听过这首歌?"

"你当然没听过,因为是我刚刚编出来的。"

"你编出来的?"玛吉阿米不相信地睃着他,伸出指头放在嘴边咬一下,"要是你编出来的,鬼都会出来跳舞了!"

"名家有女初长成,体态轻盈貌端秀。恰似园林清香果,鲜艳熟美挂枝头。"仓央嘉措得意地瞟着玛吉阿米,把刚才即兴而作的歌又唱了一遍。

玛吉阿米听得如痴如醉:"这歌真是你刚想出来的?"

"那还有假?"

"那这歌唱的是什么意思?"

"当然是唱你的啊!"仓央嘉措一脸自豪,"你就像那树上的香果,鲜艳美丽挂在枝头。"

"什么?你唱的是我?"玛吉阿米顿时羞红了脸,扑闪着一双明亮的大眼睛怔怔盯向仓央嘉措,"哎呀,你这个人!你坏,你坏死了!"玛吉阿米突地从草地上站起来,捂着脸,飞一般地朝果林深处跑了过去。

"玛吉阿米!"仓央嘉措跟在她身后追逐着,此时月至中空,林中湖

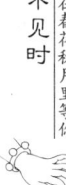

水中倒映着月光，月光反衬着湖水，草地上一脉光明。在草地的中央，正站着那个叫玛吉阿米的清纯少女，此时正眨着眼睛调皮地睨着他，已然没有了刚才的满面羞涩。

仓央嘉措呆呆站在那里，看得痴了，一时竟不知道该怎样开口才好。

两人相对无语。良久，玛吉阿米望着他打破沉寂，掩口笑问他说："你说，那首歌真的是唱我的？"

仓央嘉措使劲点点头。

玛吉阿米抿着嘴斜睨着他："那这首歌就是写给我的啰？"

仓央嘉措还是使劲点点头。

玛吉阿米又笑了，笑得花枝乱颤："你这个人，腼腆得让人心寒，难道就不会说句正经话吗？"

仓央嘉措望着眼前的如花美眷腼腆地笑了，露出他那一排整齐洁白的牙齿。

"看你，就知道傻笑，跟上回在树林边见到的那个傻头傻脑的小喇嘛比起来一点也没变！"

仓央嘉措还是憨憨地笑。玛吉阿米对着他无奈地挤了挤眼睛。此时无声胜有声，他们就这样在清辉烂漫的月光下默默相对，月光横洒过来，两人身上仿若披了一层神圣的佛光，他们纯净空灵的心思被渲染得一览无遗。

玛吉阿米情深款款地望向仓央嘉措，突然凑近他身边说："知道吗，我总觉得自己在哪里见过你，在前世。这种感觉，从我们第一次见面就毫无来由地攥着我的心腑。我也不知道这究竟是怎么回事。"

"什么？"仓央嘉措好奇地觑着她，佛教是相信轮回和因果的，他也想知道自己的前世和这个女子到底有着怎样的纠葛，为什么要这么三番两次地见到她，并且如此的无法自拔。

她看着他继续说："在前世，你是头人家尊贵的班觉少爷，而我，是随母亲藏身在山林深处下蛊的巫女。头人家是当地最为显赫的家族，有着高贵的血统和不可一世的地位。他们家有数不清的农田和草原，在他家院后还有一片葱郁的竹林,而我和母亲一直都在那片竹林后的大森林里行蛊。"

"下蛊?巫女?"仓央嘉措听着她的讲述,摇摇头,不由自主地咯咯笑出了声。自己的前世分明是五世达赖喇嘛,怎么可能是一个头人家的班觉少爷呢?再说眼前的玛吉阿米纯洁得宛如冰雪,她的前世又怎么会是恶毒的巫女呢?他凝神望着她,越发觉得这个女子可爱,尤其是那种天真的表情,在月光下分外惹人怜爱。

"你不相信?"她怔怔盯着他,"我前世的娘年轻时爱上了一个男人,爱得死去活来,但那个男人最终还是弃她而去。后来她只身一人住进了深山老林,不再与外界接触,就这样平静地度过了几十年,她又疯狂地爱上了一个男人,并且生下了我,可还是没能摆脱被抛弃的命运。从此之后,她发誓,一定要让天下所有的男人都受到惩罚,所以每当有男人从门前经过,她就会下蛊害死他们。后来,被害的人多了,大家都对我们敬而远之,等我长大后,她就逼我出来用色相引诱那些男人,死在我手上的男人不计其数……"

"怎么会?"他怜爱地望着她,"这只是你的臆想,根本就不会是真的。"

"是真的。"她认真地说,"我能感觉到。前生的我欠下了无数的孽债,所以今生便要罚我用一生的痛苦来还。"

"不会的。"

"为什么不会?"

"因为……"他红了脸,"因为我相信你!"

"你相信我?"她轻轻笑着,眉间带着淡淡的愁,"可我前世真的是下蛊的巫女。被我下蛊的男人就包括前世的你。"

"什么?我?"

她点点头。无奈,忧郁。

"结果呢?"他故意问她。

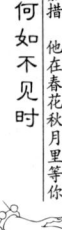

她仰起脸,郑重其事地告诉他:"头人家的班觉少爷,是三代独苗,打出娘胎起他就是长辈眼里的掌上明珠,从小就过着锦衣玉食、无忧无虑

的生活。因为极度受宠,他被骄纵惯了,只要是他想做的事就没有做不成的,可唯独有一样事他做不到,那就是头人夫妇严禁他闯入竹林后那片森林。森林本来是头人家的领地,竹林后还有一条通往那里的小径,可自从那对下蛊的巫女藏身其间之后,就少有人会走那条路了。班觉少爷一直纳闷大家为什么不让他走近竹林一步,在他眼里,竹林后的森林是那么美,山是那么青翠,水是那么明净,他总想到那里去玩,于是在他15岁那年的冬天,他还是瞒着头人,偷偷跑了出去,沿着后院的小径一直往外跑,直跑到森林的深处,找不到回家的路,在寒冷饥饿中冻得瑟瑟发抖……"

"还有呢?"

"你不知道,你的前生那天就出现在我家房前。那天下蛊的老巫女正好出了远门,家里只剩下小巫女一人。小巫女看他生得俊美如花,又纯洁得一尘不染,不想伤害于他,于是决定背着老巫女偷偷放他一条生路。就这样,头人家的少爷和小巫女在山谷里立下了情意缠绵的海誓山盟。到最后,少爷被头人家的农奴找到,当头人得知自己的儿子和小巫女的事后不禁勃然大怒,为了阻止他们相爱,头人派人连夜将少爷送往千里之外的他乡。"

"后来呢?"

"后来班觉少爷在外学习经商,最后成为名噪一时的大贾,却沾染了外面的坏习气,整日流连于秦楼楚馆,很快就把小巫女遗忘了。再后来,为了发展生意,他娶了当地权贵的小姐。在班觉少爷和小姐的新婚之日,心有灵犀的小巫女屈指一算,知道她的情郎背叛了他们的爱情,便在千里之外的山谷中悲泣、揪心,为爱而战栗。"

仓央嘉措逐渐被这个故事吸引住了,他认真地听着。

玛吉阿米接着说:"最后,班觉少爷染了瘟疫,客死他乡。他的尸体被赶尸人送回家乡安葬。在棺木下葬的时候,一袭白衣白裙的小巫女突然从遥远的山林中跑出来,趴伏在棺盖上悲号不止,彻夜不愿离去。谁都不知道小巫女是谁,只是惊艳于她宛若天人的美貌,甚至怀疑她是九天下凡的仙子。然而最终还是有人认出了她,那是一个男人,曾经高高大大的男人,现在却是一副羸弱相,他站出来,颤抖着手指着她告诉大家,眼前的白衣女子便是躲在深山老林里下蛊的小巫女。于是群情激愤,在头人的号令下,小巫女被家丁们牢牢摁在地上,任她怎样哀求,就是不肯给她机会再给她心爱的男人磕上一个长头。

"小巫女最终被绑在了墓地附近的空地上，在她身边，四周正燃着熊熊的烈焰。她知道，这将是她涅槃的到来，可她不后悔，因为有了爱，她愿意为他一死，心甘情愿，无怨无悔。小巫女被烧死了，她的鲜血顺着地缝延伸到了班觉少爷的墓前，后来，在她鲜血淌过的地方长出了一棵相思树，经常有人看到有两只相思鸟在树上欢快地鸣唱。"

仓央嘉措仔细听着，逐渐被这个惨烈的爱情故事打动，在他心里，慢慢升腾起一幕缠绵悱恻的图卷。

那是什么时候的事了？他摇摇头，尽力随着玛吉阿米的思绪去遐想。那时的他还很小，手戴阿妈从寺庙里求来的佛珠，背着众人偷偷打开后院通往竹林的小门溜了出去。他一直对竹林后那片森林充满遐想与神往，所以他一定要亲眼看一看那到底是怎样一个神奇的地方。

这时，身着一袭白衣的美丽少女陡然就出现在他眼前。她瞪大眼睛好奇地凝望着他问："你是谁家的孩子，知道这里不是你这样的人可以随便出入的吗？"

"什么？"他挺起胸脯高昂着头颅，"我是头人家的班觉少爷，这里的山山水水、一草一木都是我家的领地，难道我还没有资格在这里出没？"

"你是头人家的班觉少爷？"

"难道不是吗？"他满面骄傲地盯着她，"我说你，无缘无故的，怎么会出现在这荒无人烟的地方？"

"你管得着吗？大路通天，我愿意去哪就去哪！"她瞟着他冷冷哼着，"喂，你真是头人家的班觉少爷？"

他点着头："你现在走的路是我家的领地，我可以不让你从这条道上过去的。"

"你？"她噗嗤笑出声来，"就凭你？你知道我在这里住多久了吗？"

"住多久？"他不无蔑视地瞟着她，"看你也不过和我年纪仿佛，就

算我让你在这里待上一辈子，也只不过是几十年的光阴罢了。"

"几十年？"她呵呵笑着，"你知道我娘在这里住多久了吗？算了，不跟你说了，说出来得吓死你。"

"吓死我？"他对她生出了兴致，歪着脖子仔细端详着她，"你叫什么名字？"

"我？"她放肆地盯着他笑着，"我叫雪衣啊。"

"雪衣？"他玩味着她的名字，"真是个好名字，是你阿妈替你起的吗？"

她摇摇头："你真是个孩子，一开口就没完没了问个不停。"边说边伸手指着身后的果林，"我就住在果林后边的深山里，那里有很多你们平时见不到的果子，要不要跟我一起去摘了尝尝？"

"我……"他犹豫着，"你真的住在果林后边的深山里？"

"我骗你做什么？"她拉着他的手嫣然笑着，"你跟我走不就知道了？那里的果子又香又甜，保管你吃了打嘴都不丢。"

他跟着她穿过果林，一直走到浓荫遍地的深山里。深山里有瀑布，有叫不出名的奇花异草，有冬虫夏草，有松鼠，有兔子，他和她玩得乐不思蜀，直到夕阳西下，仍然不愿离去。

"我这里好不好？"她满眼含春地望着他。

"好！"

"那你以后还会来陪我玩吗？"

"当然！"他郑重地点着头。

"那好，我们拉钩。"她伸出右手的食指在他眼前一晃。

"拉钩？"他不解地盯着她。

"是啊。这是汉人孩子们游戏的规则。拉了勾你说的话就不许反悔了。一旦反悔，你的手指就会烂掉。"她扑闪着两只水汪汪的大眼睛，"怎么，你不敢了？"

"谁说我不敢了？"他学着她的样子伸出右手的食指，递到她手边。

二人的手紧紧握在一起。四目相对，他忽然觉得她好美好美，抬起他天真的眼，挺起胸脯望着她说："雪衣，等我长大了就来把你娶回家当媳妇。"

"什么？"

"我说等我长大了要娶你回家当媳妇。"

她咯咯笑着："小傻瓜，等你长大后，早就把我给忘光了。"

"不，你等着我，我一定会来娶你的。"他倔强地望着她说。

她笑得更加肆意灿烂，但眉头马上又皱了起来。

"班觉少爷！班觉少爷！"远处传来阵阵焦急的呼喊声。

"有人来找你了。"她瞟着他，不无失望地轻轻咬着他的耳朵说。

"那是给我们家放羊的农奴。"

"那你回家去吧，我也得走了。"她抬头望着西下的夕阳叹口气说。

"雪衣，"他依依不舍地望着她，"我什么时候才能再见到你呢？"

"有一天，等你想我了，我就会再来的。"

"我每天都会想你的。"他懵懂地望着她。

"小傻瓜，你每天要做的事有那么多，还要在窗下苦读，哪里有那么多时间整天都想着我？"她伸手点点他的脑袋，"好了，快回去吧，要不你阿爸阿妈就要担心你了。"

"嗯。"他点着头，转过身朝找他的农奴发出声音的那条小径走了过去，一边走，一边回过头望着她，依依不舍地问，"你真的会来看我吗？"

"会的。"她认真点了点头。

"那你怎么会知道我想你了呢？"

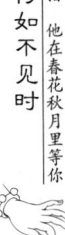

"我自然会有我的办法的。"她笑着转过身,慢慢消失在他的眼里。

等她的背影完全消失在他的视线之外,班觉少爷才极不情愿地跟着农奴忐忑不安地回到家中。头人阿爸坐在高大的太师椅上,手里端着一碗浓茶,对着茶碗悠悠地吹着气,显得高大而威严。他一抬头瞥见班觉少爷回来了,气不打一处来地指着他咆哮着问:"孽障,跟你说多少回了,不要一个人出去,你是把阿爸的话当成耳旁风了还是怎的?"

"我……"他瞟着站在阿爸身后的阿妈,支支吾吾地说着,"孩儿在家里待着实在闷得慌,所以就跑出去散心了。"

"散心?你跑哪散心去了?你一人跑到外边快活去了,知道我跟你阿妈在家里有多着急多紧张吗?"头人瞪着他问,"快说,你到底又跑哪儿胡闹去了?"

"我去竹林后的森林里玩了。"

"竹林后的森林?"阿妈的脸从阿爸的肩头探了过来,苍白而惊恐,"你去那儿做什么?不是告诉过你,一个人绝对不能去那儿的嘛!"

"我就是去玩玩嘛!"

"玩?"头人瞪大眼睛盯着他,"你难道不知道……好了,现在告诉阿爸,你在森林都看见了什么?要说实话,多一句不行,少一句也不行!"

"我?"他眼前陡地映现出雪衣曼妙的身影和出色的姿容,"我看见了一个穿着白衣服的女子,她的名字叫雪衣。"

"什么?白衣服的女子?"

"嗯。"

"什么白衣服的女子?"阿妈紧张地盯着他,"我怎么从没听说这附近有什么叫雪衣的女子,你是不是听错了,还是?"阿妈好像感觉到哪里有些不对劲,连忙转过身望着头人不无恐惧地说,"难道是……"

"是什么?"头人不耐烦地瞪了妻子一眼,"你就听他胡说,我们这里哪来的什么白衣服的女子?那片森林里根本就没有一户人家,而且要没我的允许,闲杂人等根本不可能进到那里去的!"

"就是因为这个我才怀疑……"

头人听妻子这么一说,眉头立即蹙了起来,他瞟了瞟班觉少爷,又瞟了瞟妻子:"你是说……那个传说……"

阿妈重重点点头:"怕就怕……自打我们的禁令颁布之后,就再也没人进过那片山林,那对巫女也已经很多年没害过人了,听说只要是碰上她们的男人,就会被她们下蛊,从来没有活着走出来的,难道我们的儿子碰上的白衣女子就是……"

"什么巫女不巫女的啊?"他瞪大天真的眼睛觑着一脸惊恐的父母说,"她是个长得很漂亮的姑娘,我还从没见过像她那么好看的姑娘呢!"

"你给我闭嘴!"头人睨着他大吼了一声,"再胡说我就把你关起来!"

"我没有胡说,等我长大了还要娶她回来做老婆呢!"他撅着嘴赌气说。

"什么?"头人勃然大怒,愤愤地摔碎了手中的杯子,双手已经因为惊恐而不自觉地颤抖了起来。"来人哪,快把班觉少爷带到后院关起来!没有我的命令,谁也不许放他出来!"

"阿爸!"

"不要叫我!"头人指着他大声骂着,"看看你,这个混账东西,你看看你都在这里胡混成什么样子了?!"

仆役们听到叫声,拉起小少爷就往后院去了。阿妈失魂落魄地盯着头人:"怎么办?这可如何是好?听说那对巫女恨透了男人,只要是她们碰上的男人就不会有好下场的,要是班觉遇上的真是她们,恐怕就要凶多吉少了啊!哎呀,班觉可是我们的宝贝儿子,你得赶紧想个办法救救他才行啊!"

"我这不是正在想嘛!"头人仰起头深深叹口气,突地一挥手大喝一声,"看来也只有这么办了!"

"怎么办?"

"把他送走,送得越远越好。"

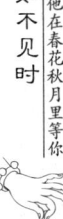

"送走？"

"这是唯一救他的方法了。"

阿妈一下子跌坐在椅子上，伸起手抹着眼泪。看来也只能这么办了。

后来小少爷就被强行拽上了马车，被送到远方读书去了。马车上，那个不谙世事的少年泪流满面，挣扎着对着山林深处大声哭喊着："雪衣！雪衣，你在哪？雪衣，你等着我，我会回来找你的！"

那夜，月凉似水，寂静的山林里，一袭白衣的雪衣紧锁着眉头守在高高的坡上，望着载着班觉少爷的马车渐行渐远，直到那辘辘的车轮辗着潮湿的山道消失在月亮的尽头。

仓央嘉措被故事里那个美丽的雪衣女深深打动了。他久久凝望着眸中盈着一汪秋水的玛吉阿米，眼里充满无限怜爱。

他的心变得柔情四溢，情难自已地紧握住她柔若无骨的双手，低声问着眼前如花的美眷："那这一世，你还要不要做那个雪衣女，在那高高的坡上等我？"

"不。"她轻轻摇着头，忧郁爬上她的额头，"这一世，你要像雪衣那样，为我悲泣、揪心、战栗，拼尽全身的气力来成全一段永恒的情。"

"就这些？"仓央嘉措将她紧紧拥入怀中。初升的月光将她如水的面庞衬托得更加干净纯粹，他不禁在心中默默念叨着：玛吉阿米，不管以后会发生什么，哪怕失去了所有的自由，我也会拼尽全力来爱你疼你，只要我还活着，就不会让你受到一点委屈，永远，永远。

灯火阑珊之际，他在玛吉阿米不舍的目光中，一步一回首地朝着巴桑寺的方向走去。巴桑寺门外，一群神情冷毅的喇嘛们端立墙下，正等着他们的活佛归来。慌乱中，他回首朝玛吉阿米的方向瞅去，待确定她已经消失在月夜之下，才从黑色的阴影下走了出来。无论如何，他都不会出卖玛吉阿米，不管发生什么事，他都会独自去面对梅惹大喇嘛的所有责难。

等他穿过那条并不漫长却显得路途遥遥的小径出现在巴桑寺门前时，却蓦然发现，除了众多熟悉的喇嘛外，寺内寺外还站了一群打扮奇异的侍从，黑压压的一片，威严而壮观。他知道他们正在等他，却好奇他们为何如此声势浩大。

寺门外左侧停着一轮非常气派的马车，比当年把他从达旺的乌坚林接到错那时的马车还要豪华炫目。马车旁站着一些气宇轩昂的大喇嘛，这些喇嘛个个神情端庄肃穆，全然不像教自己经义的喇嘛那么和蔼可亲，但是对他却又恭敬有加。一直教授仓央嘉措佛法的梅惹大喇嘛告诉他，他在巴桑寺的修行已经结束，下面就要起程去浪卡子了，在那里，将会有一个最了不起的大人物在等着他，将会带着他回拉萨的布达拉宫坐床。

回？仓央嘉措睁大懵懂的双眸，拉萨和布达拉宫对他来说一直只是一个美丽的无法捕捉的幻影，甚至都不曾出现在他任何一个清灵的梦里，可他们却说他原本就来自那个地方。他甚至不知道，在他们心里，他就是他们的活佛，神圣的五世达赖喇嘛罗桑嘉措的化身。

梵音唱晚。仓央嘉措还没来得及说什么，就被大喇嘛们请上了马车。

"我的经书！"仓央嘉措撩开车帘，瞪大疑惑的眼睛瞟着教他经义的门隅政教首领梅惹大喇嘛洛珠嘉措，"师父，我的经书！"

"到了拉萨，什么经书没有？"被人们尊称为梅惹大喇嘛的洛珠嘉措冲他挥挥手，"去吧！愿佛祖保佑你，孩子。"

"玛吉阿米！"他坐在马车上痴痴念着。

"什么？"还没等车外的洛珠嘉措弄明白他在说些什么，"啪"的一声鞭响，马车便缓缓开动了。

"唔。"仓央嘉措最后看了一眼家乡，家乡的山水，家乡的树林，树林中那银铃般灿烂生花的笑声。但是，此时此刻，他心里却默默思念着那个骑着白牦牛的白衣少女，那个叫玛吉阿米的姑娘。他在心中暗暗发誓，自己永远也不会把她忘却，不管走到哪里，去向何处，等他学成归来，一定还是要回到故乡来的。是的，他一定要回来的，他得回来寻找那个笑语如珠、笑靥如花的玛吉阿米。

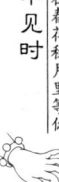

浩浩荡荡向着天之宫阙前行的队伍连着天边。仓央嘉措端坐在这其中最核心的法车之中。所有的人都开始称呼他为活佛，可是，什么是活佛呢？

他将心中的疑问告诉了从拉萨来的此刻正坐在他身边陪伴他的洛桑喇嘛。

洛桑喇嘛向他解释道："活佛，就是指已经修行成佛的人，在他圆寂之后，为了完成普度众生的宏愿，以普通人的形体出现，再度转世为人。"

"这么说，我的前世，是得道的大师？"

洛桑喇嘛的脸上是一种不可捉摸的神情，他轻轻挑开法车的帘帐，望着法车外无边的藏疆，意味深长地说："浪卡子快到了，过了浪卡子离拉萨就不远了，布达拉宫就在那里。到了圣宫，活佛必须坐床修行，您一定能成为西藏最为杰出的法王。"

在洛桑喇嘛说最后一句话时，仓央嘉措清晰地看见他的脸上闪烁着某种神秘的光芒。他无法探求这是一种怎样的情愫，就像他无法预知自己能否成为最杰出的法王一样。

他就这样离开了巴桑寺，离开了错那，亦如他多年前离开达旺的乌坚林，离开门隅。

这一年他 15 岁，从此往后，一直到 24 岁病逝于青海湖畔，他始终再也没有机会回过故乡一次。那个让他念念不忘的故乡，也只能一次次在布达拉宫的帷幕之后和拉萨的街头令他魂牵梦绕。

但，仓央嘉措对于故乡却始终怀着浓浓的眷恋之情，虽然不能回到故乡，但令他至死不渝的故乡却一直流淌在他的诗歌中，并在西藏各地广为流传。门隅的藏人也爱戴并敬重这样一位重情重义的活佛。在门巴族人生活的地区，一首赞美仓央嘉措的民歌至今仍被如火如荼地广为传唱：

　　布达拉宫顶上，
　　升起金色太阳。
　　那不是金色太阳，
　　是仓央嘉措的光芒。

第七章 就中难测是深情

> 抱惯娇躯识重轻,就中难测是深情。
> 输他一种觇星术,星斗弥天认得清。

仓央嘉措不愧为一代情僧,他的诗,不论是热情奔放还是冷静幽远,同样都蕴藏着一种拆解不开的深情。从"一自魂销那壁厢,至今寤寐不断忘",到"世间安得双全法,不负如来不负卿",无一不是如此。当感情来临的时候,做到热情如火、缠绵似水很容易,做到淡如云影、静似深流却实属不易。《就中难测是深情》这首小诗所表现的正是这样一种安静的深情,一如清风明月、雨润芭蕉。这样的感情没有焦渴,没有情深缘浅的感叹,也不会有烈焰焚身、万箭穿心的煎熬。

很多人在读这首诗时,都被诗人质朴、本真、安静而又深沉的爱感动。轻轻吟诵这回味悠长的诗歌,似在水湄聆听了一曲亘古的天籁,一下子就被拨动了心弦,那寥寥几笔空灵绝响的诗句,犹如淡淡的水墨画,早在世俗的风景之外勾勒出一幅绝美的红尘恋图。

在这首诗中,没有华丽的辞藻,只有质朴无华的情感,只有任世事怎样变换,他的情始终不变,就在那里的那份爱,就如天上的恒星,哪怕历尽沧桑都亘古不变。字里行间,我们看不到缠绵悱恻、山盟海誓,却能读到一种磐石般坚定不移的深情。就那么简简单单的几行字,明明白白的几句话,没有曲折幽婉、跌宕起伏的韵律,却构成了一种千回百转、深沉有如大海的情愫。这样的情感仿佛岩浆在地壳底层涌动,它的力量足以冲破所有坚固的岩石，而表面看上去却是平静的、波澜不惊的。

"抱惯娇躯识重轻，就中难测是深情。输他一种觇星术，星斗弥天认得清。"整首诗简单易懂，没有过分的渲染，但却绝对是生花的妙笔，反复吟诵，便能深切地感受到诗人心中那份无论世事怎样变换此情都不渝的纯洁爱情，其看似平淡却蕴含真挚感情的字句，以及字里行间透出的悠缓的节奏、优美的旋律，都极富艺术感染力。

从古至今，爱情一直都是让人吟咏的永恒主题，太多的诗词佳句都证明了爱情的美妙，同时也证明了爱情是种让人肝肠寸断的伤。闭上眼，默诵此诗，便滑入到那唯美的伤感意境中。

那是一片空灵苍茫的雪地。看不到人，听不到声音，嗅不到花香，唯有磅礴的大雪淹没了诗人孤寂的心。多情的仓央嘉措难抵相思，月夜下踏雪忙会情人，是缘乎，是劫乎？当破晓时分，人们读着一个男人在雪野里留下的清晰的夜奔足迹——那足迹急促有力地蜿蜒着连向布达拉宫和拉萨街头的小巷深处——于是开始了疑惑、沉思，以及随之而来的惊愕——原来，仓央嘉措在坦然地以情爱的名义歌唱的同时，也写下了对戒律的反叛。

遥想仓央嘉措作为一个活佛的无奈与身不由己，他虽然没有办法去改变那些清规戒律，但他仍然选择了离经叛道，选择了舍弃权力与改变命运，这需要多大的勇气？如果不是爱得至真至纯，那又是什么力量让他放弃无上的权力与荣华富贵呢？答案只有一个：因为爱情。

在浩瀚的时间长河里，时间能够湮没一切，然而能让人们永远记住的片段又有多少呢？但是，仓央嘉措却用他至真至纯的爱与诗记住了所有的悲欢离合，而他流传于世的情诗更让人们永远记住了他，虽然岁月已在沧海桑田的变迁中过了几个世纪。

抬头，我仿佛踏着莲花穿越到三百年前的苍茫大地。放眼望去，我看见，飞舞的雪花在空旷的天幕上划过一道道伤痕，缓缓落到他们身上，最后滋润成水，再也找不到一丝痕迹。

大雪纷扬，瞬间便遮住来时的足迹，再也找不见归时的旧路，而他依然搂着她，沿着雪地义无反顾地走了下去，带着些许茫然与无助。当爱情没了退路，寂寞便拉开了帷幕，但他不想向世俗妥协，索性不再顾忌，不再后退，因着相爱的名义勇往直前。

读着这种至真至纯的情与诗，心中涌起的已不仅仅是感动与感叹，更有一份难言的心绪。仓央嘉措的诗如同一曲天籁之音震颤灵魂、动人心弦，那种爱得不带一丝杂念的纯情，久久叩击着我的心门。

这就是仓央嘉措的爱情，就是他对玛吉阿米许下的诺言。凄婉而神圣，纯洁而真挚。然而，在当今这个功利性很强的现实社会中，又有多少人的爱情能达到这种至真至纯的无我境界，又有多少人的爱情是无论世事怎样变迁都不更变呢？然而，仓央嘉措做到了，他爱得至真至纯，不带一丝名利，为了爱离经叛道，毅然舍弃了地位与权力。

雪花，片片绽开，飞舞，盘旋，凋落，湮灭，整个世界瞬间回归到远古时的纯洁与本真。他们手牵着手，继续前行，背后，是一片白雪皑皑的苍茫大地，还有一朵艳绝尘寰的雪莲花。

就这样，他们互相搀扶着向亘古的尽头走去。那是飞蛾扑火的、粉身碎骨的、不计代价的、超越时空的真爱，人们可以不理解，却无法不去懂得。

这样的感情，如小草依恋着土地，云朵依恋着天空，星星爱慕着月亮。我不会搅扰你的生活，也不会打扰你的平静，我只是这样默默地静静地喜欢着你，不离不弃！爱你，已经成了一种习惯。这样的爱自始至终只是一个等字，并且是一个早就预见了一切的等。我明知道这样的爱不会有结果，也明知道这样的等待注定是一种无望的等，是今生来世都不可执子之手、与子偕老的等，我还是不会改变初衷。

这让我们想起母亲对于孩子的爱，想起菩萨对于众生的爱，这是一种无条件的爱，大爱无言。

这样的等待，仿佛是骨子里的一种等，是与生俱来的一种等，这样的等不会因为你的回不回眸，留不留恋，而增加半分，或者减少半分。这样的等待完全出于一种自然，像小溪绕着沟壑缓缓地流淌，像箫声穿过竹林在天际若轻烟般缓缓萦绕。这是一种生命本初的等，就像等待每天的日升月落一样简单，就像等待春天的花开、夏季的蝉鸣、秋季的落叶、冬天的

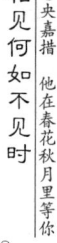

雪花一样自然。

等待的时候，可以看书写字，可以吟诗作画，可以赏花弹琴；可以品香茗、闻虫语，看柳絮纷飞，听雪落无声，只是从来不曾忘记你。你知道不知道都没有关系，你晓不晓得也不重要，你说喜欢也罢，不喜欢也好，我全都不计较。这样的爱虽没有山盟海誓却永存抱柱之心；这样的爱不会因外界的扰攘纷争而移步迁徙，因为它们始终只是在心底那安静的一隅。

诚如弘一大师的教诲：爱是一种慈悲，四季更换，匆匆而过的只是时间。而我对你的情感永远定格在最初的相知里。无欲、无求、无哀、无伤，隔着千重山、万重壑，我也不以为远；近在咫尺、毫发之隙，我也不以为近。爱你，等你，是一种美丽的心情，不会因为月缺而孤单，不会因为月盈而寂寞。你清清淡淡的背影，将会一直陪伴着我，在每一个春夏秋冬，默默地忆念、守望。无论自己所爱的众生爱不爱自己都无关紧要，只要我爱你，爱就会永远存在我心里。这就是佛家所说的苦也不苦。只要有情在，见与不见，都是一样的！

17世纪的西藏高原，笼罩着一片动荡不安的乌云，政治、宗教斗争风云变幻。为正义，为统一，为夺权，为谋利，各路人马纷纷瞄准了这片古老而又神秘的大地。

那时，西藏佛教教派中属噶玛派势力最为强大，并且得到了当时西藏的统治者藏巴汗的支持。对于日渐兴起的格鲁派（即黄教），他们心存忌恨，屡加迫害。为了对抗噶玛派的迫害，五世达赖阿旺罗桑嘉措和他的师父四世班禅罗桑曲结坚赞于明崇祯十四年（1641）派遣特使至青海，邀请青海蒙古和硕特部的固始汗率兵入藏。此时的和硕特部势力强大，次年，固始汗便应约率兵入藏，先后征服前后藏，杀藏巴汗，并尊五世达赖、四世班禅为格鲁教领袖，让他们分别主持前后藏的教务，固始汗本人则负责西藏的防务，在西藏首创第巴（行政官）制。至此，和硕特部与达赖、班禅建立了在西藏的联合统治政权，达赖与班禅也先后接受了清朝的册封。

固始汗去世后，五世达赖加强了对西藏政务的控制，他不仅被逐渐接受为西藏全境的宗教领袖，而且成为了西藏全境的世俗领袖。康熙二十一年（1682），五世达赖圆寂。当时担任第巴的是五世达赖花费毕生心血精心培养的亲信弟子桑结嘉措（也有传说桑结嘉措就是其私生子的）。桑结嘉措谨遵五世达赖遗愿，为不让大权旁落，他秘不发丧，伪言达赖要入定禅室，闭关修行，不见外人，凡事皆由他来通传转达，开始假借达赖的权威掌管格鲁派事务，并排斥固始汗子孙们的在藏势力，达到独揽西藏政教大权的目的。

为了巩固自己的权势，对抗蒙古势力，桑结嘉措对清政府十分恭顺，并以五世达赖喇嘛的名义请求清政府册封自己为"藏王"；与此同时，和硕特部固始汗的子孙们及其支持者却无时无刻不在想着怎么推翻桑结嘉措在西藏的统治，重新掌握权势。他们视其为眼中钉、肉中刺，蠢蠢欲动。

生死存亡之际，一个重要的人物走进了桑结嘉措的视野，他就是噶尔丹。噶尔丹是漠西蒙古准噶尔部首领巴图尔珲台吉的第六子，曾在五世达赖座下研习佛法。康熙九年（1670），其兄僧格在准噶尔贵族内讧中被杀；次年，噶尔丹自西藏返回蒙古击败政敌，夺得准噶尔部统治权。

噶尔丹是个有野心的人，一心想吞并内外蒙古，自立为王并覆灭清王朝。康熙十五年，噶尔丹打败并俘获其叔父楚琥布乌巴什，次年又击败和硕特部首领鄂齐尔图汗；十七年二月，又东向青海，行十一日后，恐驻守于甘肃关外的清兵断其后路，遂于中途回师；十八年夏，又接连两次出兵，占领哈密、吐鲁番，五世达赖喇嘛因此封其为"博硕克图汗"；二十七年，发兵进攻喀尔喀蒙古土谢图汗部，继而进军内蒙古乌朱穆秦地区，威逼北京。

为了巩固自己的政权，桑结嘉措不得不与同为五世达赖弟子的噶尔丹结盟。在噶尔丹一系列侵略兵变中，桑结嘉措多次假借五世达赖之名派出喇嘛，明为调解内外蒙古的纠纷，实则牵制固始汗子孙在藏区的权势。可惜好景不长，噶尔丹兵败如山倒，公元1696年，康熙皇帝御驾亲征，在漠北蒙古昭莫多（今内蒙古肯特山南）地方大破准噶尔，噶尔丹主力军被清军击溃，部众叛离，他本人于次年三月卒于科布多。

康熙皇帝从被俘虏的藏人口供中获悉五世达赖已经去世多年，第巴桑结嘉错一直隐匿不报的实情。乍然闻说这个消息，康熙皇帝不禁雷霆震怒，本想召见五世班禅进京了解真相，却又被桑结嘉措以班禅尚未出痘及恐被准噶尔叛军于途中擒获等各种理由婉言拒绝。被拒的康熙帝盛怒难息，立即下诏对桑结嘉错严词痛斥，并意欲征伐。桑结嘉错自知兵力难抗，只得

卑词自谴，辩称秘不发丧是遵从五世达赖临终遗言，原因是担心西藏政治、社会发生变乱，并说明转世灵童已经找到，此时就在错那研学佛法。

在空前的政治压力侵袭下，公元1697年，藏历第十二饶迥火牛年，藏王第巴桑杰嘉措宣布五世达赖喇嘛的转世灵童已经找到，而且已是一位15岁的翩翩少年了。此时，灵童仓央嘉措亦从错那启程，前往拉萨，途中在浪卡子暂住。

浪卡子，藏语为"白色的鼻尖"，位于西藏山南地区。在浪卡子有一湖，名曰羊卓雍错圣湖。羊卓雍错圣湖简称羊湖，藏语意为"碧玉湖"，距拉萨不到一百公里，与纳木错湖、玛旁雍措湖并称西藏三大圣湖，是喜马拉雅山北麓最大的内陆湖泊，湖光山色之美，冠绝藏南。传说中，羊卓雍错是由一位仙女幻化而成的，人们奉她为羊卓雍错达钦姆，即羊卓雍错大湖主多杰盖吉佐（金刚障碍之主），是藏区的女保护神。因此，羊卓雍措既是龙女的化身，又是女护法神的驻地，兼具多重功能和神力。

在羊卓雍错的旁边，是一座雄伟的雪山，名叫宁金岗桑，藏语意为"夜叉神住的高贵雪山"，传说是藏传佛教四大山神——西方山神诺吉康娃桑布居住之地。此峰山体雄伟、危岩嵯峨，顶部尖锥突兀，形如鹰嘴，是拉轨岗日山脉的主峰，也是西藏中部四大雪山之一。

仓央嘉措矗立在碧绿的圣湖畔，仰望着宁金岗桑大雪山，默然无语。天渐渐黑了，夜幕中，雄伟的大雪山和圣湖相互辉映，油然而生一种圣洁的孤独美。

仓央嘉措默默注视着湖水，他不知道，自己为什么会来到这里，以后还要去向哪里。他轻轻抬起头，他知道，在他身上正肩负着一个让他难以承受的艰巨任务，自己必须完成它才可以回到故乡见到他心仪的玛吉阿米。至于他们为什么会选择自己，要完成的又是什么艰巨的任务，却没有人来告诉他。

他想起了远在达旺的阿爸，想起阿爸身边的阿妈。他们现在是否还在过着无忧无虑的牧羊生活？他们是否也在思念自己，就像自己思念他们一样？泪水模糊了视线，他轻轻掉转过头，缓缓朝站在山石后一直照顾他生活起居的洛桑喇嘛走了过去。

"佛爷!"洛桑喇嘛双手合十,对着他恭敬作揖,"天凉了,我们该回去了。"

"我还想在这里待一会儿。"他朝洛桑喇嘛轻轻挥了挥手,"我把我的愁绪都遗落在了达旺,现在,我想把它们重新拣起来,一直带到拉萨的布达拉宫去。"

"什么?"洛桑喇嘛不敢相信地直视着他俊秀的眼眸,"愁绪?佛爷,您应该带回布达拉宫的是一颗快乐的心,一颗为藏民谋福祉的心啊!"

"可我想我阿爸了,还有阿妈。不知道今年他们放牧的牛羊是不是比往年多了许多。"仓央嘉措的泪水滑过他高耸的鼻梁落进了清澈的湖水中,"我记得离开家被带往错那时,有一只小羊羔挣脱羊妈妈的怀抱,一直尾随着载我离去的马车追了好几里地,不知道它现在还是否记得当年门前那片青青的草地。"

"佛爷!"洛桑喇嘛轻轻咳嗽了一声,正视着仓央嘉措的眼睛,不无沉痛地说,"或许我早就该把这个消息告诉您了,可是第巴担忧会影响到您在错那研习佛法,所以……"

"您是想告诉我关于那只羊羔的故事吗?"仓央嘉措掰弄着手指,"我想它现在应该已经是很多更小的羊羔的父亲了。和我的父亲一样,它一定也很爱它的孩子们。"

"佛爷,我为即将为您捎来的不幸消息感到万分的悲痛,可是看到您这么伤心难过,我还是抑制不住地想要告诉您那个真相。"洛桑喇嘛的面部搐动着,"八年前,在藏南的乌坚林发生了一件大事,您的阿爸扎西丹增已经在那一年去世了。"

惊讶与悲痛的神色只在仓央嘉措的脸上刹那划过,其实他早就感应到这个不幸的事实了。那还是在他七岁的时候,没来由地突然生了一场大病,不辨白天,也不知道黑夜是何时,就在奄奄一息之际,却梦见阿爸扎西丹增在莲花生大师面前祷告,宁愿用自己的生命换回儿子的平安,没想到那个梦居然在现实中应验了。

是的，他早就该知道了的，阿爸是为了救他献出了宝贵的生命，他开始恨起自己的无用与懦弱来，如果他没有降生在扎西丹增家，那么他的阿爸就不会死，可是这一切责备又有何用？阿爸去了，家里只留下孤苦无依的阿妈，失去儿子又失去了丈夫的她又该如何坚强地生活下去？

他没有哭，只是抬起衣袖轻轻拭去早已花了的泪水，轻轻拉了拉喇嘛的衣袖，远眺着圣湖后的雪山，为他的阿妈祈祷，祈祷她能像吉祥天身边的仙子一样幸福快乐，祈祷上天悦耳的梵乐将伴其一生，替其驱走无尽的愁与烦。

在有限的历史资料上，对于扎西丹增的记载少之又少。从目前能查到的文字资料来看，我们只知道他是一个贫穷而又清高的宁玛教僧人。观其一生，都在与贫穷和卑微做着不懈的斗争。不过，在他平淡无奇的一生中，却也有过一次无上的荣耀，那就是来自拉萨的喇嘛告诉他，他的孩子是五世达赖喇嘛的转世灵童，是世上最尊贵的神。在这次荣耀之后，挚爱的儿子仓央嘉措被第巴桑结嘉措派来的大喇嘛秘密带走，陪伴着他走完短暂人生路的便只剩下无尽的凄凉与对儿子永久的思慕了。

扎西丹增在孤独与对儿子的思念中寂寞地死去，临终时，有两个宁玛教徒慕名前来探访早已远去错那的小灵童仓央嘉措，便留下来给他草草做完了法事。这个为了宗教奉献了一辈子的僧人，便这样潦潦草草地结束了漂泊孤苦的一生。他唯一的遗憾，便是没有再看到仓央嘉措一眼。据说，在他临终前，口中喃喃念着的仍是仓央嘉措的名字。

在西藏，有过太多这样被隐藏了的感情，为了宗教和信仰，他们默默奉献出了自己的金钱、信仰乃至亲人与生命。他们是卑微的，但是缘于他们的卑微，他们的默默奉献，才让仓央嘉措这样伟大的名字划破历史的长空，留下空前的绝响。

扎西丹增，我们应该永远铭记这个名字。

面对着圣湖羊卓雍错和圣山宁金岗桑，仓央嘉措一句话也没有说。他面对着家乡的方向跪下，围着圣湖磕着长头，任泪水在心头流淌，哀悼着凄然故去的阿爸，却倔强着不让任何悲痛的泣声亵渎了他对阿爸的追思。

死亡，或许会以另外一种方式继续存在。藏人是相信轮回的，那么，下一世的轮回，阿爸的身影又会出现在哪里？是在达旺的山脚下，错那的寺庙里，还是布达拉宫神圣的广场前？

孤独的湖水旁，寂静的雪山下，一个悲恸的少年在月光下撕心裂肺，哀哀地祈祷，他希望阿爸的灵魂在天国能够得到永恒的安宁与祥和。

第八章 别问是劫还是缘

　　我问佛：如果遇到了可以爱的人，却又怕不能把握该怎么办？

　　佛曰：留人间多少爱，迎浮世千重变；和有情人，做快乐事，别问是劫是缘。

　　我在纳木错湖畔读你，情歌王子仓央嘉措。

　　洗尽浮尘，与圣城拉萨依依惜别，才有机会全身心地融入美丽的纳木错湖畔。她纯洁、柔和、宁静而又安详，令流连在她身畔的我顿时忘却人间的浮躁与喧哗。

　　纳木错，藏语是"天湖"的意思。相传天湖的水是来自天宫的琼浆玉液，天湖也是天宫女神们的一面宝镜。

　　历史在这里被沉淀，时间在这里被定格。纳木错，这一回，不用在梦里，我终于可以近距离一睹你的芳颜。站在湖边，我将一把寄托着希望的青稞撒向湖面，藏族阿妈告诉我，只要心中有希望，这么做了，就一定会实现。

　　静静躺在纳木错湖边光洁细小的鹅卵石上，任湖面上掠过的微风携着清新的空气充斥周围的每一寸空间。遥望远方，亘古连绵的群山像威武的卫士，静静地守护着天湖。皑皑的积雪似一条洁白的哈达飘落在黛墨色的山顶。与雪山相连的白云在一碧如洗的蓝天衬托下，宛如草原上正在安静吃草的羊群，一眼望去竟一时分不清哪儿是积雪哪儿是白云。巍峨的群山因那皑皑白雪陡然间变得庄严而肃穆，那是藏族人心目中的神，是神灵的化身。眺望白云掩映下的雪山，再看身边顶礼膜拜的藏民，一种对大自然的敬畏之情突然溢满心中。

纳木错的天很蓝，蓝得通透纯净，没有丝毫铅尘的痕迹，蓝得心中再也容不下半点欲望杂念。蓝天一望无际，像浩瀚的大海将渺小的你包容其间，狭小的心胸在这包容中也渐渐地释然，渐渐地包容一切，渐渐地和纳木错的蓝天融为一体，爱恨情仇在这里消融殆尽，世间的一切美好在这里被演绎得完美而和谐。

纳木错的云洁白如雪，每一丝，每一朵，每一团，在阳光的透视下都散发出一种圣洁的光芒。仰望空中的云，犹如画家用饱蘸了白色颜料的笔在碧蓝的画布上轻描淡写留下的印痕，没有千奇百怪的变化却显得言简意赅。

水是纳木错的灵韵所在，雪山、蓝天、白云，仿佛都是为了天湖的存在而存在。晶莹剔透的水，看不到一丝一毫的杂质，在阳光的辉映下闪烁着细碎而神秘的波光。湖面上，云和云的倒影连成一片，静静地构成一幅重叠的画面，曼妙而神奇。

布满纳木错湖畔的，是经历了不知多少年风雨和湖水的洗礼后，蜕变成的充满灵气的鹅卵石。那细小的石子仿佛被赋予了生命，每一颗、每一粒都呈现着形态各异的花纹，向世人昭示着它非凡的历史和独特的魅力。

四周还是那么出奇地静，在这里竟有种时间停滞的错觉。脑子里除了眼前一泓幽蓝的湖水、远处的皑皑白雪、蓝得纯净如洗的天空和连接天水的白云外，似乎什么也不会想，什么也不用想，一切都变得单纯而透明，简单而快乐，一种心灵被濯洗后的轻松和愉悦缓缓地在心间流动。

伴着潺潺流水和清脆的牛铃声，尘世在身后于不知不觉中渐渐隐退。两岸的雪峰托起蓝天白云，倒映在碧透的纳木错圣湖中。人在其中，仿若画中，我不禁变得心旷神怡，对着幽蓝、宁静的湖水高歌欢笑起来。虔诚的信徒们摇着转经筒一声不响地走在湖畔，看都没看我一眼——显然，他们对于像我这样初来乍到的游客的大惊小怪早已习以为常。

望着那些信徒，我不禁想起关于纳木错的一个传说。传说中，纳木错

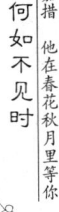

是帝释天的女儿,而她身后的念青唐古拉山脉则是她温柔而多情的夫婿,他们和人世间所有的夫妻一样,同样有着各种各样的喜怒哀乐,在时间的长河中不断演绎着令人扼腕的悲欢恩怨。现在,我无法想象这对夫妇的感情是怎样在雪雨风霜中历久弥坚的,但却可以看得见仓央嘉措流连在湖畔梳洗他的一往情深,惊起一堆浪花,羞了曾对妻子犯下不可原谅之过错的念青唐古拉的眸。

我久久地沉浸在神山圣湖的梦境里,思绪跟着白云在湖中游荡,真想长久地陷入其中,不再醒来。是一个喇嘛的脚步声惊动了我。我起身笑脸相迎:"扎西德勒!"喇嘛也微笑着回应。我的目光从喇嘛的身后望去,念青唐古拉山因为纳木错的衬托显得更加雄伟磅礴,而纳木错因为念青唐古拉雪峰的倒映也愈发娴静动人。我静静端坐湖畔,目光在那个手举经筒绕着玛尼堆走过的喇嘛身上小心翼翼地游走,用心感受着大自然最完美的境界,生怕自己的一个莽撞举动惊了神山圣湖依旧地老天荒的梦。

喇嘛的身影最终消逝在天尽头,我缓缓起身,悄无声息地立在一个供奉着刻有藏文"六字箴言"的牦牛头骨前,轻轻挑开梦帷的一角,再次虔诚地翻开《仓央嘉措传记》,一边轻轻默念他写下的诗句,一边听三百年前的他在耳畔弹奏起一首空灵哀婉的绝响。

你追着时光的尾翼,穿越三百年的韶华,重又现于红尘世间,寻寻觅觅,要把那娟娟红颜握于你的手心。你转过念青唐古拉山脉,转过纳木错圣湖,叩长头于山路,上下求索,不为朝觐,只为能与你的玛吉阿米邂逅于天涯海角。

现在,你步履从容地走进佛殿,在青灯古佛处苦苦乞求。你决心给自己的故事来个结局。你知道,再刻骨铭心的故事,只要你有勇气决定给它结局,只要用一支笔,轻轻把幻想划掉,忘记也不会太难。

生活会继续,是因为终将会有另一段故事在你的生命里延续,是因为会有高高在上的佛祖,让你想牵起他的手,走后面的路。其实你也知道,想要忘记只是自欺欺人,尽管活佛的身份注定你不得不将她忘记。你找不到不继续爱下去的理由,你很害怕,你怕和她的爱情终将只是一个美丽的印迹;你怕走入佛堂的你注定再也走不回她的世界;你怕她会离你而去,但更害怕心底的梦会彻底破灭。你知道她注定不是你的，虽然你被那层美好幻想的轻纱蒙蔽了很久，但梦终有醒的一刻，那毕竟只是一个曾经的梦而已啊！一切都该结束了，你轻轻告诉自己，结束了，是的，结束了。

  我问佛：为何不给所有女子羞花闭月的容颜？
  佛曰：那只是昙花一现，用来蒙蔽世俗的眼，没有什么美可以抵过一颗纯净仁爱的心，我把它赐给每一个女子，可有人让它蒙上了灰。

  我问佛：世间为何有那么多遗憾？
  佛曰：这是一个婆娑世界，婆娑即遗憾，没有遗憾，给你再多幸福也不会体会快乐。

  我问佛：如何让人们的心不再感到孤单？
  佛曰：每一颗心生来就是孤单而残缺的，多数人带着这种残缺度过一生，只因与能使它圆满的另一半相遇时，不是疏忽错过就是已失去了拥有它的资格。

  我问佛：如果遇到了可以爱的人，却又怕不能把握该怎么办？
  佛曰：留人间多少爱，迎浮世千重变；和有情人，做快乐事，别问是劫是缘。

  一代情僧不是佛，有人如是说仓央嘉措。我却无法那么笃定。佛性亦是一种天性，早在人诞生之时就已根植。

  佛是过来人，人是未来佛。在这里闪过天机。其实这就是禅心。

  这里的爱，更像是一种信仰，一种意志，一种固守，不因人事而变迁，不因流年而凋落。与有情人，做快乐事，别问是劫是缘。付出是一个人的事，与他人无关。对风、对月、对春、对秋……对所有喜欢留恋的，付出，

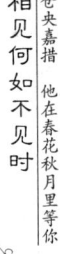

而不求回报，有时，你亦无法要求回报。

这也许是遗憾，但尘世中谁又不会留下遗憾？人生就摆在那里，不会长一分，亦不会短一分，得失就行走于其上，来来回回，相见的次数也就那么多，只在于你能不能放下。

那年花开时，你们青涩懵懂，当醒悟时花已落尽，爱别离，求不得，情自惘然。醒悟若非穷凶极恶之辈，人人皆能做到，而能看破却是凤毛麟角。人生自是有情痴，这一痴字，纠结了多少往事与不甘。

有人以红尘为苦，常说要看破红尘。这也不尽然。看破放下的，绝不仅仅是痛苦悲伤，亦有欢乐。只有泯灭了所有的欲望，才能真正摒弃烦恼。由心生，自然由心灭，所以天无情能长久，佛无情而慈悲。

看破，放下，自在。不用太羡慕佛，若非曾经沧海，又怎能除却巫山不是云？你们行经过的苦海远远比这三丈软红要深得多，痛得多。只要忘却死生，抛弃俗念，行到莲花彼岸，就成了佛。

而你，仓央嘉措，却并非如此，你是佛，亦是人，你曾太上忘情，拈花而笑，了无羁绊，不过一动念，便落进了凡尘遭受人世倾轧，成了一个由佛而人的活佛。你和李白如出一辙，从开始就注定了会是一个悲剧。诗中折射，到了最后，不仅是后人，也许连你自己都无法在佛性与感性之间寻觅到一个平衡点，以支撑人生。

你就那样长跪于地，你在祈求，祈求佛祖让你长久伴在她的身边，如果不可以，就是让你再多看她一眼也好啊！你还不能体会"没有遗憾，给你再多幸福也不会体会快乐"的真谛，你只是在佛前祈祷，祈祷佛把她带回你的身边。只要她在身边，你的世界并不会有遗憾，你一直都是这么以为的。

我问佛：为什么我的感情总是起起落落？

佛曰：一切自知，一切心知，月有盈缺，潮有涨落，浮浮沉沉方为太平。

我问佛：我对感情执着对吗？

佛曰：执着如渊，是渐入死亡的沿线。执着如尘，是徒劳的无功而返。执着如泪，是滴入心中的破碎，破碎而飞散。

我问佛：我还可以等待我爱的人出现吗？

佛曰：不要再求五百年，入我空门，早已超脱涅槃。

我再拜无言，飘落，坠入地狱无间。

我问佛：什么是缘？

佛曰：缘为冰，我将冰拥在怀中；冰化了，我才发现缘没了。

一切皆为虚幻。

我问佛：我信缘，不信佛。为何缘信佛，不信我？

佛曰：缘来天注定，缘去人自夺。种如是因，收如是果，一切唯心造。笑着面对，不去埋怨。悠然，随心，随性，随缘。注定让一生改变的，只在百年后，那一朵花开的时间。

坐是禅，走是禅，卧也是禅。一朵花，一粒沙，就是一个世界。一片叶便可悟到如来，秋天到了，叶子自然就会落下，拥有无穷的洞明一切的智慧，心才能自在。但仓央嘉措的心却还在为了她起起落落，无法平静。

你说，你想把自己变成佛前的一朵青莲，沐浴着清幽的梵唱，静静微绽在忘忧河上。佛说，忘忧河映射出的，便是人世间的喜怒哀乐。于是，你常常看着那些善男信女笑着、哭着、开心着、忧伤着，你不明白，为什么他们总是笑的时候少哭的时候多，开心的时候少忧伤的时候多。你问佛，佛爱怜地对你说：人生在世就是一种修炼，只有看破红尘之后，才能大彻大悟。你还是不明白，佛说你不需要明白，更多的时候，你只需要静静地微绽着，听风，看雨，醉月。但你还是无法将她忘怀，你宁可信缘，也不愿信佛。

玛吉阿米，请你相信我。我只是想一直这样想着你，因为只有想你时，我的苦海里才会卷起那么一朵看似欢乐的浪花，哪怕只是瞬间，你也能温暖我整个孤寂的伤感夜。灰色的天，冷冷的雨，和伤心的我纠缠在一起，尤其是在这样想着你的夜晚，此时已分不清是雨冷，还是我的心已凉去。

你问世间，情为何物？你念一声，我佛慈悲。你哀，缘何我的情路如此凄凉？迷漫的思绪如窗外那纷扬的雨丝，慢慢洒落人间，人世间的悲情也凝聚在了此刻。你累了，真的累了，因为你真的等得太久太久，但你始终相信缘分，所以你会一直等着她，寻着她。纵使你们今生的缘分太浅，那么，就是让你再等上一生又有何妨呢？夜已深，可你依然不肯睡去，你害怕在半梦中惊醒时，再看到滑落在枕边的那几行清泪。就这样呆呆地坐着，听着雨，忆着。忆着是谁把昨日的忧伤，烙成了今日凄美的容颜……

你抬头看着天上飞舞的白鹤，它们可是要飞往错那？那圣洁的白鹤啊，请你为我稍稍停留，请你带着我的心一起飞，飞到天之涯，飞到海之角，让我化作一只蝴蝶停歇在她油黑乌亮的双鬓间，好吗？那里有我面色憔悴的姑娘，她就是我的玛吉阿米，我要跟她说说话，我想告诉她，我喜欢她周身流溢的芳香体味，我喜欢。

仓央嘉措，你在担忧，担忧你们今生的缘分太浅，怕只怕到最后，还是只剩你孤身一人站在奈何桥上苦苦等候。你怕，你怕那里的寒冷与孤寂……你何尝不想爱得简单点、现实点，又何尝要过这样遥遥的思念？你在思念里哭泣，而我却在红尘中读懂了你笔下的悲戚与忧郁。

草原上突然下起了雨，缠缠绵绵，千丝万缕地投入大地的怀抱。每一个雨滴都有着它们独特的美丽，可是在这样的缠绵情景里，我却丝毫读不出关于它的点点浪漫，只读出了自己内心的几许惆怅，亦如你内心的忧郁和伤感。

你知道，你们的世界里，你就是一阵停不住的风，而她终究不是你的叶，不能因为你的吹动而四处摇摆；你就是那奔腾不息的江水，而她也注定不是水滴，不能任意陪你奔流入海。所有的美好，所有的欢喜，都已成为往事中的往事，你几乎连恸哭的力气也没有了。

你是一个活佛，她是一个尘世中的俗女。即使自己假装瞎子，什么也看不见，事实还是事实，无法更改，也无法抹杀，你和她终究是平行的，你是日，她是月，永不停歇地错过。日与月合起来则是"明"，你和她却注定没有明天也没有今天,你们只能在期盼中而不是在拥抱中默默度过令你们伤痛的日子。你注定只是她生命里的插曲,她停过,是为了守候你;你也停过,不过,却不是为了她,而是为了遥远的圣城。你走了,但却永远无法带上她。

我知道你在痛,仓央嘉措。我看见你在纳木错湖畔悲泣,你在战栗,你在徘徊,你想攥住心底的那份美好,然而它离你却是遥不可即。你想狂吼,你想大哭一场,但圣湖默然无语,唯有一只和你一样孤单寂寞的白蜘蛛,在月夜的墙角下静静注视着你。

藏历第十二饶迥火牛年九月,梅惹大喇嘛在仓央嘉措离开巴桑寺时说的那个在前方等着他的大人物——五世班禅罗桑益西终于出现在了浪卡子,并在那里给仓央嘉措授了沙弥戒。十月,仓央嘉措跟随特地从日喀则前来替他授出家戒的五世班禅又一次起程了。这一次的路程很遥远,也很艰辛,目的地是圣城拉萨的布达拉宫。

屹立于玛布日山(即红山)上的布达拉宫,是一座传说中的宫殿。始建于公元631年,是吐蕃王松赞干布为迎娶大唐文成公主所建的宫殿。"布达拉"为藏语,意为菩萨居住的地方。布达拉宫俗称第二普陀山,这是西藏政教合一权力中心的象征。

那天,第巴桑结嘉措早早就在布达拉宫前等待着仓央嘉措。为这一天,他已经整整等了十五年。从十五年前,五世达赖罗桑嘉措去世的那个下午,一直到今天,第巴桑结嘉措都在等待着这个人的出现,并将会用尽全力帮助他,也就是帮助五世达赖实现遗愿。

他表情肃穆地看着这个孩子,难道他就是神圣的五世达赖活佛的转世灵童吗?五世达赖未竟的事业还很沉重,未来要走的路还很漫长,这个看上去年幼得有些孱弱的少年,果真能承受得住吗?

仓央嘉措也抬起头望向他,目光清澈而纯净,从他很小的时候,就听说过桑结嘉措的种种事迹,没想到这一次自己真的能在如此近距离下看见他,而且还是跟他对视。

两人对视良久,终于,桑结嘉措向着远方指了一下,告诉他,那边,

就是神圣的布达拉宫了，也是他以后要生活的地方。

仓央嘉措看过去，在远处的小山上，一座雄伟的宫殿矗立在黑暗中，神圣而庄严。忽地，漫天的霞光冲破云层直铺下来，天空中瞬间裂开了一条缝隙，缝隙中金光四射，斜斜地映射在布达拉宫的城墙上，仿佛万佛出世，光辉而壮丽。

仓央嘉措站在那里，看着。不知道为什么，在他十五岁的心中充满了感动，仿佛他的一生就在等候着这个时刻。

布达拉宫，我终于来了。从门隅到拉萨，虽然路途很遥远，但是我终究还是来到了这里。这里，就是我将要度过一生的地方吗？

远方，最后一抹云彩收敛了金色的光芒。天渐渐黑了下去。

10月25日，仓央嘉措在布达拉宫白宫的司西平措大殿，在蒙古丹增达赖汗和第巴桑结嘉措等藏蒙僧俗官员的参与下，举行了坐床典礼。桑结嘉措在给大清康熙皇帝的奏折中用毋庸置疑的文字写道："至认定六世达赖一节，自一世达赖根敦珠巴以来，历代达赖、班禅等，均物由活佛认定之前例，切六世达赖转世，犹一手不能遮掩他样，非人力所能为，更无须由活佛认定。"康熙皇帝于是派章嘉国师授予封文，正式承认仓央嘉措为六世达赖喇嘛。

当仓央嘉措第一次看到这气宇轩昂、金碧辉煌，每一个角落都展示着西藏神秘本色的雄伟大殿时，身穿紫红色氆氇的喇嘛们也毅然吹响了迎候活佛归来的法螺。踏着那感天动地的梵唱声，他终于步入了那深沉内敛而又不显张扬的神秘王国之中，只是，这真的是他该来的地方吗？他不知道。

雄伟壮丽的白宫里，触目所及之处，他所有的信徒们都持无我状，入定且投入地轻敲着木鱼，口中念念有词。这样的念经声铿锵有力，它回荡在浩大的白宫四周，给虎踞了千年的宫殿增添了些许人气。然而，他们究竟是在欢迎他的到来，还是在为五世达赖以新的身份盛大回归而鼓舞欢欣？

他真的是人们口中传说的五世达赖喇嘛的转世灵童吗？虽然很小的时候，在家乡达旺，他曾说过一些令人惊异的话，但随着年龄的增长，他早已把那些被信徒奉为圣迹的话语忘得一干二净。他只是宁玛派一个普通僧人的儿子,又哪里会是伟大的五世达赖的后身,人们又怎么能够把他无忌的童言当真呢?不,他不是,不是五世达赖的转世灵童,也不想做什么活佛,他只是一个普普通通的门巴族百姓,他只想娶心爱的玛吉阿米为妻,才不要做什么六世达赖喇嘛呢!

喇嘛与信徒们继续念诵着经文,香烟缭绕处,朦胧中他看不清念经人的脸庞,不能透过他们的双眼去猜度他们的内心,是否也在心甘情愿地随着那一具具硬邦邦的木鱼诵经,他只是冷冷地看到,佛殿正中那高大的佛像竟然面无笑容、神情严峻,正以一种居高临下的眼神注视着他。

其实,喇嘛们是不是真心崇敬他又有什么关系,他根本不想做什么活佛,如果不能与自己心爱的人在一起,再多的荣华富贵于他而言又有什么意义?活佛,活佛,活佛到底是为了什么存在,为了超度世人的苦与痛吗?默默凝望着那具面容冷峻的佛像,他不禁猜测着,佛祖是不是只有这样才能真正看清世间的一切苦难,在适当的时候出手施以拯救呢?可是,他的苦、他的痛,佛祖看见了吗?

山中山,城中城,人上人,云上云,坐床的典礼显得相当隆重。连续不断的诵经声中,仓央嘉措依稀感到自己被蒙上了圣洁的光芒,但那同时也是一种缥缈虚幻得接近不真实的感觉。因为这一切都是那么不可思议,却又来得如此真实。一触即觉的荣华,满满地将他包裹其间,他仿佛站在云端向下探望,又如乘坐在巨大的雕鹰之上。

近在咫尺的云彩,远处清晰可见的雪峰,八廓街上藏饰服装的人群汹涌,还有拉萨满目色彩渲染的建筑……一切的一切都如此美好,却离他的故土遥不可即。他知道,他离故乡已经遥远得不能再遥远了。

在坐床典礼上,桑结嘉措向众人郑重宣布,五世达赖的转世活佛六世达赖已经产生了,他就是仓央嘉措。

15岁的仓央嘉措坐在高高的台子上,他有些紧张,也有些激动。第巴桑结嘉措已经悄悄告诉了他有关自己前世的所有信息,以及五世达赖喇嘛的卓卓功勋,并且勉励他也做那样一个富有伟大功绩的喇嘛。他觉得自己肩膀上的担子很重,浑身上下都溢着民族的自豪感和荣誉感,但同时也感到深深的内疚与自责。原来这就是活佛,自己真的成了活佛,可是,成为

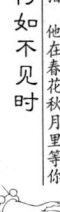

活佛的代价就是再也不能与心爱的女子厮守一生,甚至连想也不能想,这份荣誉与尊贵,他真的承受得起吗?

"仁波切!""仁波切!"宫殿下的藏民齐声欢呼着。

"仁波切"是藏文,意指"珍宝"或"宝贝"。这是广大藏族信教群众对活佛敬赠的最为亲切、最为推崇的一种尊称。

仓央嘉措目光炯炯地注视着台下的人群,内心却波涛汹涌。从此以后,自己便是西藏最伟大的活佛了,从此以后,他将接受万人景仰,可他连一份爱情都不能给予自己心仪的女子,又能给这些崇敬他的信徒些什么呢?

凝眸处,他看见,布达拉宫所有转动的经筒,都镌刻着日月星辰,重复演绎着摇不断、搅不散的神圣。那神圣,看似离他很近,实则离得很远。仓央嘉措在面众的佛床上跏趺而坐,背对着从广场上透进来的万丈阳光,却只感到冷风飕飕,身体忍不住有些发抖。

然而,他却不能在意太多,因为他是活佛,他的视力只能落在一张又一张为了瞻仰他而来的忠诚的脸上。来布达拉宫的,都是他的信徒,他的臣民。他们或害怕自然的威力,或不堪命运的迭变,而来求助于他,求他赐福于他们。他看着这些受苦的人群,却不知道自己何德何能可以辅助他们脱离苦海,心,不禁惶然。他只是按照桑结嘉措在坐床前一再嘱咐他的话,轻轻举起手放在信徒们的头上,但这样就真的能让他们的苦痛消失吗?

众星捧月的至尊位置,前世法王的盛德,还有这种心坎无法克制的不安,都让他无法安于禅位之上。他不禁抬起头,望着此间白宫里至高无上的佛祖,在心里默默追问着自己:"我或者是他,真的就是人间所有苦难和不幸的终结者吗?迎接我的还是他那永远岿然不动的高大身躯和淡定从容的稳重面容,仿佛真的足以蒙受世间所有的欲望,不让人间的幻想幻灭。但是假如真的如此,那么作为佛,他或者我,毕竟要付出多大的代价?"

仓央嘉措困惑了。

夕阳西下,日间的喧嚣渐渐撤退。尘埃落定之后,白日里一脸忠诚的人们,此刻又有几人会挂念着被他们赋予了无数欲望的空门呢?平民们或许会持续过着那些只属于自己或平淡或风波迭起的生活,而佛祖却依然独自空守着亘古的寂寞,留在缥缈的禅空中,以无言的姿势向世人传递着信仰的力量。

他又一次抬起头,穿过层层红帐黄幔的间隙再次瞻仰佛祖的圣容,这时却有一种异样的、不同于寻常的感动侵袭于心。佛又可否有情?若佛无情,何来普度众生的慈悲?若佛有情,那又有谁来度佛呢?他看到了佛的无奈。他依旧面无笑颜,坐定成一尊孤单循环的枯佛。也许祷告声、诵经声已让他听得太多太烦了,以至变得麻痹了。终日被禁锢在这一片被众人自认为空远的处所,就算他再不愿,再无奈,也不能禁止人们一厢情愿地以卑恭的姿势与自己达成契约。哪怕这份契约注定了无回报,也是如此。

他联想到了置身于天上宫阙后所接触到的森严的戒律,还有那浩繁的经帐。这一切也将会成为他经久不尽的无奈生涯吗?没有桃红柳绿,没有漫山遍野的杜鹃花,没有玛吉阿米夜莺般美妙的歌喉,那将是一个怎样无聊的世界?他忽然有一种想哭的欲望,其实,他早就知道,他根本做不好一个活佛的。

"佛爷这几天过得还好吗?"掌灯的时候,桑结嘉措来到白宫探访他时问他。

"无所谓好,无所谓不好。"仓央嘉措没有抬头看他,只是淡淡地问,"在第巴的心目中,您觉得什么才是好呢?"

桑结嘉措没有答复他的问题,只是慢慢收敛起脸上的笑容,轻轻拂着袖上的落尘说:"听佛爷的话,仿若心中有事,是喇嘛们服侍得不好吗?"

"不,他们服侍得我很好。只是,只是我似乎找不到自己了,似乎无法把持灵魂的渐行渐远,我担心自己会迷失在某个我无法触及的处所。"

"佛爷言重了,您刚从山南的错那来到拉萨,要适应布达拉宫的生活或许还需要一段时间。尘世绊佛多矣,该心如止水,没有心事,便会有心事,便会心事重重,从思忖,到悟性,到皈依,就会得到一种临危襟坐的气质。只有活佛,继续恪守本我,便能大彻大悟,前面就是虚无,就是佛。"

桑结嘉措悄无声息地走了,仓央嘉措一句话也没有说,只是慢慢地闭上双眼。或许第巴说的是对的。只是,有些话他还不敢说,每当睁开眼睛

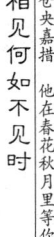

时，他看到的并不是佛，而是眼前颜色的繁复；只有闭上眼，才是真正意义的虚无。这时，窗外蓦然闪过一身惹眼的洁白衣裳，仓央嘉措心中又泛起了点点涟漪，他望着遥远的东南方，那里，是他的家乡山南门隅，此刻，笑靥如花的玛吉阿米又在做什么呢？

第八章 别问是劫还是缘

第三卷

情深不悔：我是人间惆怅客

羽毛零乱不成衣，深悔苍鹰一怒非。
我为忧思自憔悴，哪能无损旧腰围。

错过天，错过地，也不要错过你；错过今天，错过昨天，错过明天，也不要错过你绕指的温柔。天可荒，地可老，海可枯，石可烂，我只要与你，天涯海角永相随。沉默可以持续多久？相思可以绵延多长？我只知道，我对你的爱比海深，比天高——高破云霄，深不见底。还在为无奈叹息吗？还在为痛苦彷徨吗？

其实，你永远不知道永远有多远，正如我不知道蹚过哪条河，便可以见到你永恒而又璀璨的微笑。

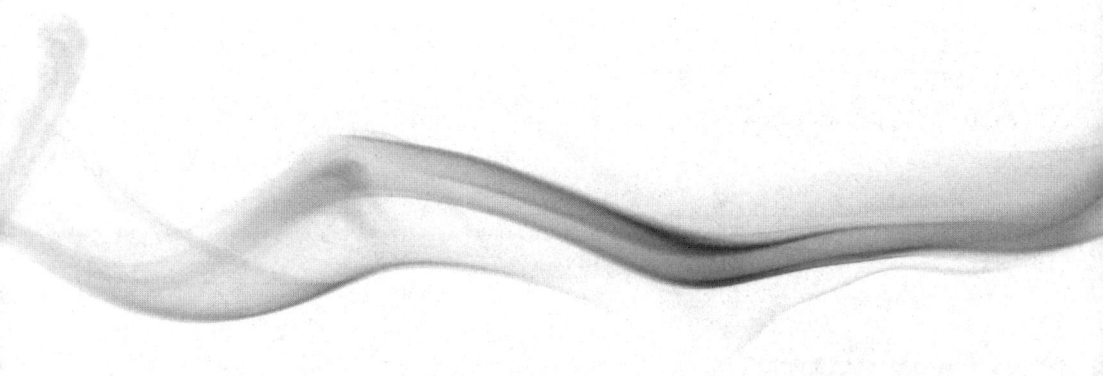

第九章 恰似东山山上月

心头影事幻重重，化作佳人绝代容。

恰似东山山上月，轻轻走出最高峰。

"心头影事幻重重，化作佳人绝代容。恰似东山山上月，轻轻走出最高峰。"

仓央嘉措深情地咏叹着，心头缭绕之事，大概就是现实世界物象的折射吧。这折射到心灵的世相魔幻重重，让人无法把捉，可是，无论怎样虚幻重重，最终也都幻化成玛吉阿米艳丽的容颜。清纯的，妩媚的，飘逸的，这美丽多情的少女，宛若冉冉升起于东山的月亮，悄无声息地便升到了山峰的最高处。而灵性的观照，也就于这一瞬间，将通天之路打开。当那意想中的美少女出现之际，就仿佛是在百思不得其解的关头，突然沉浸于一个豁然开朗的意境，于仰头静观空灵如水的月亮之际，心生超凡脱俗的念头。

连绵的雪花随着他起伏不定的心绪飘拂在纳木错圣湖上。几只洁白的仙鹤，悠悠盘旋在碧绿的湖水之上嬉戏追逐。仓央嘉措仰起布满愁云的面庞，觑着空中飞舞的白鹤：它们，可是要飞向山南的方向？

山南是她——你所钟情的女子——玛吉阿米所在的地方。因为她，你希望飞舞的仙鹤能把世间所有的圣洁都捎到她的身边。你祈求上苍，希望那抹最清丽的月光和那朵最冷艳的雪莲花，还有那一树一树的杜鹃，都能落在山南的古道上，落在她翘首以待的身旁。

你的声音穿透时空，如梦似幻，千里之遥，倏忽间如贴面。没人知道你从哪里来，也没人知道你要到哪里去。三百年来，你去了又来，来了又去，长久沉默，但追随者开始传唱你的歌谣，人们在你经过的地方树碑以悼，经幡轮转，声声叩击浩渺长空。

在这个寂静得有些孤凄的夜晚，我和衣斜倚在床头，听着窗外为你匍匐叩拜的脚步声，久久不能成寐。仓央嘉措，我正坐拥着三百年前你曾拥有的那份无人可以猜透的孤独，默默念着你为她写下的诗句，内心百感杂陈。清冷冷的月光冷冷拂在你的身上，我一如既往地感受着你的喜悦，你的寂寞，你的沧桑，和你那如痴如醉的爱情。我仿佛看见你，亦步亦趋，在湖边为她祈福，你在月下苦苦哀求，渴望一睹她绝世的容颜。

三百年前，雪域高原的月光是那样的多情而惆怅，月光下面的拉萨街头，积雪银晃晃地摇亮每一双期盼的眼睛。在一座灯火明灭的简陋的小酒馆里，玛吉阿米正临窗叹息着，她那如水的相思，亦将灵魂的触须伸向不可知的未来。

她成了藏戏班中的戏子。多少次在梦里，跟那眼神深邃又温柔英俊的情郎的幽会，令人心醉神荡的相爱，是藏在月光下最美妙的事情。月光洒落在皎洁的积雪上面，寒风呼啸着，她斜倚在窗口在静默中等待着，一直等到拉萨街头的月光跟积雪在狂风中交响成了悲壮的旋律，一直等到她和衣进入香甜的梦乡。

她不知道，在她的相思背后，她的面容亦已成为悬挂在仓央嘉措心中的东山明月，永远定格在了他不息的相思愁绪里，这一轮"轻轻走出最高峰"的拉萨雪夜里的月亮，也正陪伴着仓央嘉措的孤独与对她的眷恋。

佳人已去，我何独存？三百年后的今天，我们仔细聆听着这一轮月光轻轻的叹息，也能深切地体察到作为六世达赖的仓央嘉措当时悲怆欲绝的心境。

"心头幻影"，是诗人灵魂深处照应着外物而幻化出来的意象吗？"乱重重"，也许便是那重重叠叠的幻影交织着出世与入世的矛盾情结吧？超越红尘男女爱欲的出世的清苦修行，可以达成最终解脱烦恼的目标，可是那入世的随意自在，以及和自己心爱的女子灵肉相融的快乐，也实实在在地呈现在诗人的意识里。

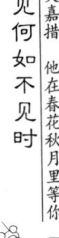

成佛以普度众生，这是作为六世达赖喇嘛的仓央嘉措的毕生使命，可情窦初开的他，却在上天的安排下与那位骑着白牦牛出现的少女意外邂逅，这到底是他的错，还是天的错？既然不能让他们两情相悦，既然非得让他们分离，又为什么要让他们相见相识呢？在爱上她却又离开她的那一年，十五岁的他成了西藏的精神领袖六世达赖，但不幸的是，那位美丽少女的形象已经在他脑海中定格，他知道，终其一生，他永远也无法将她忘却了。

在凡圣之间徘徊的仓央嘉措，也就将自我灵魂纷乱的幻影统统化成了佳人的绝代容颜。这美丽清纯的姑娘，那面庞就像东山上皎洁的月亮，温暖、柔和。轻轻，这词用得太好了，玛吉阿米在东山上轻轻一走，便走出了最高峰，由此可见诗人心目中的少女是多么的清丽曼妙。这幅绝妙的图像，一在诗人的脑海中出现，就跟见到了佛菩萨一样，令人顿生景仰之情。

这东山山上月的意象，可以让月夜下的游子联想到许许多多的情景。那姑娘就像东山山上月，轻轻飘出了最高峰，又会给景仰她的情郎带来怎样的感受呢？她轻轻一飘，就飘得那么高远，那无限眷恋着她的情郎还能抓得住她的手吗？看似轻轻平淡的句子里，恰恰隐含了诗人无限的失落与惆怅，这跟古书里面讲的"镜中花、水中月"完全是一个意境。轻轻飘出最高峰的明月，便是美好少女的象征，当深深爱恋着她的情郎仰头一望，无法求取的失落与惆怅，也就不言而喻了。

暮春时分，高处依旧不胜寒。轻轻，张开双手，才发现，握住的还是一把难言的空虚。

念起，如何拈着她的微笑御风而来；念落，又如何带着她的思念随风逝去？那窗外映入他眼帘的，到底是温婉轻柔的东山月光，还是他念念不忘的玛吉阿米，仓央嘉措已决然分辨不清。

他双手所触之物，不是念珠法轮就是锦床绣被；他双目所及之处，不是曼妙佛经就是喇嘛红衣；他双耳所闻之音，不是六字箴言就是晨钟暮鼓。仓央嘉措，看来注定要在布达拉这无盼的孤岛上，修他遥遥无期的正果。

就这样，他带着压抑的心情入睡。然，渴望回归的他，却一次又一次在梦中听到了来自山南的声声呼唤。

他仿佛看到缝补衣裳的阿妈在酥油灯下渐红的眼睛，仿佛看见小时候阿爸将难得一见的羊肉盛到他碗中……所有的种种揉成了一团，像七色陀螺中的色彩被搅成了混浊而复杂的漩涡。那个空洞的漩涡不断扩大、深入，直至迷失了自我。然后，他看见自己站在一个悬崖上，高耸入云。一个不小心，脚后跟踩空了，他也因身体猛烈的战栗而惊醒过来。

这一声噩梦中的惊呼，引来了他的贴身喇嘛——洛桑。

洛桑喇嘛惶恐不安地问他："我尊敬的佛爷，您这是怎么了？"

他微笑着告诉洛桑自己没事，只是想一个人静一静。当洛桑喇嘛诚惶诚恐地退出去后，他一个人孤寂地朝着无尽的白宫深处走去。

此刻，夜神正在晚风中轻吹着无音的竹笛，丝丝缕缕地扣动着他敏感的心弦，只是，他思念中的月亮是否也已升上了藏南的纳拉山？还有他的乌坚林村，他的阿妈，他们是否都还安好？而今，春日带着微薄的沁凉渐行渐远，眼前白宫的滴翠园，落花如雨，余香漫溢，让人看了，心中好生怜惜。对着园子里的一汪湖水，他忍不住俯身照去，却看到水中透出一个男子的倒影，他有着愁苦的面容与憔悴的眼神。仓央嘉措轻叹一声，水中的那个他，难道真的会是自己吗？他还是仓央嘉措吗？还是藏域最崇高最受人景仰的活佛吗？

他知道，事实上他什么也不是，他曾经只是一个最普通的人。而且直到现在，他还在无时无刻地想念着自己的家。再叹一声，他伸手拂乱了粼粼的水波，让那恼人的身影碎成了片片凄楚的无奈。想来以后，能与他长相做伴的也只有这场落花，这滩死水，或许还有那天地间永远唱不完的梵音和念不完的经文了。这么说来，他似乎又拥有很多，但除了寂寥，除了孤苦，他真的什么也不再拥有了。

公元1698年，藏历土虎年，仓央嘉措在第巴桑结嘉措的安排下，从布达拉宫迁至哲蚌寺学习经义。

哲蚌寺，拉萨三大寺院之一，也是藏传佛教格鲁派六大寺中最大的一个，在这座寺院里曾经走出了许多著名的僧人。最鼎盛时，寺院中曾容纳过上万僧侣。

这座神圣的寺院始建于公元 1416 年，由宗喀巴大师的弟子建立，宗喀巴曾亲自主持开光仪式。哲蚌寺依山而建，"哲蚌"为藏语，意思为"米堆聚集的地方"，象征着寺院的繁荣富庶。

这一年，仓央嘉措 16 岁。

哲蚌寺的堪布指引仓央嘉措进入甘丹颇章宫，这里，就是达赖二世以及达赖五世驻锡之所。仓央嘉措仔细打量着这座巨大的宫殿，它由 183 根柱子支撑，殿中到处都是唐卡壁画，在楼上的佛堂里，还供奉了三世以及四世达赖喇嘛的肉身灵塔。

就在这里，五世班禅给 16 岁的仓央嘉措讲述了他的前世——五世达赖罗桑嘉措一生的丰功伟绩。让仓央嘉措印象最深的，是 64 年前，格鲁派在管理大昭寺的问题上发生严重分歧之际，有人提出借助蒙古人的武力，有人提出借助当地政治势力介入解决纷争，正当众人各执一词、僵持不下时，五世达赖喇嘛站了出来，他提出了一个独到鲜明的方法，并利用宗教力量最终化解了这次危机。这一年，五世达赖喇嘛和他一样，也仅仅 16 岁。

仓央嘉措听着这个伟大喇嘛的故事，内心中充满了感动。他抬头望着窗外，窗外是黑漆漆的夜，哲蚌寺中到处燃起了酥油灯，一派光明，四周巨大的雕像随着灯影晃动，仿佛也在注视着他。

在一瞬间，他的心中涌出了一股暖流，他暗暗下定决心，自己一定也要像五世达赖喇嘛一样，做一个伟大的人。

这段不分寒暑的刻苦学习一直持续了三年。三年之中，仓央嘉措一天也没有出过哲蚌寺的大门，他除了谨遵说几位上师教诲外，就是在青灯古佛处苦苦钻研经文。

他不仅学习佛法，还要学习跳各种金刚舞以及射箭、作诗。作诗，是佛教"五明"中的声明，是一种研究文字、语法及音韵的学问，是僧人必须学习的。仓央嘉措对于作诗有种特别的天赋，特别喜欢《诗镜》。《诗镜》是古印度一本讲诗歌创作的书，它对藏族古典文学尤其是诗歌美学产生了巨大的影响。这部《诗镜》，给仓央嘉措枯燥的生活中带来了无上的乐趣。

另外，藏族的传说、故事以及《格萨尔王传》等史诗，这种具有少许佛教色彩而自然崇拜意蕴浓厚的作品在藏区和典籍上的广泛流传，对仓央嘉措的诗歌创作也产生过深刻影响。他的诗歌，采用了最常见的情歌歌体形式，节奏强烈，音韵铿锵，词曲相配，典雅优美，而且有着奇特的构思、形象的比喻，其凝练传神的语言，蕴含悠远的意境，都赋予情歌更多神奇的艺术魅力。

然而，在枯燥的学习生涯中，他始终忘不了美丽的家乡，还有家乡那位叫作玛吉阿米的姑娘。就在这无聊而又绝望的日子里，他仰望着高高的雪山，思潮起伏，终于写出了第一首情歌：

邂逅谁家一女郎，玉肌兰气郁芬芳。
可怜璀璨松精石，不遇知音在路旁。

时间如梭，光阴似箭。那一天，他来到河边研读佛法，却猛然在水中的倒影里发现，自己已从一个懵懂的青涩少年蜕变成了一个俊俏英毅的小伙子。

那一刹，仓央嘉措开始意识到，自己已经长大了。

19岁的仓央嘉措，已然成为一个英俊潇洒、仪表不凡的少年。这时的他，更加睿智、成熟，思想也更深刻，考虑问题也更深远。但是，从本质上来说，他还是一个在封闭环境下长大的大孩子。这个孩子，虽然博览群书，虽然智慧超群，但是，始终还是一个浑身洋溢着青春气息的翩翩少年。他也会犯错误，他也会有爱。

这一天，仓央嘉措突然听到窗外传来一阵喧闹声，搅得他无法专心研佛，不禁回过头问守在他身旁侍候的洛桑喇嘛："外面发生什么事了，怎么这么喧闹？"

"佛爷还不知道吗？"洛桑喇嘛故作神秘地笑着，"难道就没人跟您提起过，还是您这段日子一直精心研读佛经，把这般重要的节日给忘了？"

"节日？"仓央嘉措来了兴致，"什么节日？"

"您到外面看看不就知道了？膜拜的信徒们早就换上了干净华美的衣裳，还能有什么比在哲蚌寺庆祝雪顿节让他们更加欢快鼓舞的？"

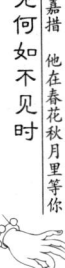

"雪顿节？您说今天是西藏一年一度的哲蚌寺雪顿节？"

"是啊，我尊贵无比的佛爷！"洛桑喇嘛对着他作了一揖，"雪顿节是哲蚌寺最为热闹的节日，西藏各地的信徒都要涌到哲蚌寺来庆祝，从喇嘛到信徒，整夜整夜狂欢。"

仓央嘉措抿着嘴，脸上露出艳羡的神情。

"佛爷要不要出去看看？"洛桑喇嘛善解人意地问着。

"好啊！"仓央嘉措按捺不住地放下手中的经书，蹭地站起身来，仰头眺望着窗外，好像要把外面所有的快乐都一把攥进自己的手心。

每年的藏历六月三十日，就是哲蚌寺雪顿节，也是哲蚌寺最为热闹的一天。

雪顿节起源于公元11世纪中叶，那时的雪顿节还只是一种纯宗教活动。民间相传，佛教的戒律有三百多条，最忌讳的是杀生害命。由于夏季天气变暖，草木滋长，百虫惊蛰，万物复苏，其间僧人外出活动难免踩杀生命，有违"不杀生"之戒律，因此，格鲁派的戒律中规定藏历四月至六月期间，喇嘛们只能在寺院待着，关门静静地修炼，称为"雅勒"，意即"夏日安居"，直到六月底方可开禁。待到解制开禁之日，僧人们纷纷出寺下山，世俗老百姓为了犒劳僧人，都会在这一时间备酿酸奶，为他们举行郊游野宴，并在欢庆会上表演藏戏。这就是雪顿节的由来。

据记载，参加雪顿节演出活动的有扎西雪巴、迥巴、降嘎尔、香巴、觉木隆、塔仲、伦珠岗、郎则娃、宾顿巴、若捏嘎、希荣仲孜、贡布卓巴共十二个藏戏团体，因此这个传承了三百余年历史的民族传统节日，在某种意义上可以说是一个藏戏节。

藏戏渗入到雪顿节的初期，是宗教活动和文娱活动相结合的开始，但范围仍局限在寺庙内。先是以哲蚌寺为活动中心，因此又称为"哲蚌雪顿节"。五世达赖从哲蚌寺移居布达拉宫后，每年六月三十日的雪顿节，藏戏团体也总是先在哲蚌寺内进行藏戏会演，第二天才会到布达拉宫为达赖演出。18世纪初罗布林卡建成后，成为达赖夏宫，于是雪顿节的活动又从布达拉宫移至罗布林卡内,并开始允许市民群众入园观看藏戏。这以后,雪顿节的活动更加完整,形成了一套固定的节日仪式。

看着寺院里狂欢的人群,仓央嘉措浑身的兴致都被调动了出来,他欢快地跑出经房,跟着洛桑喇嘛四处游走观玩。此时哲蚌寺后的根培乌孜山坡上早已张挂上了巨大的释迦牟尼佛像,寺内一派欢欣祥和的气氛。演绎藏戏的姑娘们个个容貌俊俏、舞姿婀娜、唱腔优美,听戏的信徒们不时发出赞叹的声音,并和着音乐的节拍跟随着姑娘们尽兴舞动着身躯。

在众人的礼请下,仓央嘉措也加入到跳舞的人群中。目光所及之处,一位戴着白色面具、身材窈窕的少女轻轻扭动着腰肢缓缓朝他身边飘来,人们挥汗如雨,群情沸腾,对着他和她高声欢呼:"仁波切!阿吉拉姆!阿吉拉姆!仁波切!"

他知道,她已然成为信徒们心中的仙女。因为阿吉拉姆就是仙女的意思啊!她戴着白色面具,更代表着纯洁,但他却不知道她来自哪个藏戏班子,更无从洞悉她面具后的容颜是否真如信徒们欢呼的那样俊美如仙,可他明白,欢愉的藏民已将她当作今天最圣洁最美丽的女子膜拜,所以他也要跟随藏民们一起膜拜她,膜拜这纯洁无瑕的阿吉拉姆!

"阿吉拉姆"挥舞着衣袖闪入他的怀抱。他情不自禁地揽着她的小蛮腰,随着她曼妙的舞姿尽情舞蹈,无论活佛神仙,此时此刻,他只想感受这无边的风月。

美好的瞬间都是短暂的,留下的记忆却总是永恒的。一曲跳罢,"阿吉拉姆"终于在信徒们的欢呼要求中蜕去了她伪装的面具,露出了俊美如花的青涩容颜。她顾盼生姿,她目中含情,她眉中锁愁,她嘴角微扬,她昂起头,目光定定地凝望着他,颔首,低声饮泣,仿若这一眼早已撕裂她前世今生永远的疼痛。

仓央嘉措仿若被雷击了一样,微微打着颤。四目相对,他再也难以自抑,他情深款款地注视着眼前的如花美眷,而她却如清晨的露珠,仓促间已失所在。

他定定地站在了那里,定定地望着她刚刚驻立的地方。蓦然回首间,

那边，就在那边，在拥挤的人群中，一个美丽而又孤寂的少女，一步一回首地朝他投来极不情愿的离别前的惊鸿一瞥。

"阿吉拉姆！阿吉拉姆！"沸腾的群众将她紧紧围在人群间。

不！她不是你们的阿吉拉姆！她是玛吉阿米！我的玛吉阿米！仓央嘉措泪光盈盈，她分明就是那个四年来一直让他魂牵梦绕的玛吉阿米啊！

玛吉阿米……她一定是来拉萨，来哲蚌寺参加雪顿节的；或者，她就是为找他而来的。她一定不知道他此刻也会出现在这里，但命运就是如此弄人，它总是在你最难以揣度的时刻，最意想不到的地方，让你们不期而遇，而后留下无尽的伤感与落寞任凭后人遥祭。不，他不能就这样放她离去！

玛吉阿米，你可知道我一直都在苦苦地思念着你？对，我无时无刻不在想念着你，或许那就是他们口中所说的爱情吧！我爱你，你也爱我。我知道，你的泪光盈盈已经让我读懂了你那颗为爱痴狂的破碎的心，可你为什么会出现在藏戏团里，为什么要戴着白色面具供人娱乐？

仓央嘉措大声呼喊着她的名字，不顾一切地朝着玛吉阿米的方向冲了过去。但到处都是拥挤的人群，人群中各种人不断朝他身边冲过来，冲断了他的寻找，冲断了他心中最神圣纯美的希冀与寄托。

她消失在围绕着她的人群之外。他左顾右盼，茫茫人海中，到处都是满脸满心透着兴高采烈的人们，可他又该到哪里去寻找那个和自己一样孤单寂寥而又失魂落魄的眼神呢？

第十章 玉树临风一少年

结尽同心缔尽缘,此生虽短意缠绵。
与卿再世相逢日,玉树临风一少年。

有人说,六世达赖仓央嘉措最适合的,是做一个女子的恋人。他不要做活佛,而只想要他的爱情。为见心爱的姑娘玛吉阿米,他不顾宫里的清规戒律,常常微服夜出,纷飞的大雪也阻挡不住他急促的脚步。短暂的二十四年生命旅途,他为她留下了一首首脍炙人口、令人拍案叫绝的凄婉情诗。

读仓央嘉措,读他的情诗,仿佛在读一个传奇。那传奇的诗歌,传奇的人生,多情的惆怅,都令人好奇,令人心痛。想起《本愿经卷》中所说的"愿我来世,得菩提时,身如琉璃,内外明澈,净无瑕秽"。刹那间,似乎有种被一语击中的无所适从。隔着岁月的风尘,仓央嘉措并没有远去,他的一句"我是世间最美的情郎"在天地间悠悠传诵,至死不绝。

爱情如莲,禅意而芬芳,人们忘不了他,忘不了他因爱而愈加神圣的心。读仓央嘉措,读的其实就是我们自己,在一切往者身上,我们活了千遍万遍,仿佛经历了累世累劫。那一切,已是我们的前身,恍然若梦。

在拉萨的街头,我路过一个工艺品小店,意外获得一幅古老的织锦唐卡,是以缎纹为质地,用数色之丝为纬,间错提花而织造的,因粘贴在织物上,故又称"堆绣"。色彩艳丽的唐卡上有活佛、白鹤,莫非就是那三百年前的仓央嘉措?他静静地凝望着前方,是在凝神参悟佛经中难懂的教义,还是在暗暗思慕心中的玛吉阿米?

我轻轻拾起那幅早已扔进书柜深处的唐卡,伸手轻轻掸拭着上面轻柔的灰尘,你玉树临风的面容刹那间再次闪入我的眼帘。我和你,我们一起对望。我,仓央嘉措;仓央嘉措,我。你的面容掩饰不住你内心的伤感憔悴,直看到我泪光模糊,仍没有抚平你生起皱褶的心事。我轻轻地擦拭,轻轻地抖落,却感到你的青春是那样仓促,那样薄弱,那样无从捉摸,可你却是世间最美的情郎!

我将唐卡挂到墙上,让你恬淡的面容得以在我的空间定格。那些过往的沧桑在我眼前历历如生,画师的一笔一画临摹不出你的忧伤,却让我紧紧攥在了手心。曾经的曾经,我和你一起迎风牧马,和你一起笑傲酒肆,然,我又是谁?是你抚着玛吉阿米的纤纤玉指时,一直躲在窗下注视你们的那双永远令人捉摸不透的眼睛吗?

我不知道三百年前的那些日子里,你有没有注意到我的存在,但却无法更改你我四目相对的过往。我和你,曾经邂逅在那座土黄色的小酒肆里,而如今,它却成了拉萨街头最能撩动男女芳心,各将心思付诸对方的神圣所在。它的名字叫玛吉阿米,和你的玛吉阿米有着同样香艳的名字。

唐卡太薄,时间太短。我的眼睛模糊着,看见了你,站在岁月的那端。"我喜欢你,真好,我喜欢你,突然地,那么温柔,你不会明白。"歌声飞起,我仿佛又懂了你尘封的心事。追忆似水的年华,爱情的发生,或许只是刹那,却早已是天地鸿蒙。

有人说,只有佛的心性和纯洁的爱心,才能写得出如此神圣的情歌;也有人说,仓央嘉措的诗不是情歌,而是在歌颂佛法无边的佛音。因为人只有沉浸在面对宗教时的虔诚状态,才能写出如此纯净的情歌。也许吧,但我总是认为,这样痛彻心扉的歌,无论是情歌还是佛歌,都足以让人感动唏嘘。

我可以想象那样的时刻,天上飘着些白云,地上吹拂着暖风,仓央嘉措久久面对着圣湖,流水倒映着夕阳,夕阳映衬着流水,这时,远远的高山顶上突然传来了一阵情歌,在他心底充满了温柔和感动。这,也许就是人世间最初的爱情吧？也是最古老神圣的爱情，这样的纯净和温暖，让人一瞬间就为之感动了。

他的眼睛顿时亮了，一股强烈的情感从胸腔中迸发而出，渐渐化作一首清丽的诗歌：

> 结尽同心缔尽缘，此生虽短意缠绵。
> 与卿再世相逢日，玉树临风一少年。

公元1701年，是藏历第十二饶迥铁蛇年，仓央嘉措19岁了。

这一年，仓央嘉措终于完成了他在哲蚌寺的学习，而此时的西藏也正在历经前所未有的风云变幻。

公元1700年，藏历铁龙年，蒙古丹增达赖汗在西藏去世。丹增达赖汗去世之后，长子旺札勒汗继位，然而不久，丹增达赖汗的次子拉藏鲁白便毒死了长兄，承袭了父兄的职位，自号为拉藏汗。这是个野心勃勃的家伙，从称汗之日起，便妄图控制整个西藏，重新恢复固始汗时蒙古统领西藏的秩序。他开始攻击桑结嘉措"以一年幼的达赖喇嘛为护符而掌握黄教政权"，并率领和硕特等蒙古部落首领不承认六世达赖，硬说他是一位冒充的假达赖。

还有一件非同小可的大事件不得不说，便是在这几年中，康熙大帝御驾亲征，三次征讨准噶尔部，大败噶尔丹，最后噶尔丹兵败自杀。与此同时，康熙皇帝对第巴桑结嘉措的种种表现也非常不满。在康熙皇帝眼里，桑结嘉措敢于对五世达赖喇嘛的圆寂进行长期保密，这无异于公然藐视清廷；且南方三蕃之乱发生时，桑结嘉措并没有出兵云南助清政府平蕃；而更重要的一点是，康熙皇帝的眼中钉噶尔丹，正是五世达赖的大弟子，桑结嘉措的师兄。所以，在这段时间，桑结嘉措的日子很不好过。

很多人认为，桑结嘉措是个利欲熏心、权力欲极强的人，他为了控制西藏的军政大权，故意隐匿五世达赖的死讯长达十五年，最后又因为和拉

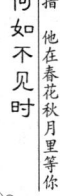

藏汗争权夺利，兵败后导致了仓央嘉措的死亡。

但是，这不是事实。

纵观五世达赖以及桑结嘉措的生平，可以看出，他是受了五世达赖喇嘛"托后"的人，他一生的作为，都是在不折不扣地执行着五世达赖喇嘛生前的政治思想，鞠躬尽瘁，死而后已。

公元1653年，桑结嘉措出生于拉萨一个大贵族家庭。这个家族与五世达赖喇嘛的家族关系极为密切，曾为早期格鲁派政权的创建立下过其他人无法比肩的功勋。桑结嘉措的叔叔赤烈嘉措更是很早就随侍五世达赖喇嘛左右，忠于职守，深得信任，布达拉宫的日常事务也是由他来处理。

桑结嘉措8岁时，便被送到布达拉宫生活。五世达赖喇嘛非常喜欢这个孩子，并亲自教他多种学问，从小就开始培养他从政的能力。这过分的喜爱，甚至让学者考证说桑结嘉措是五世达赖喇嘛的私生子，并在史籍中找到了有关的记载。

在桑结嘉措23岁的时候，五世达赖喇嘛就想任命他为第巴。本来桑结嘉措是不够资格的，但是五世达赖说自己算卦算出他是最适合担当第巴的人选，反复派人去劝说，并给他放宽条件。不过桑结嘉措却以自己年纪太轻、威望不高拒绝了。最后他给五世达赖推荐了一个人，这个人叫罗桑金巴，就是西藏历史上的第四任第巴。

罗桑金巴上任不久就患病不起，三年任期之后，罗桑金巴辞职。这一回，五世达赖喇嘛坚决要请桑结嘉措出山任第巴职务，但桑结嘉措还是拒绝了他。五世达赖喇嘛多次派人劝说不果，无可奈何之下只好自己亲自去劝说他出山担任第巴。

但是，桑结嘉措还是给予明确拒绝。

最后，五世达赖不无失望地看了桑结嘉措一眼，无可奈何地叹口气说："我已经老了，我担心自己百年之后西藏的政局会重新洗牌，稍有不慎，我这几十年用心血经营的成果就将付之东流，所以我必须在还活着的时候选定一个可以继承我的遗志，能够继续稳固西藏政局的人来当第巴，而这个人选非你桑结嘉措莫属。"

"佛爷，我……"

"蒙古的丹增达赖汗还在虎视眈眈地盯着我们，如果你不肯出山助我一臂之力，天晓得将来会发生什么变故！"罗桑嘉措盯着他语重心长地说，"看在我往昔对你的养育之情、教导之恩，你能不能给我一个面子，诚心诚意地接下这个职位？"

"……"

"你不要说，听我把话说完。我已经观察考验你很久了，除了你，没有任何人可以胜任这个职位，而且让别人来当第巴我也不放心，万一我突然走了，丹增达赖汗发动兵变，那后果简直不堪设想，所以无论如何，你都必须接受这个职位。"

"可是……桑结嘉措何德何能，敢担此大任？"桑结嘉措诚惶诚恐地盯着五世达赖喇嘛。

"我看人的眼光向来很准，你是不会让我失望的。"罗桑嘉措紧紧盯着他的眼睛，"我衷心期望你能接受这一任命，如果要选用其他人担任第巴，除非我已经不在这个人世上了。"

说完这句话后，五世达赖喇嘛没等桑结嘉措拒绝，就直接下发了任命状，让桑结嘉措必须担任第巴一职。此外，为了确保桑结嘉措的政治地位，五世达赖喇嘛又紧急下发了一份类似遗嘱的文告，书写在布达拉宫的墙壁上，并郑重按上了自己的手印。文告中有这样一句话："桑结嘉措与达赖喇嘛无异。"

公元1682年，五世达赖喇嘛病入膏肓，这时正巧桑结嘉措也生病了。他忙差人带口信给桑结嘉措说："你的病让我很担心，我的病吃了药已经好转，你要安心养病，别为我担忧。"第二天，他居然带病朝礼神像，为桑结嘉措祈福消灾。

两天后，五世达赖喇嘛招来桑结嘉措，抚摸着他的头，告诉他如何对待蒙古人，此外，还嘱咐要对他的去世实行匿丧。他最后抬起颤巍巍的手，给了他那一卷鲜血写就的羊皮纸，随后安然离去。

这，已然是五世达赖的临终托孤了。

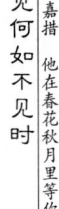

桑结嘉措呆呆地站在那里，看着这个西藏的太阳，父亲一样的亲人，心里像被打翻了的五味油瓶，所有的滋味都在一刹那间涌上了心头。打自己8岁时，这个老人就开始耐心教导自己各种知识，对自己照顾得无微不至，既是严格的老师，又是慈爱的父亲。最令他感动的是，这位老人居然在自己病入膏肓之际还带病去佛堂替自己祈福，这怎能不让他唏嘘感叹呢？

他的眼泪落了下来。上师，您放心地去吧。弟子明白您未竟的事业，也知道您心里担忧的事情。您没有完成的事业，就让我这个不肖的弟子来替您继续吧！

五世达赖喇嘛没有完成的事业是什么？

那就是秘密培养一个接班人，培植西藏本土势力，建立一个以五世达赖喇嘛为模板的政治格局。

从此，一直到桑结嘉措去世，他一直都努力向着这一目标前进。

六世达赖仓央嘉措，便在这种错综复杂的政治格局下，迈向了他20岁的生日。

哲蚌寺雪顿节上与玛吉阿米不期而遇，让仓央嘉措已然冰寂的心重新绽开了绚丽的烟花。他想尽一切可能找到他心爱的玛吉阿米的办法，然找到她又能如何？他并非宁玛派僧人，而是住在布达拉宫里的活佛。住在布达拉宫的活佛是永远都无法像宁玛派僧人那样娶妻生子、逍遥一生的。难道就这样放任她继续出现在拉萨的街头，为那些粗犷不懂礼数的男人唱响一曲又一曲的"阿吉拉姆"吗？不，他不能，他不能看着他心爱的女子沦落为表演藏戏的傀儡，他一定要找到她，哪怕找她难于上青天。

要将她接到布达拉宫来吗？他痛苦地俯伏在榻前，任泪水模糊他的双眼。她不可能就这样留在布达拉宫的，她只是来参拜他的信徒，他也只是名义上能给她带来福祉的佛祖。他和她，永远无法交结，永远无法白头。

仓央嘉措继续抱着一颗被告戒无欲的心持续青灯参佛的生活，一直拖宕到一个惊天动地的暴风雨之夜，端坐佛床上的他再也按捺不住内心的激动与渴望，奔下神坛，风驰电掣般地撕开那漫天的黄幡红帐，任那一道银白的闪电迅即爬在他的脸上。他看到了上帝的眼,看到了佛祖的脸,他吃惊地发现这个世界上的所有,原来都和他有着同样的荒凉。

洛桑喇嘛战战兢兢地站在他的身后,有些不知所措。从错那到浪卡子的途中,从浪卡子到拉萨的路上,从拉萨走向布达拉宫的每一步,以及在这宏大的布达拉宫里的日日夜夜,唯有洛桑喇嘛自始至终陪伴他左右,也唯有洛桑喇嘛才是这个世间最了解他所思所感的人。

他转身瞟着洛桑喇嘛,闭上双眼,悲痛莫名地问:"为什么?为什么要带我来这里?这里不该是我待的地方!从离开乌坚林的那一刻,我就犯了一个终身难以弥补的错误,为了这错误,我失去了这世上最可亲可敬的阿爸,我离开了这世上对我最好的阿妈,可我来这里究竟是为了什么?啊?洛桑,你告诉我,我为什么会出现在这里?为什么?"

"佛爷!"

"我不是佛爷!"他指着洛桑喇嘛咆哮着,"我不要做什么佛爷!我只是乌坚林一个小村落里出生的,有着这世间最为微贱血统的牧僧之子,我根本就不配做你们的佛爷,更不愿意成为你们的活佛!"

"您……"洛桑喇嘛震惊地盯着他,伸出一根手指放在嘴边轻嘘一声,立即跑到他身边从背后紧紧抱住他,哽咽着求道,"佛爷,求您了,求您不要再说这种亵渎神灵的话了!"

"神灵?谁是神灵?"仓央嘉措一把推开他,满脸嘲讽地讥笑他说,"你们不是叫我活佛吗?我是活佛,不就是你们的神灵嘛!亵渎?如果说亵渎的话,我亵渎的也只是我自己,跟神灵又有什么关系?"

"不!佛爷!"洛桑喇嘛跪在他脚下,"您是神圣的六世达赖喇嘛,您是西藏乃至世间最尊贵的活佛,没有了您,整个西藏就会陷于无尽的战火之中,也只有您才能拨乱反正,让藏民们过上幸福安康的生活啊!"

"我?"仓央嘉措冷笑着,"你们真的认为我有这么大的能耐?"

"您有!您是尊贵的五世达赖喇嘛的后世,您拥有这世上最神奇最伟大的力量。"洛桑喇嘛仰起脸正对着他,"请您再也不要说那些胡话了,它会毁了您,毁了第巴,毁了格鲁派,也毁了西藏啊!"

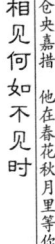

"难道就因为要拯救西藏,要继承五世达赖的遗志,就必须以牺牲我的幸福与快乐作为代价吗?这样的活佛我不喜欢,也不稀罕当!"仓央嘉措悲愤地跺着脚,"与其像傀儡一样居住在布达拉宫无所事事,还不如回到遥远的乌坚林,至少在那里,我可以找到真正属于我的快乐!"

"难道佛爷在这里还没有找着真正的快乐吗?"

"你知道快乐是什么吗?"仓央嘉措反问洛桑喇嘛说,"你有过自己心仪的女子,又有过不得不忍受与自己心爱的女子生离死别的苦痛吗?"

洛桑喇嘛一时哑口无言。

"你来这里多久了?"他表情冷漠地盯着洛桑喇嘛问。

"回佛爷的话",洛桑喇嘛弯着背卑恭地回答:"洛桑从4岁起就已经在布达拉宫里修行了。"

"什么?4岁?"

仓央嘉措大步走上前,直视着他的眼睛:"那么你告诉我,是不是穿上了这身红黄相间的袈裟,就预示着一定要了断尘缘,成为喇嘛,成为佛祖?"

洛桑喇嘛不敢正视他的目光,在他的逼视下低着头,嗫嚅着嘴唇,却始终没有说话。

仓央嘉措无奈地苦笑着,洛桑只不过是第巴派来服侍他的贴身喇嘛,职轻言微,这样的问题对他来说也许太难于回答了。

他不无自嘲般地继续说着:"如果真是这样,那么一个活生生的人,一个有情有义的人,和湖里那些没有感情不懂感情的野鸭又有什么分别?"

洛桑喇嘛静静跪在地上,他的头低得更低。

"为什么?为什么你们都不肯放过我?"仓央嘉措扬起双臂,无力地敲打在厚重的墙壁上,那浑浊的撞击声经久不衰地回荡在屋里,令所有在场的人脸上都被蒙上了一种压抑憋屈的表情。

"佛爷怎么可以这么说话!"一声大喝突然在他耳边响起,那是第巴桑结嘉措的怒吼，"站在庄重的天上宫阙，佛爷怎能不顾及自己的身份，说出这么荒唐的话来？！"

仓央嘉措并不想去看第巴那张煞有介事的脸，但他却毫不示弱地回击他，甚至连头都不回地愤愤然说："这样的话荒唐吗？可我觉得它远比这些枯燥乏味的佛经好听得多！"

"佛爷！"桑结嘉措快步走到他面前，看着仓央嘉措的眼神开始变得陌生而令人生畏。他怎么也没想到这个初出茅庐的活佛居然会这么跟他说话，要知道，如果没有他的话，眼前这个小伙子根本就没有机会成为活佛，更不可能受到万民的景仰，可这个小伙子非但不知感恩，反而用这种语气跟自己说话，这怎能不让他伤心难过呢？可难过归难过，他面对的终究是五世达赖的后世，他所做的一切，不也都是为了完成他前世临终前千叮咛万嘱咐的遗志吗？

短暂的错愕之后，桑结嘉措对着仓央嘉措毕恭毕敬地作了一揖："这里没有任何人逼您，逼您的只是您自己。"

"我自己？"

桑结嘉措点着头："您是西藏最伟大的活佛五世达赖喇嘛的后世，您现在所承受的一切都是为了完成前世活佛在世未竟的事业，他的心愿就是您的意志，继承他的遗愿就是在完成您自己的心意，这难道是我和洛桑喇嘛在为难你吗？"

"可我不是……五世达赖是罗桑嘉措，可我是仓央嘉措！我是来自……"

"请佛爷不要再说下去了！"桑结嘉措恩威并施地凝望着他，苦口婆心地劝说："我伟大的佛爷，您到底是怎么了？普天之下没有人不知道您就是五世达赖的后世，您怎么可以说出这样不负责的话来？难道是凡尘俗事干扰您太多了吗？听在红宫做法事的喇嘛们说，您这几天召见信徒时总是心绪不宁，所以我才连夜赶来探望，没想到情况比我想象的还要糟糕。"

仓央嘉措瘫坐在了自己的禅床上，桑结嘉措叫人将洛桑喇嘛扶了起来。

"到底发生了什么事？"桑结嘉措压低声音问着洛桑。

"佛爷他……他好像……"

"到底怎么了？"

洛桑喇嘛面色凝重地瞟一眼跌坐在禅床上的活佛，叹口气说："自打参加完哲蚌寺的雪顿节回宫后，活佛就一直这样，一会儿好一会儿坏的。"

"他一直都这么情绪反复？"

洛桑点点头。

"我在外面听到一些传言，说佛爷在雪顿节上迷上了一个藏戏班的女戏子，有没有这回事？"

"这……"

尽管桑结嘉措的嗓音已经压低得不能再低，但仓央嘉措还是听到了他们的对话。他抬起头呆呆地望着桑结嘉措，忽地放声大笑说："藏戏班的女戏子？她怎么会是女戏子？她叫玛吉阿米！是一个正经人家的好姑娘！"

"什么？"桑结嘉措目光炯炯地盯着他，"佛爷认识那个姑娘？"

"岂止认识？我们还在一起手拉着手捉过松鼠呢！"仓央嘉措的脸上漾起一丝快意的微笑，"她的家乡在山南错那！"

"玛吉阿米？您是说那个姑娘的名字叫玛吉阿米？"桑结嘉措不无忧虑地打量着他，忽地话锋一转，"佛爷很喜欢那个姑娘是不是？"

桑结嘉措的问话掷地有声，连洛桑喇嘛都被惊得浑身一颤。

"是的。我喜欢她，可这又有什么错吗？"

"没有错。"桑结嘉措出乎意料的回答让所有人感到震惊，"爱情是这世上男人和女人的专利，您有权爱那个姑娘，但作为活佛，您应该化小爱为大爱，去爱这世上更多的人，而不应该只是贪恋世俗的男欢女爱。"

"我只是想她，只是想再见上她最后一面，可我……"

"相见又能如何？佛爷是万千子民的佛爷，世俗的欢爱只会污染您的心志，而那个女子也只会给您带来灾难，给西藏带来无尽的灾噩。"

"不！她是这世上最最纯洁的女子，她不会给任何人带来灾噩的！"仓央嘉措抬头盯着桑结嘉措如炬的目光，"我不允许任何人亵渎玛吉阿米，包括您，尊贵的第巴桑结嘉措！"

"佛爷……"

仓央嘉措打断他的话，语调忧郁地说："第巴，您知道我的心里有多苦吗？我现在觉得，只有之前在山南的时候，自己才是这世上最单纯的人，可自打我踏进布达拉宫的那一瞬起，我的心里就满是烦忧，满是万劫不复的邪念。然而最可悲的是，我却还在用这样的步伐继续前行着。这些苦您是无法理解更无法体会的，可是……"

"可是我和您一样，曾经都经受过这样的苦痛！不仅是您和我，还有前世所有的达赖和班禅喇嘛，他们每一个人都曾经受过和你我相同的苦难！"桑结嘉措听着他的话，脸色恢复了惯有的坚毅沉郁，从户外涌入的夜风把他深黑色的法袍吹得猎猎作响。

桑结嘉措没有向仓央嘉措讲述自己为了国事牺牲爱情的故事，只是望着他淡淡地说："既然活佛也感到了潜在的危机，那么从今天开始就暂时停止在红宫召见信徒的所有法事，您就安心在白宫研读佛经好了。洛桑，你给我好生照看着佛爷，万一佛爷有个什么闪失，回头我唯你是问！"

第十一章 我为忧思自憔悴

> 羽毛零乱不成衣，深悔苍鹰一怒非。
> 我为忧思自憔悴，哪能无损旧腰围。

午后，放下《仓央嘉措情诗》，打开镂雕着如意莲花的格子窗，我站在窗下往外眺望，迎面掠过凉爽的微风，夹着酥油茶的浓香，直达那视线无法企及的云端之上。

远处矗立着一座高压线塔，我把塔翼上悬挂的电瓷瓶想象成寺庙建筑上的风铃，有风的日子，它们便会发出清脆悦耳的声响。那冷冰冰的钢铁视野屏障，这时就会被一种柔软的目光穿透，背后的事事物物宛如溪流般舒缓。然后，格子窗中间的那朵莲花也像活了般散发出淡淡的香气。

目光由近放远。越过铁塔，越过疏朗的电线，再越过远处挂着经幡的藏式小楼，还有一大片低矮的白杨林，我的目光肆意地落在对面的贡布日山。七月的山峰已变成一片墨绿，峰顶有众多颤动的经幡，因为距离太远，我分辨不出经幡的五种色彩，但却知道每个星期三，山上便会缭绕起青青的桑烟，那时候，山是活的，更是五彩斑斓的。

"贡布日山"，翻译成汉语就是"宝瓶山"的意思，因为它很形似一只宝瓶。宝瓶是藏族同胞眼里的八大吉祥物之一。拉萨周围所有的山峰都是用吉祥八宝命名的，有莲花，有海螺，还有双鱼等。从空中俯瞰，落雪的日子，所有这些山便如同盛开的八瓣白莲，而红山顶上的布达拉宫就成了它的花蕊。

经幡不停地摆动着，几个红衣喇嘛从我身旁的小径上走过。我仿佛看到，你头蓄长发，穿着破旧的僧袍闲坐在一块天边的陨石上，懒洋洋地晒着太阳，僧袍上的油污闪闪发亮。

我踩着转经轮的节奏从你跟前走过的时候，偷偷地用眼角的余光窥视你，嘴里的祈祷语却不间断：喇嘛拉松夏却！松金拉松夏却！曲拉松夏却！更墩拉松夏却……你像是突然产生了兴趣，装作若无其事地跟在我身后转山。我在心里偷偷欢喜，乌木念珠一刻不停地在指间流动。

夕阳的余晖像一片祥云笼罩着整座红山，佛香袅袅中，仓央嘉措望着落了灰尘的帷幕，从禅床上轻轻坐起，穿过长而隐秘的走廊，漫无目的地走在寂静的布达拉宫里。复杂的机关暗道，夯土和粗壮的栋梁构造成的巨大城堡令仓央嘉措心惊，他的目光最终落在了那些数不清的厚重或者轻薄的门上。桃木、松木、红木、柳木，有精致也有古旧，关闭或敞开，直白又隐晦，既层层设防又藏头露尾。从唐朝丰腴凉爽的早晨到而今暗淡忧伤的黄昏，似乎一直都在保守和暗示着什么。

眼前明明已经是穷途末路，却于不经意间推开拐角处那扇不显眼的、有意无意间藏匿起的门。触目所及之处，又是宏大的厅堂，酥油灯照明下堆满经卷的密室，神态奇异的佛像，鲜艳或者已经褪色的壁画，还有为数不少的，上可以仰望灿烂星光，下可以俯瞰棋盘似街巷的宽阔露台。

就在这些门里面，在光线黝黑、藏香味浓烈的城堡深处，时间的暗流渐渐冷却、凝固、结痂、堆砌，最后完全停止，变成了厚实的宫墙、光洁如玉的地砖、古旧的器物、褪色的唐卡，也变成了拖沓的蜘蛛在复杂的廊柱间，成年累月地织出的千疮百孔的网。只有日复一日穿透高高方格窗户射进的太阳光柱，才在缓缓的移动中，隐约透露出天地转动和世间烟火的蛛丝马迹，包括生计的艰辛、寻常的快乐，也包括饮酒锅庄的日子……

仓央嘉措呆呆地望着面前的一切，满心伤痕累累。城堡里，是神的世纪，现如今，他要到哪里去追寻玛吉阿米的足迹？眼前的布达拉宫宛如镇静剂，也是安眠药，它解释了今生所有生老病死的顺理成章，又回答了来世一切悲欢离合的水到渠成，但却回答不了他为何爱得如此浓烈！外面雷霆震震，他终于摆脱了所有的禁锢，飞快地跑出去，举着硕大的狼毫，在白宫外的墙壁上题写下了一首惊了心、动了魄的情诗：

> 小印圆匀黛色深，私钳纸尾意沉吟。
> 烦君刻画相思去，印入伊人一寸心。

  题毕，仓央嘉措毅然决然地将手中的狼毫扔向遥远的天际，侧眼看经殿里升起的袅袅轻烟，终是冒着瞬息而至的大雨冲出了白宫。再回首，古老的城市已经是暮色苍茫，按部就班的暮鼓声从遥远的钟鼓楼传来。布达拉宫几个高高的窗口，却千年如一日的，点燃了守夜的酥油灯。在沉寂又微凉的拉萨，天上是一轮皎洁的月亮，而地上巨大的宫殿，也依然深锁在重重叠叠的门的后面。

  他穿梭在白宫外寂寞的山道，任由思念在心里疯狂地滋长。玛吉阿米，你在哪？为什么连你的回眸都显得那么决绝，你是不想再见到我了吗？仓央嘉措的心在落泪，在流血，他不明白，为什么玛吉阿米会在雪顿节与自己不期而遇后，连声道别的话都没有讲，便消失得无影无踪了？难道她并不爱自己？抑或她对他的爱没有他对她的爱那般浓厚？不，他明明看到了她眼中的泪水，他知道，那是相思过后痛彻心扉的泪水，可她为什么不肯为自己再多停留片刻？哪怕是再多看她一眼，也不会让他若现在这般痛苦莫名啊！

  玛吉阿米，我心中最神圣纯洁的姑娘，你到底在哪？你是回到了山南的错那，还是留在了拉萨？如果你留在了拉萨，又是为了哪个多情的男子？仓央嘉措任泪水模糊了所有的视线，他痛得肝肠寸断，这是他有生以来第一次对一个姑娘爱得如此钟情，如此刻骨铭心，可她为什么要用这样残忍的方式来增加他的痛苦呢？

  仓央嘉措剧烈地摇着头，她不明白玛吉阿米的决绝。或许她在怨他，怨他不该走进神迹一样的布达拉宫，怨他不该坐上活佛的宝座，可这一切，他又有得选吗？从被桑结嘉措秘密指定为五世达赖的转世灵童后，他就一直扮演着傀儡的角色。对，他就是个傀儡，是五世达赖的傀儡，是布达拉宫的傀儡，是藏民的傀儡，更是桑结嘉措的傀儡。他每说一句话，每做一件事，都必须遵从一个活佛应当给万民做出的表率，可那样的活佛生活是他想要的吗？如果可以选择，他宁可放弃活佛尊崇的地位而投向玛吉阿米的怀抱，可是玛吉阿米，你又去了哪里呢？

在这个冷得只剩下寂寞和悲楚的夜里，你可能触摸到我内心的忧郁彷徨？

在这个冷得只剩下泪水和彷徨的夜里，我好想紧紧拥着你温暖的怀，为你再写一首多情的诗，为我的心酸，也为你的神伤。

公元1702年，仓央嘉措20岁了。

这个时候的他，经常会仰望着天空中洁白的仙鹤，一望便是半天。在他心里，常常会想起那个山南的女孩，想起在雪顿节遇到的那个寂寞的眼神，每想到这里，他的心里就会充满莫名的忧伤以及温暖的爱。

那个女子，眼神中的冷傲和孤寂，竟然和他一模一样。可是，她那娇美的容颜和温柔的背影，他又要去哪里才能将它们轻轻捉摸？本以为，满心欢喜地驻足她的海阔天空，予她倾城之恋，殊不料却被她飘逝的身影撞击得满怀失落穿插心扉，疼得彻夜难眠；本以为，与她四目相对，便可带着他的痴心情长相伴一世，殊不知世间万物瞬息万变，好景总是不长，她还是消失在了他能掌握的世界里。

抑或是美好时光若春秋掠影，终逝而不可即。朝至暮退的锦年每天都上演着悲喜更替，擦身的过客疏影只若萍水相逢，又何来生死相许、不离不弃？他念动经言，用千年等一回的顾盼，期许与她重新邂逅在这思绪纠葛的季节里。

他把自己蜷缩在一个人的角落里，拥着眼泪怅眠。周围的雾聚了又散，闪烁的点点星光静静眨着与世无争的眼睛，复述着掉落在海洋的往事碎片，梦就像天堂般遥远，也像远处的灯塔般温馨，你仍在远方，只是与你未见。

满世界都是她的影子，找不到逃避的定所。这是你的命，更是你的劫，你与她，注定于转瞬回眸处擦身而过，倾心一场后便是几世郁郁寡欢。你多情的梦想早已断翅遗失，白云柔软成心底不变的纯真，来路蜿蜒不断，沿路开满了欢愉的格桑花，它们从不曾颓败，属于阳光的香味在有生之年

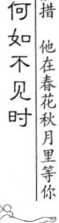

都鲜活馥郁，而你的心却悲痛伤感得一塌糊涂。你端起香茗，和泪饮下，低首间，却于茶水中显现出一个明眸皓齿的女子，正对着你盈盈地笑着。

仓央嘉措久久地凝神望着这个女子，他终于知道，这就是命运，他终究抵挡不住。良久，他抓起一支羊毫，划过杯中孤独的茶水，写下一首充满惆怅的情诗：

羽毛零乱不成衣，深悔苍鹰一怒非。
我为忧思自憔悴，哪能无损旧腰围。

他的心绪久久不能平静，玛吉阿米的倩影随同他写下的那首情诗，宛若一首不尽的情歌再次映现在芬芳的茶水中。她情深款款地望着他微启朱唇，眉宇间写着无尽的愁绪。仓央嘉措如痴如醉地望着她，等着她笑引樱桃破。

"玛吉阿米！"

玛吉阿米无语。她翩若惊鸿地转过身去，窈窕的身姿令他惊艳。

"玛吉阿米！"

她飘然远去，如游龙般逶迤而去。

"不！你不要走！"仓央嘉措痛苦地闭上双眼，他无法忍受心仪的女子再次与自己擦肩而过。"你到底要我怎样？究竟要我怎么做你才能为我再多停留片刻？玛吉阿米，你知道，虽然我们相处的时间很短暂，但就在那片草地上，当你把宝贵的香吻赐予我的时候，我的心便无时无刻不停留在你的身上，你不能对我这样残忍。"

玛吉阿米回过头，眼神冰冷而忧郁。一只乌鸦从她的头顶飞过，飞落在经幡的桅杆顶上。她往玛尼石堆上扔下一颗石子，然后顺着一条被人畜踩出的狭窄小径向远方走去。仓央嘉措连忙站起身，沿着潭畔紧紧尾随着她，一直走到拉萨古老黄昏的街市上。

玛吉阿米走进一家酒肆，戏剧般地成为临街柜边卖酒的女郎。举手投足，每一个动作都写下无限风情，与山南那个清纯的少女恍若隔世。

"玛吉阿米……"仓央嘉措不知所措地盯着她，"你……"

"客官，来一碗酒吗？我们店里的酒又香又醇，保管您喝了这回还想来第二回。"玛吉阿米不等他开口，就从柜台后取出一只木碗，轻巧麻利地从柜上的酒桶里斟上青稞酒递到他手里。

"玛吉阿米……"他望着她纤若柔荑的手指，不敢相信这碗酒是从她手里端出来的。

"喝吧，这是用山南运来的上好青稞酿出来的。"她平静地望着他，紧蹙的眉头渐渐露出笑意。

"你怎么会……"

"喝完了再告诉你。这可是我亲手替你酿造的。"

"你亲手酿的？"他的眼里含了晶莹的泪花，紧紧抓着盛酒的木碗，一仰脖子，咕噜一下，将碗里的酒一口喝尽。

"再来一碗。"他舔了舔潮湿的唇，把木碗捧到她面前。

他看着她俊美的面庞，像是感受到了佛祖的安详。她抓起木勺，就着他伸过来的手，再次斟上满满一碗青稞酒。那一瞬，她的面庞顿时从木碗里的圆形液体里浮现出来，他看到了她安详的笑容。

"玛吉阿米！"

"玛吉阿米？"她呵呵笑着，"你为什么一直叫我玛吉阿米？"

"你……"仓央嘉措不敢相信地瞪着她，"不是说好喝完了酒你就告诉我的吗？"

"可我不叫玛吉阿米。那应该是个清纯如水、美丽如云的少女的名字，可惜我一个卖酒的姑娘根本配不上这样美好的名字。"她微微抬起头，眉间渐渐含了愁，"客官是在找一个叫玛吉阿米的姑娘吗？"

他点点头，又摇摇头："你不是玛吉阿米？不，你有和她一样的容貌，

和她一样的神态,你怎么可能不是她呢?"

她颔首不语。

"告诉我,为什么要躲着我?这就是你对我成为活佛的惩罚吗?"他激动地望着她,"可我真的不想当这个活佛,真的不想!玛吉阿米,你可知道,为了你,我宁愿放弃布达拉宫神圣的宝座,这一生只要能陪在你身边,哪怕是浪迹天涯,我也义无反顾!"

"客官,您醉了。"

"我没醉!玛吉阿米,你还记得在错那的树林里,你给我的那个香吻吗?或许你早已把它忘了,但我却把它深深烙进了心里、脑海里,这一生都不可能把它抹去了,难道你就一点也不怀念我们的过去吗?"

"您真醉了。"她抬起眼睑睃着他,"我真不是您要找的什么玛吉阿米,我的名字叫达娃卓玛。我从出生起就生活在琼结,根本就没去过南方的错那。"

"达娃卓玛?"他痴痴地端详着她,无法相信地上下打量着她身上的每一个细节,仿佛要将她从外到里寸寸看透,"你说什么?你从来都没去过错那?"

"是的,除了拉萨,我从来没有离开过山南的琼结,一天也没离开过。"

"你真不是?"他的心七上八下地擂起了小鼓,醉眼蒙眬中,她似乎真的变作另外一副如花似玉的面孔,却不是自己熟悉的玛吉阿米。怎么可能?难道自己真的醉了?醉到将另外一个女子当成玛吉阿米的地步?他又要了一碗酒,等将碗里的酒喝尽,便将装酒的木碗小心翼翼地揣进僧袍里。他告诉她,只有这样,心中的情人才不会扔下自己独自前行。

她望着他,眼睛有些湿润。眼前这个年轻的喇嘛是如此的深情,如此的俊秀,如此的朗逸,可他却在为情而痛,为情而苦,内心的悲怆甚至破坏了他俊美的容颜,让那玉容多了些许沧桑与凹凸。到底,那个叫作玛吉阿米的姑娘生就一副怎样的俊容,能让他心仪若狂?

"玛吉阿米……"他不无神伤地盯着她,口中念念有词。

他醉了。她本想给他舀一碗醒酒汤,肥胖的老板娘却从里屋探出脑袋,隔着柜台粗鲁地训斥着她,告诫她不要对任何男人动恻隐之心,更不要忘了她的本分。她只好伸出手,向他索要今天的酒钱。

"酒钱?"他把身上里里外外摸了个遍,无助地望着她摇摇头。

老板娘的脑袋缩了回去。她同情地瞟着他,轻轻咬着嘴唇,下了很大的决心,朝着他轻轻挥了挥手。

"我不会欠下你的酒钱的。"他解下缠在左手腕上的贵重骨制念珠,放进她的掌心,"这个先押在你这儿,我回去就派人把酒钱送来。不过这个你可以留下,算是我送给你的礼物。"

"送给我?"她犹豫了一下,还是心安理得地将念珠挂到脖颈上,整个人变得更加明艳照人。

他像是得到了某种暗示,突地钻到柜台后面,还没等她回过神来,就拉起她的手跑了出去。他带着她混迹在朝圣的人群中,一直来到布达拉宫门前,最终走向布达拉深处的白宫。

他们在袅绕的桑烟里,面对佛祖五体投地。

她将额头紧紧地贴在殿堂的砖地上,泪流满面。

在冰冷彻骨的夜晚,他们在熊熊燃起的篝火边饮酒狂欢。他唱起那首动人的情歌:"住进布达拉宫,我是雪域最大的王;在拉萨的街头流浪,我是世间最美的情郎。"

她从他的歌声里体悟到了他发自灵魂深处的诚实,从此,那些灿烂如同云朵的情歌音律和他俊美的容颜,就像是刻在玛尼石上的六字箴言一样深刻地烙在了她的心头。他们似乎过上了无忧无虑的快乐生活。

"达娃卓玛!"他将她轻轻搂进怀里,吻着她亮如黑漆的长发。

"佛爷!"她娇笑如花地斜睨着他,在他怀里尽情撒娇。

"不要叫我佛爷,叫我仓央嘉措。"

"仓央嘉措！"她幸福地喊着他的名字，如同灿烂的云霞绽放在澄静的天幕下。

"达娃卓玛！"

"嗯？"她瞪大眼睛仔细瞅着他的眉眼，心底突然生出一股长长的惆怅。

"怎么了？"他伸过手指掠过她微微撅起的朱唇。

"没什么。"她轻轻叹口气，"我只是害怕，总是没来由地觉得害怕，我不知道这种害怕到底缘于何处，可我还是觉得害怕。从早到晚，睁开眼睛，闭上眼睛，心里盛着的都是无尽的恐惧。"

"恐惧？你为什么要恐惧？我们现在不是很幸福很快乐吗？"

"可我总觉得这一切都不是真实的。"她将头紧紧偎在他怀里，"仓央嘉措，你说我们是不是真的能像你的父母一样，幸福快乐地相守在一起？"

"为什么不能？我不是已经答应过你了吗，这个活佛我早就不想当了，等找到机会，我一定会带着你离开这里。"

"可为什么不是现在？"

"现在？"

"我知道，你的心根本就不在我这里。"她轻轻推开他，满脸神伤地走向冰寂的湖畔。

"玛吉阿米！"他失魂落魄地追上前，将她紧紧拥入怀里，"相信我，我说的都是真的，我会为了你放弃所有的一切的！"

"玛吉阿米？"她黯然地望着他，"你心里爱的始终都是玛吉阿米，你只是把我当成了她的影子，对吗？"

他意识到自己的失态。是的，他并不能否认，自己内心深处真正热爱着的女子，还是错那个纯真可爱的玛吉阿米，这一切对达娃卓玛来说公平吗？"我……"

"我看我还是离开这里吧。"

"不！达娃卓玛！我……"

"你爱的人是玛吉阿米，心里想的人也永远都是她，你之所以到现在还不愿意带我远走高飞，就是因为你想留在这里继续找寻她的下落，可你有没有想过，等你找到她的那一天，我该怎么办？是和她一起分享你，还是眼看着你们笑逐颜开，然后再痛苦地离开？"达娃卓玛神情严肃地盯着他，"不，与其那样让三个人痛苦，还不如让我独自一人承受这份痛苦。"

她飘然而去，踩着幽蓝的湖水冉冉南行。

"达娃卓玛！"他临湖而立，看被她踩过的水面波纹纵横翻滚，乃至逐渐平息，再看不到丝毫痕迹。他心痛如锥，为什么自己心爱的女子都要离他而去？

"玛吉阿米！达娃卓玛！玛吉阿米！"他举起双手痛苦地呼喊着，大汗淋漓，染湿一床锦被。蓦然回首，哪里还有什么达娃卓玛、什么篝火？原来只是南柯一梦。他轻轻举起手臂，那串念珠完好地戴在腕子上，不知它究竟有没有被梦中的女子动过、赏玩过。

达娃卓玛。他痴痴念着这个名字，并为自己在梦中背叛玛吉阿米的行为感到羞耻而无法原谅自己。

夜，渐渐深了，几声狗吠打断了他的思绪，困意再次袭来，他枕着念珠，轻轻滑入了那个有着玛吉阿米相伴在侧的香梦。

第十二章 琼结佳人独秀群

> 拉萨游女漫如云，琼结佳人独秀群。
> 我向此中求伴侣，最先属意便为君。

一连几天，仓央嘉措每天都要在梦中的达娃卓玛出现的潭水畔坐着发呆，默然无语。

亲随的洛桑喇嘛见他憔悴得快不成样子了，又不敢向桑结嘉措回报，怕他一时想不开闷坏了身子，便悄悄建议说："佛爷每天这样用功，要是觉得山上闷得厉害，不如下山去走走看看，总比整天待在潭边憋坏了身体强。"

"下山？"

洛桑喇嘛点点头。

"可是第巴？"

"放心，我不会告诉第巴的。"

"他要是到白宫找我，发现我不见了，一定会大发雷霆。"

"其实第巴也没你想的那么不通人情。不就是下山走走散散心吗，有什么不可以的？佛爷的身子若是憋闷坏了，第一个逃脱不了干系的就是第巴，就算他知道了您下山的事，也一定会睁只眼闭只眼，网开一面的。"

"此话当真？"

"我什么时候骗过佛爷？"

仓央嘉措感激地盯着洛桑喇嘛点点头："你知道我心里在想什么。你知道的，对吗？"

"我知道。"洛桑喇嘛抬起头，目光慈祥地盯着他如玉的俊颜，"哪个少年不钟情？这是人之常情，也是佛爷的大爱，更是那个姑娘的荣幸。"

"我想找她。直觉告诉我她还留在拉萨，我想我一定能找到她的。"

"找到她又能如何？您现在已经贵为活佛，是西藏的最高领袖，更是子民们的希望和神圣的寄托。作为活佛，您是不能有儿女私情的。"

"可是……您刚才不还说哪个少年不钟情嘛？"仓央嘉措失望地望着窗外，"我还以为你跟第巴他们不一样，到头来还是跟他们一个鼻孔出气。"

"我只是希望佛爷每一天都能过得轻松快活。"洛桑喇嘛叹口气说，"爱一个人并没有错，也没有人会认为这是一种错，可是在布达拉宫，这种情爱是不允许存在的，因为这不仅亵渎了神灵，更辜负了百姓们对活佛的期望。"

"亵渎神灵？辜负百姓？我不明白我的爱情为什么会跟神灵和百姓扯上关系！"仓央嘉措拂袖而起，"难道就因为我爱上了一个纯洁美丽的姑娘，就是亵渎神灵，辜负了百姓？我的爱到底伤害了神灵还是伤害了百姓？"

"您谁都没有伤害，但您破坏了所有人的信仰。这是一个有信仰的世界，为了多数人的信仰，有时候是需要牺牲个别人的幸福来成全大家的。佛爷，或许这就是作为一个活佛所应付出的代价吧。"

"可我不想做活佛！你知道，我一天都没想过要当这个活佛！"

"罪过，罪过。"洛桑喇嘛在他面前跪了下来，"佛爷，如果您心里不痛快，您就骂我几句，哪怕是打我几下也好，我求您了，千万别再亵渎神灵，更别亵渎您自己。"

"别说了，求你了！"仓央嘉措微闭着眼睛，痛苦地朝洛桑喇嘛挥了挥手，"你说的这些我都懂，以后我什么都听你和第巴的就是。"

洛桑喇嘛喜极而泣。眼前这个孩子已然真正长大了。是啊，他已经20岁了，他并不是第巴眼里所见到的那个不听话，甚至有些玩世不恭的纨绔子弟，只要加以正确的引导，他终将还是块无人能及的美玉。他坚信，这孩子的存在就是西藏未来的光明，是西藏百姓的福音，或许也只有他的存在才能解开第巴与蒙古汗王长达数十年的心结吧！

"你起来吧！"仓央嘉措抿着嘴唇，伸手拉起洛桑喇嘛。

"谢佛爷恩典。"洛桑喇嘛如同慈父般仔细端详着他，"我还是陪着佛爷下山走走吧。再待在宫里憋着，您一定会闷出病来的。"

是啊，来拉萨已经五年了，除了公开出席重大的节庆典礼，仓央嘉措一次都没有下山游玩过。如今忧事缠身，夜不能寐，索性依了洛桑喇嘛的建议下山走走，倘若能遇到好机缘化解了这份尘缘也好。他满含着对山下游玩的希冀，可他的眼神又迅速黯淡了下去。他现在贵为活佛，一举一动都要成为藏民的表率，桑结嘉措是一定不会让他下山的，再说即使洛桑喇嘛有心替他隐瞒，他这身活佛的打扮又如何能出得了布达拉宫？

"装束的事情您不要担心，我都已经替您准备好了。"洛桑喇嘛平静地告诉他。

"什么？"

"我那边保存着一套老百姓穿的衣服，还有一条长长的假辫子，一会儿我就取来替您换上。"

仓央嘉措没想到洛桑喇嘛居然还藏着一套老百姓穿的衣服，还没等他取来装束，仓央嘉措就迫不及待地站在窗前比画了起来。

"穿上这身衣裳，再戴上这条假辫子，佛爷您活脱脱就是拉萨城里最俊美的小伙。"洛桑喇嘛一边伸手替他整理着刚刚取来的俗人穿戴的衣服，一边情不自禁地赞叹着，"您要不是活佛，外面的姑娘肯定会排着队守候在您的窗前，就为博得您青睐的一笑。"

"是吗？"洛桑喇嘛的赞美让心情沉闷的仓央嘉措立即涌起一股喜悦之情，"你说的是真心话？"

洛桑喇嘛点点头："谁要是说您不是拉萨城最英俊的小伙，我第一个站出来反驳他！"

"可是……"他又想起了玛吉阿米。他的玛吉阿米看到他这副装束，到底会心生欢喜，还是无动于衷？她怎么能够无动于衷？脱下僧袍，他不就可以牵着玛吉阿米的手在拉萨街头肆意欢笑歌唱了吗？！可是我的玛吉阿米你到底在哪？难道你真要一辈子都待在藏戏班里用你甜美的嗓音、动人的舞姿去撩拨那些肮脏而没有品位的男人吗？

不，他的玛吉阿米不是那样的女人！她一定有着不可告人的隐衷，或许她只是混进藏戏班，目的就是为了能在哲蚌寺、在她心爱的男人面前跳起拨人心弦的舞蹈。是的，她是为了他才来到拉萨，才从山南的错那千里迢迢赶到哲蚌寺参加雪顿节的，可她为什么又要不辞而别，连一句问候的话都没有留下？

或许是他活佛的身份让她望而却步，或许是她不想打扰他看似宁静的喇嘛生活，或许是她对他选择了活佛的道路感到失望，总之，她有太多太多的理由拒绝跟他相见，拒绝跟他相认，但无论如何他都要找到她，他要告诉她，这个世上只有他才是真正爱着她的男人，他要用行动向她证明，为了这份千古绝唱的爱情，他宁可舍弃一切的一切，包括他的地位，以及他的名誉。

他已经穿戴一新，站在洛桑喇嘛面前的分明就是个标致的拉萨青年，哪里还有半分活佛的模样？

"我这样行吗？"仓央嘉措不自信地望着洛桑喇嘛，伸手理了理绸缎衣裳的边角，"这个样子看上去是不是有些古怪？"

"这样很好。"洛桑喇嘛紧紧盯着他，"瞧，穿上这身精美的绸缎织成的衣裳，戴上这长长的打结的假发，再配上满手金光闪闪的戒指，您活脱脱就是西藏第一英俊少年。"

"可我总觉得浑身有些不自在。"仓央嘉措嗫嚅着嘴唇，伸手摸摸这儿又摸摸那儿，仿佛找不到那个真正的自己了。

"好了，再磨蹭下去，被第巴发现了，咱们非但出不了宫，还要落得一身的不是。"洛桑喇嘛轻轻催促着他。

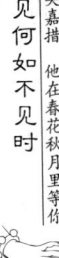

"不会有人认出我来吗？"

"放心吧，谁也不会相信他们的活佛打扮成贵公子的模样出现在拉萨街头的。"洛桑喇嘛不等他继续纠缠，便拉着他的衣角，沿着白宫后面通往山下的小径快步往宫外走去。

无瑕的白云在山头飘移，仓央嘉措跟随洛桑喇嘛到了山下，见了熙熙攘攘的人群，见了茶馆，见了酒肆，见了肉铺，见了戏园，见了戴着面纱的女子，见了披着长头发的康巴汉子，见了留着长长胡子的老人蜷缩在街角弹着扎年琴，见了沿街讨饭的乞丐伸出脏兮兮的双手，这一切，仓央嘉措都觉得新鲜有趣。是啊，他从小就被秘密安置在寺院里读经，平时举目所及的不是满脸严肃的经师就是冰冷无情的雕像，除了参加大型宗教活动，他哪里又见过如此热闹喧嚣的去处呢？

洛桑喇嘛带他去了著名的八廓街。"廓"意为"圈"，指的就是转经道。八廓街是拉萨最著名的一条转经道，在这里，每天都有无数转经的人，围绕着大昭寺叩长头朝拜。此外，这条街上还有很多好玩的人和好玩的东西。在这里，有千里迢迢前来朝拜的信徒，有从印度、尼泊尔赶来的僧侣，有前来做买卖的康巴汉子，有在大街上卖艺唱曲的艺人，也有来拉萨游玩朝拜的女眷。

生性豪爽的仓央嘉措邀请他们一起纵情饮酒、放声高歌，把所有的不快与忧伤都埋藏进心底深处，宛若他才是这世间最快乐的汉子。八廓街上所有的人很快都知道了一个叫宕桑汪波的爽朗汉子，那是他为自己下山游玩临时起的名字。他向他们打听玛吉阿米的下落，却没一人知道她的行踪。玛吉阿米，玛吉阿米。他默默念叨着她的名字。佛祖啊，如果您是真正慈悲的，就请赐予我神奇的力量，让玛吉阿米像云彩一般降临到我的面前来吧！

那天，他醉倒在街头的酒肆里，被洛桑喇嘛找来的人抬了回去。睡梦中，他口里念念不忘的还是玛吉阿米，一直守候在他床边的洛桑喇嘛也不得不为之动容。那个姑娘是何等的荣幸，即使今生不能与活佛双宿双飞，但她的一颦一笑却早已占据了他心里的每一个方寸，这何尝不是一种幸福与快乐呢？他为玛吉阿米欣慰，也为仓央嘉措悲痛。他亲爱的活佛，他还是个孩子啊！也许再过几年，等他历经了人世间更多的沧桑，更多的悲欢离合，便不会像现在这般沉溺于爱情之中不能自拔了吧？

然而，洛桑喇嘛并没有意识到他的活佛会将痴情演绎到令人肝肠寸断的地步。他开始习惯性地总是偷偷换上藏民的衣裳，戴上长长的假辫子，于寂静的夜色中悄无声息地跑出布达拉宫，跑到热闹的八廓街，和那些站着说话的男人们一起酗酒，和那些冶艳风流的女子勾搭。起初他的目的只有一个，就是尽快打听到玛吉阿米的下落。

然而，从小便被秘密安置在寺院修行佛法的他，哪曾有机会品尝过这些人世间的真正欢乐，哪曾遇到过这般纯真浓烈的友谊？他渐渐变成了另外一个男人，一个和仓央嘉措完全不同的男人——他风流倜傥，能歌善舞，所到之处无一不被自己那高亢嘹亮的嗓音铺染成一幅美艳绝伦的水墨画；他还作得一手好诗，更兼出手阔绰，浑身上下洋溢着浪漫动人的气息，更使他迅速成为拉萨女人心仪的超级偶像——这个男人便是被拉萨街头的百姓们传为浪子的宕桑汪波。

他索性放弃了修行，任酒精麻痹着他日趋痛苦的心。日落黄昏，古老的八廓街上的青石板在他脚底下"嘎吱嘎吱"叫唤个不停，当最后一抹阳光斟满他手中的木碗之际，从那一抹晃动的金色中，他感受到了天堂的温暖在心头袅袅升起。他盘腿坐在酒肆的墙角下，微微张开惺忪的眼，眼神立刻麻醉了整个街衢，空气中的色斑好像拉萨河里的倒影，只有颜色没有轮廓。他已记不清自己是从哪一间店铺里踱出来的，眼下他全部的世界只是那只被捧在手心里的木碗——那是一只他曾在梦里看到的，由达娃卓玛递到他手里的碗。透过黏稠的青稞酒，能够清晰地看到碗壁上鲜艳的木纹，宛若圣湖里的波纹，在所有的花纹之上，玛吉阿米的面庞从圆形的酒液中浮现出来，浸湿他的心房。

她的名字已像梦中的达娃卓玛一样消失得无影无踪，但他觉得这只木碗是玛吉阿米托梦里的达娃卓玛送给自己的念想。不，她不是达娃卓玛，她就是玛吉阿米。他举起木碗，痴痴凑到嘴边，仿若自己正接触着玛吉阿米温润的肌肤。可是，那个能跳会唱的玛吉阿米究竟去了何方？

他伸出舌头将木碗里的酒滴舔得干干净净，再用绸布包好，揣在他光鲜的锦袍里，一如他心中的情人永远不曾离去。

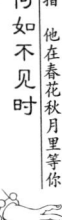

他感到浑身暖洋洋的,回忆一层层地穿透他的手心,他觉得自己的肌肤和木碗里的青稞酒黏在了一起,仅片刻工夫,他就跌落在时间的云海里。篝火燃亮的时候,他不再觉得自己无依无傍,在众人的欢歌笑语里,他扯起嘹亮的嗓子,唱了一支他自己写的歌:"若顺从美女的心愿,今生就和佛法绝缘;若到深山幽谷修行,又违背了姑娘的心愿。"他听见自己的歌声被那篝火"扑"地点燃,然后便化作酥油的芳香消失在透明的天幕下。

即使夜幕降临,仍有虔诚的朝拜者踩着转经筒的节奏从他面前走过,一直走向布达拉宫——那座永不消失的法王之宫。明天一早,他又将换上圣洁的僧袍,一如童话里的角色再次出现在布达拉宫升起的袅袅桑烟里,面对同样永不消失的朝圣者。而现在,他是另外一个人,一个漂泊、高歌、纵酒、狂欢的年轻人,这个冰寒彻骨的夜晚注定将属于他,以及那些心仪他的美丽多情的拉萨姑娘们。当然,他不会对她们说出自己的真实名字——仓央嘉措,她们永远不会知道,这个多情的小伙子就是她们无上尊贵的六世达赖喇嘛。他一遍一遍地问她们,可曾见过一个叫玛吉阿米的少女,一个喜欢穿着白色衣裙的错那姑娘?她们只是漫不经心地摇头,仿佛玛吉阿米从来不存在于这个世界。对她们来说,宕桑汪波才是最重要的,或许她们根本就不希望他和心中的那个姑娘相见,所以有意向他隐瞒有关她的一切传闻。

但他还是遇到了他心仪的姑娘。就在那个他经常纵酒狂欢的酒肆里。当姑娘们簇拥着她朝他身畔走来时,他听到她们娇笑着喊着她的闺名——达娃卓玛。

达娃卓玛?这世上真有叫达娃卓玛的姑娘?而且就在他经常光临的酒肆里?他抬起头,默默凝望着这冰清玉洁的女子,天哪,这世上居然有如此离奇的事情!眼前的姑娘不正是他在梦里见过的那个自称达娃卓玛的女子嘛!不,她不是达娃卓玛,她是玛吉阿米才对!她们有着完全相同的容貌,甚至一颦一笑,无一不向他传达着达娃卓玛便是玛吉阿米的信息。

"宕桑汪波!"站在仓央嘉措对面的红衣姑娘娇俏地盯着他打趣着说,"怎么,见了漂亮姑娘连话都不会说了?"她将达娃卓玛轻轻推到他面前,"去,达娃卓玛,你还害羞什么,快给宕桑汪波敬酒啊!"

"达娃卓玛?"他屏住气息把她上上下下打量了个遍,"你叫达娃卓玛?"

她点点头,满面红云恰似天上的彩霞,将她俏丽的面庞衬托得更加精致可人。

"你是玛吉阿米?"他忘情地伸过手,将她纤长的手指紧紧攥进自己的掌心里。

"什么玛吉阿米?你这人怎么又说胡话了?"先前的姑娘一把推开他,"就知道你那个玛吉阿米,你把我们达娃卓玛当什么了?不是我吹牛,在拉萨城,像我们达娃卓玛这般标致的琼结来的美人,恐怕打着灯笼也难寻摸出第二个来!"边说边伸手拍拍达娃卓玛的肩头,"是吧,达娃卓玛?"

达娃卓玛低着头,还是一言不发。

"怎么了你?"红衣姑娘瞟着她关切地问。

达娃卓玛伸手托了托腮:"没什么,我有点不舒服,就不打搅你们的雅兴了。"

"达娃卓玛!"

"失陪了。"达娃卓玛低着头朝仓央嘉措作了一揖,迅速转身离去,如同一缕飘散的云。

仓央嘉措望着达娃卓玛飘然而去的背影,更加确定她就是他要找的玛吉阿米!这真是踏破铁鞋无觅处,得来全不费工夫。他望穿秋水,望穿长空,这回,他再也不能轻易错过和玛吉阿米相认的大好机会了!

"玛吉阿米!"他拔腿追了上去,嗓音沧桑而沙哑。

她加快了步伐,撩开酒肆和卧室之间的布帘,飞一样闪了进去。他伸过长长的胳膊,将她的袖管紧紧攥在了手中,不忍放她离去。

"客官!"她的呼吸急促而紊乱,但仍不敢回头看他。

"我不叫客官,我是你的……"他欲言又止,因了红衣姑娘正站在他的身后。"我是你的宕桑汪波。玛吉阿米,请你不要再不肯跟我相认了好

不好？"

"请您不要再纠缠我了，我叫达娃卓玛，不是您要找的什么玛吉阿米！"她愁眉紧锁，奋力挣脱开他的牵绊，毅然冲进里屋，将屋门紧闭，任他在门外苦苦乞求。

她在门内，他在门外。她眉头紧蹙，他眼带波光。她双手托腮，他双手紧紧扣打着紧闭的木门。她扑在床上，埋首于被内痛哭涕零；他坐在地上，无助地抬头死死盯着那扇阻隔他们相见的门，恍若瞬间便流逝了几千年的光阴。

"你们到底在做什么？"红衣女子不解地望着他，努着嘴盯了紧闭的门一眼，又回头睨着他，"你真的没搞错？达娃卓玛就是你要找的玛吉阿米？"

他点着头，毅然而决绝："她就是变成了空中飞翔的白鹤，我也能把她找出来。"

"可她是从琼结来的，而你的玛吉阿米不是一直都生活在错那吗？"

"琼结？"他忆起那个梦境，梦里的达娃卓玛也曾告诉他，她是从琼结来的。他瞪大惊异的眼睛，难道这就是冥冥中的注定？达娃卓玛，玛吉阿米；琼结，错那：难道这就是他们命里的谶？

"是啊，达娃卓玛前天才从琼结来到拉萨，她是个清纯得如同天上白云的女子，除了拉萨，她什么地方都不曾去过，怎么可能会是你的玛吉阿米？"

"可她在梦里也曾这么对我说过。"他悲伤地闭上眼睛，"她想打消我要找到她的念头。"

"什么？"红衣女子打量着他，不解地摇摇头，"她的叔父把她送到酒肆来帮佣，好还清她父亲在琼结欠下的一笔巨债。可你，看来你真是醉了。"

"可我今天一滴酒还没喝呢。"

红衣女子怔怔盯着他，忽地叹口气说："那你就是酒不醉人人自醉。"

她瞟着身后站着的一群衣着鲜丽的沽酒女郎,"瞧,我们这里的姑娘哪个不比玛吉阿米强?至少我们都是活生生站在你面前的人,而她……"

"可她就在这扇门背后!"他几乎是用吼叫的声音在跟红衣女子说话,"你们如果可怜她,就应该劝她出来和我相见。她不能为了爱不断伤害自己,委屈自己的!我不许!我不许她那么做!"

门"嘎吱"一声开了。达娃卓玛面带泪痕出现在他面前。他抬起头,不知所措地盯着她,生怕自己会在不经意中伤害了她的感情。他努力努了努嘴,却嗫嚅着嘴唇,一句话也没说出口。

"你在找错那来的玛吉阿米,是吗?"

他略带紧张地点点头,忽喇一声从地上站了起来。

"你不用找了,因为……"

"因为什么?"

"因为她已经死了。"

"不,玛吉阿米,你……"

"我说了,错那来的玛吉阿米已经死了,你现在看到的是来自琼结的达娃卓玛。"

"可你明明就是玛吉阿米啊!"他忘情地盯着她,"告诉我,到底发生什么事了,你为什么要隐瞒自己的身份?你怎么就突然变成了达娃卓玛呢?"

"不是变,我始终就是达娃卓玛。"她平静地注视着他带着泪光的眸子,"无论过去,现在,还是将来,我都只是达娃卓玛。一个因为父亲欠了别人的钱而被叔父从琼结带来拉萨卖笑的沽酒女。"

"不!你不是!"

"我是!"她目光如炬地盯着他,"尊敬的宕桑汪波,我再重复一次,您心爱的玛吉阿米已经死了,如果您愿意把我当作她的影子,我也不会计较,我只是一个沽酒女,接待好每一位客人是我的职责所在。"她宛若游

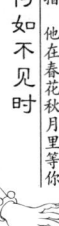

龙从屋里飘了出来,从众女郎的身边穿梭而过,一直走到柜台前的酒缸前,舀一碗青稞酒递到他手里,"如果您喜欢,那就尽情地喝吧。"

她在他身边坐了下来,表情冷静得让他破碎的心直打着冷颤。玛吉阿米,她怎么会变得这么冷漠?她明明就是他的玛吉阿米,可为什么却矢口否认?他离开错那的这些日子里,她和她的家人究竟历经了怎样的变故?

他仰起脖子,将木碗里的酒喝得一滴不剩。她起身再为他斟酒,一直到白日东升,他才极不情愿地起身,跌跌撞撞地朝外走去。

"玛吉……"他泪眼模糊地回过头朝达娃卓玛泛红的脸蛋瞅去,"我还会回来的,会回来的。"

"那我也会在这里等着您回来的。"她的嘴角扬起一丝苦涩的微笑,"我会和姐妹们怀着最欢喜最虔诚的心在这里一直等您来光临。"

"相信我,玛吉阿米。请你相信我,我宁可放弃现有的一切,只为与你分享一刻的甜蜜,我……"他有些语无伦次。

"您又忘了,我叫达娃卓玛。不过您要是喜欢这样叫我,那我就叫玛吉阿米好了。"

她目送着他远去,直到他的背影消散在布达拉宫深处。姐妹们把她团团围住,追问她和他之间究竟发生过怎样扣人心弦的故事。她眉头微蹙,还给她们一个浅浅的笑容,随即闪进自己的卧室,把所有的疑惑与猜测都留给了那些好奇的姑娘。她告诉自己,过去那个玛吉阿米是真的死了,现在的她是来自琼结的达娃卓玛,一个初来乍到就让拉萨城所有丽质天生的女子自惭形秽的沽酒女。

她不知道接下来将会发生什么,不知道自己和仓央嘉措之间还会演绎出哪些传奇,不知道从仓央嘉措再次遇到她时,直到仓央嘉措死去,这段令人唏嘘的爱情居然一直持续了四年之久,更不知道四年后当仓央嘉措从容赴死、命悬一线之际,最念念不忘的名字,还是那未嫁的少女玛吉阿米。

他和她,就这样互相守望着,相见却不能相认,等他们都成为历史过往的烟云之后,那段任谁都不曾想到的,只维持了短短数年的感情却成了这世间最令人感动扼腕的爱情之一。他们的爱情传遍了前藏、后藏，一直传到了仓央嘉措的家乡，最后传遍整个中国，甚至整个世界，成为了西藏的精神，西藏的信仰。

拉萨游女漫如云，琼结佳人独秀群。
我向此中求伴侣，最先属意便为君。

她是拉萨城中他见过的最美丽的女子。他想抛开一切成见，只与她双宿双飞；他想放弃活佛尊贵的身份，娶她为他今生今世、来生来世永远的妻。不管她是谁，玛吉阿米还是达娃卓玛，不管她来自何方，错那还是琼结，她都是他心头最真最深的忆念。只是，在这日光倾城的拉萨城里，他该如何拥着她那一抹幽如莲花的笑靥，朝着幸福与欢喜一路奔赴？

第四卷

风流情种：世间最美的情郎

住进布达拉宫，我是雪域最大的王。
流浪在拉萨街头，我是世间最美的情郎。

都说寂寞是首歌，你茫然的眼神，是上天给予的，最好的答案。走过春天，你是姹紫嫣红开遍的烂漫；走过夏天，你是温婉如水澄澈如梦的流光；走过秋天，你是青纱帐里最明媚的身影；走过冬天，你是雪地里那一朵红梅的娇俏……我不想说，你是那四季如春的灿烂，也不想说，你是灯火阑珊后唯一的希望，我只是不想让你成为《诗经》之外的骊歌，或许，把你浸在《楚辞》的繁奢里，让你醉成一朵芙蓉的冶艳，才是我今生最美的句读。

第十三章 破晓归来积雪中

为寻情侣去匆匆，破晓归来积雪中。
就里机关谁识得，仓央嘉措布拉宫。

拉萨的夜，寒冷，孤寂，静谧，凄清，冷艳。

夜幕下的布达拉宫庄严而冷漠，空中掠过几点星光，孤独地抖落在我的肩头，一如三百年前那样孤独地望着你，无语却胜过雷霆万钧。

远处，隐隐传来竹笛的音韵，那断断续续的呜咽声，如同落魄的汉子在孤独的夜色中哭泣。是仓央嘉措？你又在哭谁？哭鹊桥在天上？哭情人在天边？哭几多无奈几多伤感？还是哭前世的沧桑，抑或今夜的孤独？是在爱的怀抱中幸福地哭，哭爱的甜蜜，哭情的陶醉？

我挺直身体，看着那座夜幕下的宫殿，我知道，在三百年前，你曾在那一个夜晚辗转反侧、无法入眠，你终于站起身，对着山南的方向，为了心爱的姑娘，在羊皮纸上写下一首又一首饱含热情的诗章。

三百年后，也是在这样一个孤寂的夜里，我坐在布达拉宫的台阶下，读你，仓央嘉措。

你站在那里，为了她写诗。我站在这里，为了诗写你。

窗外忽然飘起了蒙蒙烟雨。天犹寒，水犹寒，悠悠笛声，聚也欢，散也悲，笛声起，梦中含泪笑，笛声灭，醒时怨未还，蓦然回首，吟笛之人，泪满青衫，但见落花萧萧下，却是雨也寒、笛也寒。蒙蒙烟雨中，可曾是江南。没有命运的起起伏伏，没有尘世的是是非非，没有太多旋转的五彩，没有太多绚丽的春花，你的笛声中只有轻轻的伤感、淡淡的梦幻，那是你生命深处的交响，不在乎别人繁杂的乐章，一曲悠扬的笛声，便是心灵全部的奏响。

我想，这样深冷的夜，你一定是无法入睡的。合上眼，满眼都是她的身影；躺下身，满心都是对她的眷恋。

因为你的诗，我也辗转难眠，在这凄清孤寂的夜里，我在布达拉宫的星空下苦苦祈祷，为你祈祷，为她祈祷，也为自己祈祷。

笛声悠扬，是你一生的守望。你对月吹笛，把泪把血把心都吹出吹尽，吹不完绵绵不断的哀愁。我试着和着你的韵律唱响你的情诗，可惜月亮却对我视而不见，置吹笛的人和听笛的人置之不理，任吹笛的人把每一个音符都吹得耀目生辉，或哀怨或悲伤，任听笛的人把悠悠的伤感收进心头、指尖……

忽地，你停止了吹奏，我看到你眼里多了一丝闪烁，一丝不安。你的眼眸为何尽是迷惘和惆怅？你拿着笛子的手慢慢放下，又慢慢抬起，你知道今生的自己或许已不是她的期望，只能用笛声在缤纷的风雨中留下一抹色彩，那是幽幽的冰蓝，是藏匿在纷繁世界中的一份宁静。但你却不知道，在你身边，还有我在痴痴听着你的笛声。

你和藏族的牧羊人、孤苦无依的流浪者，以及其他出家的喇嘛一样，总是喜欢在忧伤的时候吹起笛子。

我推开窗，走在忧伤的小径上，静静聆听月色中的晚雨。月亮忽然好像读懂了你的心思，也在默默静听着，并很受感动地散下无数寒光闪亮之手，把你吹出的每一个音符都收了进去。

你在想她，玛吉阿米。她绽放着忧伤，结着相思。你在为她神伤，为她悲恸，却无法触及她温柔的指尖。她去了何方？你摇摇头，你魂不守舍，你找了三百年，却还是未能将她收之眼底。她是那样让你怜爱万分，又是那样让你痛不欲生，你在彷徨中仿佛已经攫到一种无可奈何的惆怅，或许，再等三百年，你和她仍旧无缘邂逅，然，这就是上天的注定，但你愿意等，哪怕是一千年，一万年。

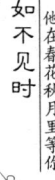

你在过去的岁月里流连，流连那早已不再属于她的情感空间。曾经，她是让你梦魂牵绕的女孩，让你深深地感动；现在，她是你心口永远无法愈合的痛，但这痛却在让你揪心的同时让你欣慰，让你感怀……终于，在雨停歇后，你的眼前凸现出一道亮丽的风景：一个稍加修饰的藏族女孩，就这么款款而行，大大方方地出现在你的眼前。伴着一阵寒冷的风，含羞的一瞥，轻言慢语之间，你就有了那样的一种感觉，那样的一种欲望，那样的一种久违的情愫，那就是，你想牵手，牵住她的手。

路边的花香在我身后铺散开来，她缥缈的影像归于无踪，一股淡雅的清香却在四周漫溢开来。我能感到自己身上充溢着一股淡淡的花香，不经意的一瞥，雨后的天空却是那么澄静，空气也是那么清新，脚下的花儿更是那么芬芳，而你的心，却有如被浇了一盆凉水，从头淋到了脚……

我正站在布达拉宫的城墙下，望着无助的你，在星空下为你，为她，捎去那遥远而又虔诚的祈祷。一如既往。

在那个寒冷孤寂的夜，因了爱，仓央嘉措久久无法入睡。那个远方的姑娘，被他如此深深地眷恋着。为了她，他在风中奔跑，为她祈祷，为她祝福，为她诵经。而那个来自远方的姑娘，此刻又在思念着谁呢？

夜，孤独而冷漠。在这样的夜里，我也在哀思，为了你绝望的爱情，为了你疲惫的心灵，为了你的魂不守舍，为了你的深爱难求。我想，三百年前的你，也是在这样孤独冷漠的夜晚，听那雨打芭蕉，在闲敲棋子落灯花中悄然思慕着玛吉阿米的吧？那是怎样的相思，怎样的沉醉？我默默思量，以至整夜无法成眠。

我理解你绝望的爱情。

你爱她，更为她痛彻心扉。你们彼此深切眷恋，却无法相守到老，甚至连见上最后一面的愿望都被无情的上天剥夺了。你无法逃避，无法躲藏那宿命对你们的安排，但你仍在希冀，希冀在三百年后的今天与她重逢，可是一切已经结束，在这样孤清的夜里，你只能默默祈祷上苍，希望会有另一个男人也像你一样深深眷恋着她。

然而，你们的爱却被一种刻意保持距离的看不见真相的虚无刹那阻隔，但正因如此，才更彰显出这份爱的美艳绝伦。这样的爱，清澈而无瑕，更让你强烈地感受到自己和她的爱曾经炽烈得无法溶化、无法融解，这让你开始相信世界上快要消失的那份真情正牢牢握在你的手中。你似乎觉得自己看见晨星会笑，看见晚霞会颔首，遭遇晦暗的严冬也不再皱眉。你是如此的深爱着玛吉阿米，而她也一定是需要你去爱的，你不再去思量横亘在你们面前的鸿沟，现在，你只想用微笑面对一切，而她曾经的存在和她的气息也让你感觉自己比整个世界都要强大。这便是爱，真正的、纯粹的爱。

一只萤火虫在仓央嘉措疲倦的眼前翩然倾泻着灵性的透明，厚厚的佛经摊在他的双膝之上，而他则在静静地细数着断不绝的相思——错那山林边的玛吉阿米，拉萨八廓街头酒肆里的达娃卓玛。

第巴桑结嘉措把他和尘世相通的最后一条渠道也斩断了。可是，这更加激发了他放纵的欲望。他轻轻地推开了这扇后门。那是洛桑喇嘛为他打开的，洛桑喇嘛是第巴派来侍候他的人，也是来监管他的人，但在他们朝夕相处的日子里，他们却将彼此视作自己生命里最重要、最亲切的人，所以洛桑喇嘛很快便成为为他所思、为他所想的人。

他轻轻走在那条远离布达拉宫的小道上，他要去会他的情人玛吉阿米。纵使第巴的法袍猎猎，纵使喇嘛们诵经的声音嗡嗡，他也不觉得可怕了，当他跨出了布达拉宫的大门，便觉得前面是香甜的苹果，他一定要摘到它。

那一轮苍白的月亮还高挂在东山之上，他从玛吉阿米的体内抽取着喜悦和力量。

他也知道，自己所做的一切，无疑是对僧众的公开挑战。

但，当他再次遇到梦中玛吉阿米轻柔美丽的目光，所有的惶恐、所有的不安、所有的喧嚣都凝固在了瞬间。

独守自己，又怎比得上怀抱着她呢？灼灼的热烈，已涂满他的全身。

于是他们在对方的掌心各自写下了自己的名字，然后十指紧扣，牢牢地握在了一起……

在月下，他吟出了他的惊喜，唱出了她的柔情万种：

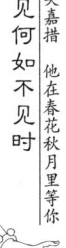

少年浪迹爱章台，性命唯堪寄酒怀。
传语当垆诸女伴，卿知不死定常来。

杜宇新从漠地来，无边春色一时回。
还如意外情人至，使我心花顷刻开。

云雨间，他不再是佛，而她也不再是她。他们都是为爱饕餮的兽，他的呼吸急促，她的目光迷离，都在汲取彼此狂喜的时光。

天明的时候，他安睡在天之宫阙的禅床。没有人知道，昨晚在八廓街的酒肆里到底发生了什么事。

玛吉阿米是他的精灵，一个只出现在幻梦世界中的精灵，她可以随意安排他的喜怒哀乐，但他不会叫旁人发现她的存在。

他遥望着昨夜的吻痕，仿佛梵唱也变得暧昧起来。他知道，今生还在继续，只是这细微的变化，已让他感到无比心旷神怡。

他还知道，如今他一面是酗酒吟诗寻芳猎艳的情种，一面是执掌藏域的神圣法王。

命运的莫测和多厄，已经在开始时就写下了惨淡的伏笔。

时光很快轮转到了冬季，布达拉宫里开始风传起活佛仓央嘉措在宫外寻欢作乐的流言。喇嘛们说他是风流的法王，说住在布达拉宫，他是持明仓央嘉措，住在山下的拉萨，他是娼妓们心中的王子宕桑汪波。他们虽然不敢当着他的面指责，可是这样的非议与责难还是铺天盖地而来。只有他自己明白，忘情非我的呓语，梦中的呢喃，也只是在昭现隔世的迷离。

这一天，拉萨下起了蓬蓬勃勃的大雪，大雪中，仓央嘉措踩着积雪醉酒归来，洁白的雪地上留下一行行一深一浅的脚印。清晨，铁棒喇嘛揉了揉眼睛，努力支撑起精神走出卧室，在布达拉宫各个角落巡视着。这可是西藏最为神圣的布达拉宫，是菩萨转世下凡超度众生的达赖喇嘛居住的圣地，若是让怀了恶念的歹人偷偷摸进来，伤了佛爷的仙体，那自己可是死上一百回都难消罪孽啊！

他张开双臂伸着懒腰，一边打着呵欠，一边朝通往宫外的那条小径走了过去。天哪！这是怎么了？眼前雪地里那些深深浅浅的印痕是怎么回事？难道有刺客潜入了布达拉宫？铁棒喇嘛瞪大双眼仔细瞅着雪地上的印痕，立马便惊出了一身冷汗。那雪地上，一行一行，分分明明的就是一行脚印！这行深夜雪地里的脚印，居然是从宫外一直延伸到布达拉宫来的！

铁棒喇嘛吓得再无半分睡意，他一跃而起，紧紧抓着铁棒，顺着脚印一路追查下去，最后发现那脚印连连续续，竟然……竟然一直通向佛爷仓央嘉措的卧室！铁棒喇嘛努着嘴，对着那串脚印屏住气息瞧了又瞧，却陡然发现雪地中的印迹只有进来的，却没有出去的，这能进入佛爷仓央嘉措的卧室而又不被人发现的，那就只有……

铁棒喇嘛轻轻推门走了进去，看到佛爷仓央嘉措正裹着被子睡得正香，他再不敢多想，连忙丢了铁棒，惊慌失措地跑了出去，顺着雪地上留下的足迹一直寻到拉萨城内八廓街上的一座小小的酒肆内。难道？难道？铁棒喇嘛惊慌失措，原来拉萨街头传说的那个风雅高贵的青年宕桑汪波竟然就是达赖喇嘛！

在种种冷酷的铁齿轮中，爱情是如此的微不足道而又脆弱易碎，绞碎了，便留不下一丝痕迹。历史总是惊人的相似，如同平淡生活的不断重复。皇帝也罢，达赖也罢！千年前马嵬坡下，唐明皇眼睁睁地看着杨玉环"宛转蛾眉马前死"，却是"君王掩面救不得，回看血泪相和流"。唐明皇和杨玉环的悲剧到了仓央嘉措这里，却也只能是重复。

他轻微的呼吸如蝴蝶振翅，苍白瘦削的脸庞轻灵飘逸，他的双眸饱含抑郁，额上布满疲惫的细纹，一颗被痛烧得沸腾的心却被裹在层层僧袍之下。僧袍内外是两个世界：一个是丰饶的，色彩明艳，生机勃勃；另一个则戒律森严，不分性别，清苦简陋。他在两个世界之间穿越，从尘俗的世界中来，进入这个禁欲苦修的寺院，并与僧袍进行了实质性的接触，渴望能打通这空虚的、严肃的界限。但事实是，他的努力只如一阵风……

宁愿一切都没有发生：没有见过你，没有爱上你……如此，虽然没有初相见时刹那间的心动，没有情初起时的暗香浮动，没有情浓时的两相依

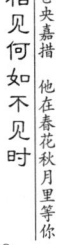

偎，但你我却都能停留在自己的人生轨道上。无须忍受相思苦，无须流下离别泪，无须从此生死两茫茫……如果一切都停留在最初，停留在你我人生的死水里……

一滴清泪从仓央嘉措的眼角溢出，滴落在绛红的僧袍上，留下了一个深色的圆点。

仓央嘉措外出的事情，就这样传遍了整个布达拉宫。活佛竟然在夜晚离宫夜游，并且每次都在天明时喝得酩酊大醉地回到宫内，这可是比天塌下来了还要严重的大事。格鲁派高层的僧侣立刻召开了紧急会议，大家对于仓央嘉措的言行纷纷表示了自己强烈的不满，认为这是"迷失菩提""游戏三昧"。

是的，佛祖不是让人离弃现世、离弃人生，而是让人去除障蔽、超越相对，回归本心自性，所谓"明心见性"。悟道之人，他的一切行为活动都洋溢着生命的光辉，绝不是一潭死水式的枯木禅。禅宗大师慧能认为，当参禅者着空、住空时，便为空所缚。出世和入世不是水火不容、相互隔绝的两岸，大道之内并没有这种差别，但人生如戏，游戏有规则，人生亦然。在俗人眼里，僧人就要青灯古卷相伴终生，本无关红尘风月，所以，曾有一位僧人写道："春叫猫儿猫叫春，听它越叫越精神。老僧亦有猫儿意，不敢人前叫一声。"这便是规则。如果是一个正常的男人，他当然可以尽情表达自己的情感和欲望，但作为一个僧人，这却是不清静的行为，就算真的有，也应该小心隐藏。

在这次会议上，受到指斥的不仅仅是活佛仓央嘉措，还有第巴桑结嘉措，大家纷纷把矛头指向桑结嘉措，认为他存在严重的失职行为，要他及时汲取这次的教训，以后一定要好好担负起教导仓央嘉措的职责，再也不能让类似的事情发生了。

桑结嘉措默默接受着众喇嘛的指责，一句反驳的话也没有。对于仓央嘉措做出的荒唐事，他早已有所耳闻。桑结嘉措知道，仓央嘉措这样放纵，是因为自己不让他过问政事引起的。可桑结嘉措这么做并不是想独揽大权，而是因为他知道这个孩子心地太过纯善，而政治从来都是充满血腥与尔虞我诈的，何况他们现在要面对的拉藏汗还是个刻毒残忍的人，如果自己不站出来独当一面，性情单纯的仓央嘉措又怎么能斗得过心机重重的拉藏汗呢？

拉藏汗不似他的父亲那样宽厚，他早就想从格鲁派僧侣手中夺过西藏的统治大权，但桑结嘉措不能就这样眼睁睁地看着五世达赖喇嘛建立起的赫赫功勋在自己手里毁于一旦。是的，他不能，他绝不能让拉藏汗掌握西藏的政教大权，不仅不能，他还要让五世达赖的卓卓伟业在自己的手中继续发扬光大，还要将这来之不易的辉煌交到仓央嘉措手里，但他知道现在还不是时候，仓央嘉措还太年轻，太柔弱，如果现在就让他亲政，后果将不堪设想。他不能就这样眼睁睁地看着五世达赖建立的赫赫功勋毁在自己手里。

五年前，从15岁的仓央嘉措走进布达拉宫举行坐床仪式开始，他的身份就一直遭到外界的质疑。最大的质疑者便是当时还是王子的拉藏汗。作为西藏最有权势的两个人物，拉藏汗和第巴桑结嘉措的政治矛盾似乎是命中注定的。那天，佛光反射在仓央嘉措冷峻的脸庞，酥油灯照亮整个佛堂，氤氲的佛香飘散在整个司西平措殿堂，他换上红色袈裟，在金碧辉煌的殿堂举行坐床仪式。台下的每个人心事不一，年少的仓央嘉措涉世未深，根本不知道一场围绕着他展开的巨大阴谋酝酿已久。权力之争和在拥立达赖喇嘛上的意见分歧，导致第巴桑结嘉措与当时驻西藏的和硕特部蒙军首领之子拉藏鲁白之间的矛盾日益恶化。

桑结嘉措知道，自己和拉藏汗终有兵戎相见的一天。他并不后悔没有让仓央嘉措亲政，但他却深深地替西藏的前途担忧起来。万一活佛出宫的事被拉藏汗知道，岂不是要火上浇油了吗？先前，因为准噶尔部与清廷作对以及封锁五世达赖去世的消息，康熙帝已经对暗中支持噶尔丹的桑结嘉措感到万分不满，要是在这个时候让拉藏汗得知仓央嘉措在宫外的那些风流事，还不知道会捅出多大的娄子来呢！

桑结嘉措深深叹口气，面对盛气临人的拉藏汗，他已经有些应接不暇了。无论如何，都不能让仓央嘉措再任意妄为下去，他必须和仓央嘉措好好谈一次心了。

桑结嘉措满腹心思地走到仓央嘉措的书房。书房的仆人见了他，忙要通报，他却挥挥手让仆人下去了。仓央嘉措浑然不知他的到来，正趴在窗

前在羊皮纸上专注地写着什么。

桑结嘉措偏过头，目光所及之处却是两首墨迹未干的诗歌：

> 龙钟黄犬老多髭，镇日司阍仗尔才。
> 莫道夜深吾出去，莫言破晓我归来。
>
> 夜走拉萨逐绮罗，有名荡子是汪波。
> 而今秘密浑无用，一路琼瑶足迹多。

桑结嘉措盯了盯仓央嘉措专注的背影，又盯了盯羊皮纸上热情四溢的诗章，不禁摇着头缓缓退了出去。他知道，仓央嘉措已经走火入魔了，此刻自己无论和他说什么话都是毫无用处的了。

清晨，仓央嘉措被一阵异响吵醒。阳光刺眼，头也痛得欲裂。

他光着脚走出寝宫，向着声源的方向走去。直觉告诉他，那刺耳的，扰他幽梦的，是鼓声。

那，果然是鼓声。

广场的正中，执法喇嘛敲着一面新做的鼓。响彻云霄的鼓声刺激着他的耳膜，强烈的天光也映得他睁不开眼。但他清楚地知道，那是一面新做的——阿姐鼓。

这本就是一种骇人听闻的酷刑。这是一面骇人听闻的人皮鼓。深信轮回的藏民们，竟会用这样残酷的方式去对待生死。他更是没想到，他一腔的热爱居然需要用热血来祭祀。

第巴桑结嘉措站在高台上，威严的面孔不带有任何感情。

"第巴……"仓央嘉措踉踉跄跄地跑上高台，颤抖着声音指向台下那面阿姐鼓问，"这……"

桑结嘉措面无表情地盯着他："前夜天降大雪，清早起来，铁棒喇嘛就发现雪地上有外人潜入宫内的足迹。难道佛爷不想知道那串足迹是通往何处的吗？"

仓央嘉措被第巴问住了，但此时此刻他根本就不关心自己的名誉，他只替玛吉阿米的生死担忧，忍不住咆哮地斥问桑结嘉措："我问你，那面阿姐鼓是怎么回事？"

桑结嘉措没有回答他的话，冷眼瞟着台下的阿姐鼓说："铁棒喇嘛顺着足迹寻觅，最后发现那串脚印居然进了佛爷您的寝宫，难道您就没打算向众位喇嘛解释一下这到底是怎么回事吗？"

"够了！"仓央嘉措昂起头，愤然怒视着桑结嘉措，"没错，那串脚印是我留下的！可这跟阿姐鼓有什么关系？"

"那么说您是承认自己深夜出宫夜游了？"桑结嘉措逼视着他，目光冷淡而决绝。

"是的，我是出宫夜游了！"

"还每次都喝得酩酊大醉，到天明时才回到布达拉宫？"

"是的。"他直认不讳。

"您的化名叫宕桑汪波，拉萨城里的姑娘都为您出众的才华和优美的情诗所打动，是吗？"

他点点头："是的，这一切都是我做的！可现在我问你的是，那面阿姐鼓到底是怎么回事？我以六世达赖喇嘛的名义问你，你必须如实回答我的问话！"

"是的，正如佛爷所料，这些日子一直牵绊着您，不能让您静心修行的俗物我已经替您妥善地解决好了，这面鼓，就是用那个叫达娃卓玛的妖女的皮制成的。"

"什么？"

天在旋，地在转，那面鼓，真的是……

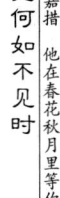

他冲下高台一路狂奔过去,用头去撞那面惨绝人寰的鼓,面无表情地看着血从额上渗落下来。

无情的宗教怎会顾及个人情感的抗议或控诉,更何况被尊为佛的他。

第巴还是用不近人情的声调高声说着:"其实在西藏,只有纯洁女人的皮才配制成阿姐鼓,所以,这面不洁的鼓,还是付之一炬吧!"

"住手!"不等铁棒喇嘛动手,仓央嘉措突然转过身来,目光如炬地瞪着桑结嘉措吼着,"你只不过是个第巴,你凭什么处死我的爱人,又凭什么烧掉这面鼓?我,才是这里的法王!"

桑结嘉措望着他冷冷地笑了:"不,您不是,至少现在还不是,只有清除了您身边所有的魔障,您才能真真正正地行使佛祖赋予您的责任和权力。执法喇嘛,动手吧!"

火,熊熊地燃烧着;泪,也无声地往下流淌。火里,泪里,玛吉阿米已看不到他的心在一寸寸地剥离。仓央嘉措孤独地倒在了那面灰飞烟灭的阿姐鼓前。

桑结嘉措望着阿姐鼓变成一缕青烟袅袅升上天际,才高昂着他那高贵的头颅从高台上缓缓走下,一直走到仓央嘉措瘫倒的地方。

"来人,送佛爷回寝宫歇息!"桑结嘉措瞟一眼仓央嘉措,用近乎不可一世的语调大声吩咐着。

几个喇嘛应声赶了过来。仓央嘉措脸色苍白地瞥了众人一眼,强打着精神从地上默默站了起来,四下找寻着洛桑喇嘛的身影。

"洛桑呢?"他推开向他走近的喇嘛,低垂着眼帘,有气无力地说着:"退下,你们都退下,让洛桑送我回寝宫就行。"

"洛桑喇嘛以后再也不会出现在布达拉宫了。"桑结嘉措目光如炬地盯着他,"他永远都不会回来了。"

"你把洛桑喇嘛怎么了?"仓央嘉措颤抖着身子指着他,"你……你……"

桑结嘉措伸过手轻轻按了按他的肩头:"他犯了错,就必须受到教规的处置。现在，我已经把他交给铁棒喇嘛法办了，不过您放心，过两天我会亲自再替您挑选一个能干的侍从过去服侍您的。"

"什么？"仇恨的光芒在他眼里闪现，随即又被了无生趣取代，他突然觉得脑海里一片空白，世间更是一片茫茫苍苍，失去了往昔明丽的色彩。

"会有比洛桑更合适的人选的。"

他轻轻推开第巴的手，只是淡淡地说了一句："不用了！"随即抬起头望向空洞的天幕，孤寂地朝白宫深处走去……

天气越来越冷，他的世界也变得越来越黑暗。

因为爱情与幸福，于他已成了一个永远无法拥有的苍凉而华美的手势，轻轻地挥过，不着一丝痕迹。

他不在红宫接受礼拜，也不在白宫参习佛经，只是把自己关在雪里，自欺地认为已把所有的厌恶都隔绝在了牢笼之外。他不再诵念六字箴言，他不再轻呼佛祖的法号，他只在纸上写下自己的感情，然后反复吟唱。这一笔笔用手写下的墨字，很多已被泪水浸湿。然而，心中没有写出的情意，是怎么也不会被抹去的。他只是用这种方式，铭记他曾经的幸福，他决心用这种方式，了却他剩下的无奈残生。

渐渐地，他似乎也明白了经书上说的话：我们只是盲无目标地在这个世界流浪。我们的心构建贪嗔痴，然后就像醉汉一般，跟着贪嗔痴的曲子狂舞。快乐稍纵即逝，痛苦却如影随形。人生就像一场梦魇，只要还认为梦是真实的，我们就是它的奴隶，心甘情愿地大梦不醒。

是这样的。

人都有梦，梦总要醒，可是梦醒之后人又会在哪里呢？如立痛苦的悬崖，那真的不如一觉而不醒来。

第十四章 暂时判袂莫伤情

> 轻垂辫发结冠缨,临别叮咛缓缓行。
> 不久与君须会合,暂时判袂莫伤情。

夜深了,点一盏小灯,怔怔地读仓央嘉措留下的文字。那份禅心,穿越了三百年的光阴,依然铿锵有力地撞击着我的心扉。

面对上师,平凡如我,渺小如我,写不出任何东西。

> 莲花开了
> 满世界都是菩萨的微笑
> 天也无常
> 地也无常
> 回头一望
> 佛便是我
> 我便是你

上师的禅心,让每一个卑微的生命沉醉。

仓央嘉措是一个传奇。传奇的一生,在生动的背后,又处处充满了神秘色彩,其中总有些让人琢磨不透或浮想联翩的地方。

透过仓央嘉措的文字，我可以望见雪域高原湛蓝的天空和连绵的雪山，可以听见布达拉宫里遥遥传出的梵唱，可以看见漫天飞舞的格桑花，可以触摸那份苍凉与寂寞。

你说，布达拉宫，四大皆空。

布达拉宫，四大皆空。

我想此刻，沉浸在你的世界中的我，除了这无边的宁静，还有什么是值得拥有的呢？

心上的草，渐渐地枯了。心上的杂事、杂物，次第消失。

地空，水空，火空，风空。

佛门中说一个人悟道有三个阶段：勘破、放下、自在。

的确，只有学会放下，才会得到自在。太多的欲念只是束缚灵魂的枷锁，使心不再自由。

天空很蓝，蓝如宝石，蓝如璞玉，蓝如仓央嘉措的眼睛，纯净中透着清灵的美，清灵中透着高原的浑厚。仿佛与生俱来的王者霸气，又似儒雅之小生，于轻盈斗转间便荡出一股淡然凛傲的雄风。这股雄风，轻轻地划向拉萨城南的拉萨河，吹得拉萨河畔的柳条摇摇招摆，吹得太阳的光晕在湖面泛起层层微波，层层碧浪。天空的影子，一下映衬入湖，被湖水照得通明，照得见底。蓝天白云于波光粼粼的湖面轻轻铺展开，恬静温柔的安宁与美好尽收眼帘。草原茫茫，成群的牛羊马匹，绵延千里。

仓央嘉措，三百年前的那个黄昏，你躺在草地上，任草的柔软触摸每一寸肌肤，任阳光从指尖的缝隙潜入心田，然后闭上双眼，暖暖的香草便溢出幸福的味道。你在梦着骑一匹白马，一手勒紧缰绳一手扬鞭，高兴地驰骋于莽莽苍苍的天地间，玛吉阿米正头顶格桑花，踏着雪莲而来。你还没来得及牵她的手，一个瘦骨嶙峋的红衣喇嘛便与她擦肩而过，双手合十，目光慈祥地朝你走了过来。

红衣喇嘛冷冷注视着她的背影，翕动嘴唇，不无无奈地告诉你，那是

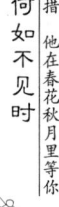

你的心魔，是要将你拉入万劫不复的魔障。他要你弃她而去，而你却坚持不肯。

"不！"你唯唯诺诺，只好颤抖着双手翻开佛经，在那袅袅的梵音之中，一点一点，铺展开的却全是她的倩影。

"唉！"红衣喇嘛深深叹口气，望着你摇了摇头。或许这就是命中注定，你和她，谁也逃不出谁的再生天。命运将你们的身心紧紧捆系在一起，如果自己不肯逃脱这牢笼，又有谁能够帮得了你们？你们已经陷得太深，无法自拔，生生世世，只由着那一段段笼着轻烟的尘缘彼此纠缠，互相吞噬，转瞬便是红颜枯骨。

红衣喇嘛静静看着你，讲你和她的前世，跟她当年在林中给你讲的故事一模一样。那一世，你是头人家的班觉少爷，而她是一个跟随母亲行蛊害人的小巫女。你坐在马车上苦苦挣扎着不肯离去，而她却站在高高的山坡上忧伤着她的忧伤。后来，她在熊熊烈焰中化作一缕轻烟，爱你的精魂却始终不散，为了再世与你相逢，她幻化成一只白蛛。那一世，在佛前，她苦苦乞求了一段尘缘，希望能与你再次相遇。

她来到一座寺庙。那里每天都有许多人上香拜佛，香火很旺。她每天都跪拜在佛像前虔诚祈祷，祈祷来世能和你终身相偎。她在那里一待就是一千年，白天在深山修炼，日落后便在佛前打坐。

有一天，佛祖光临了那座寺庙，看到那里香火甚旺，十分高兴。在佛祖准备离开寺庙的时候，不经意间地回头，却看见跪在角落里念经的她。佛祖停下脚步，目光定定落在她的身上。

仓央嘉措默默听着僧人的讲述，心轻轻战栗着。

佛祖踱到她身前，怔怔盯着她说："你我相见即是缘分，现在我来问你一个问题，看你修炼这一千多年来究竟都参透了什么真知灼见，好不好？"

白蛛遇见佛祖很是高兴，想都没想就连忙答应了。

佛祖和蔼地看着问她："你说，世间什么东西才是最珍贵的？"

她想了想，回答说："世间最珍贵的是'得不到'和'已失去'。"

佛祖点了点头,一句话也没说就离开了。只留下白蛛怅然若失地呆呆跪伏在地上。她不知道自己是不是回答错了,要不佛祖怎么一句话没说就转身离去了呢?

就这样又过了一千年,雪衣依旧在寺庙里修炼,她的佛性也日渐大增。一日,佛祖又来到寺前,望着她说:"一千年前我问你的那个问题,你可有什么更深的认识吗?"

白蛛想着情人的面容,痴痴地念着:"我还是觉得世间最珍贵的东西是'得不到'和'已失去'。"

佛祖无奈地摇摇头,说:"你再好好想想,我还会来找你的。"

这样,又过了一千年,有一天,天上刮起了大风,风将一滴甘露吹到白蛛的脸上。白蛛望着甘露,见它晶莹透亮,很漂亮,顿生喜爱之意。白蛛每天看着甘露很开心,她觉得这是三千年来她在寺庙里修炼中过得最开心的几天。然而好景不长,没过几天,外面又刮起了一阵大风,将甘露从她身上吹走了。白蛛一下子觉得失去了什么,感到很寂寞和难过。这时佛祖又来了,问她说:"白蛛,你心里最爱的是头人家的少爷,还是甘露?"

"这?"佛祖的问题问倒了白蛛。这些日子,她如水的心思的确被晶莹剔透的甘露搅动,她觉得很不好意思,整个脸庞顿时绯红起来。

佛祖望着她哈哈大笑说:"你还被蒙在了鼓里啊!头人家的少爷就是甘露,甘露就是头人家的少爷,难道你一点都没感觉出来?"

"什么?"甘露就是她钟情的少爷?她顿时觉得有如万箭穿心,疼痛莫名。为什么要这样对她?为什么佛祖就不肯成全她,让她和心爱的人相伴到永远呢?

佛祖对她的悲痛不无怜悯,他依旧慈祥地盯着她问:"这一千年,你可曾好好想过那个问题:世间什么才是最珍贵的?"

白蛛想到了甘露,想到了少爷,难过地对佛祖说:"世间最珍贵的是'得不到'和'已失去'。"

佛祖摇摇头,说:"好,既然你有这样的认识,我就让你到人间走上一遭吧。"

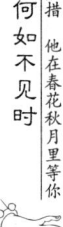

就这样，白蛛投胎到了一个普通的藏民家里，成了那家人珍爱的宝贝女儿，父母为她取了个好听的名字，叫玛吉阿米。

"玛吉阿米？"仓央嘉措痴痴地盯着僧人，心里若有所动。

"你知道佛祖为什么要让白蛛来人间走上一遭吗？佛祖是想让她明白一个道理，而这个道理是她参了三千年都没有参透的。"

"道理？"

"是的。在遇到你之前，我已经见过玛吉阿米了。"

仓央嘉措抬起头，目视着玛吉阿米刚刚消逝的方向。

"我是说我已经和玛吉阿米聊过了。"

"什么？你们聊过了？"

"嗯。我代替佛祖告诉她什么才是这世上最珍贵的东西，你知道那是什么吗？"

仓央嘉措摇摇头。

"世间最珍贵的东西不是'得不到'和'已失去'，而是现在能把握的幸福！"红衣喇嘛语重心长地盯着他，"你和她注定是两条没有交叉的平行线，为什么就不肯放手，让她去把握能够把握住的幸福呢？"

"能够把握住的幸福？"什么才是能够把握住的幸福？仓央嘉措显然迷茫了。难道他对她的爱是无法被把握的幸福吗？

你们注定只是萍水相逢，无论今生，还是前世。知道吗？在亘古的时空里，你们的相逢已不是一世两世。红衣喇嘛面无表情地诉说着他们的过往，那一幕幕如同皮影戏般在仓央嘉措眼前流转。这是真的吗？红衣喇嘛说，曾经，你是一个准备离家求取功名的落魄文人，而她，则是摇着船橹送你离乡的未婚妻。你满腹心思，不敢看她的眼，她却含情脉脉地望着你，仿佛要望穿眼前的秋水，望破头顶的长空，一如古老的传奇。

月光下，她摇着橹，沉默无语。你在寂寞的船舱里为她吹响了一曲离别的恋歌。你满心裏挟着难以自抑的凄凉，你望着月夜下那一汪失去了色彩的河水，更明白一曲终了，此音便会悠然而绝。后来，你客死他乡，再也没能回去，而她却一直守在当初送你离去的渡口，执着地等待你的归来，直到坐化成石。

　　还有一世，你和她相遇在垂柳依依的湖畔，湖里是五彩斑斓的桨声灯影，岸上是谈笑风生的红男绿女。那一世的你，是一个风流的纨绔子弟，而她，却是倚窗卖笑的青楼女子。你为了去见心仪的女子，步履匆匆，迎面撞翻了她新买的胭脂盒，你弯腰拣起散落了一地的粉黛，抬头间，却发现她双目含情、顾盼生辉地望着你。这是你从来没有遇见过的红颜，你的心顿时化作了一泓清水。你望着湖里漂流的落花，却在感叹，身在百花丛中，却也曾有着常人难以寻摸的寂寞。

　　从此，你为她而寂寞，为她而孤独。多少个日日夜夜，她为你唱曲，为你轻歌曼舞，然而你还是无法忽视内心深处藏着的落寞。你知道，身份的悬殊注定了你们不可能有任何的未来，你只想尽力多腾出一些时间与她聚首，可你还是无法抗拒世俗的流言和家族的希冀，终于狠下心来放开了她紧紧攥着你的双手。

　　那一次，你伤了她的心。她为你整整痛了一生一世。她不再为任何男人唱歌，不再为任何男人弹曲，不再为任何男人赋诗。鸨妈举着竹杖打她，用烧红的木头烫她，都不能逼她再接一个客人。终于，她被赶出了烟花繁盛地，流连于灯红酒绿的街头，但为了你，她咬紧了牙关，悲痛而又坚强地活着。最后，她成为一家小酒馆的老板，她每天都会酿你最爱喝的花雕，日复一日，年复一年，直到白了头，佝偻着身子，她依然在等待，因为她坚信那个曾经爱过她的男人还会回来。她等，她要等，哪怕只剩下最后一口气，她也要看着你喝下她为你酿的花雕。

　　那一夜，从京城荣归故里的你回到了留下你无数情债的湖畔。你嗅着酒香慕名敲开她虚掩的店门，却未能从枯坐灯下的她那张布满褶子的脸上找到她往日的一点点印迹。岁月的沧桑洗礼已经使她娇美的容颜一去不复返，你品着她亲自酿造的花雕连声叫好，却不知道她的心在饮着一份剧烈的伤和沉重的痛。

　　时光荏苒，却没在你脸上留下过多的印迹，透过昏黄的灯光，她还能认出你那张曾经俊美的面庞。你是她一生的牵挂，是她一生的希望，她多

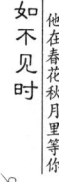

么渴望与你相认,但看到你身旁儿孙绕膝,她终是没有点破那层纸,直到看着你起身离去,才任那浑浊的泪倾泻而出。

后来,你突然生了一场大病,花去了你大半生的积蓄,你的儿女嫌弃你,你从京城带回来的几房小妾更是各自盘算着她们的将来,终于,小妾们偷偷打开了家中的钱柜,把你仅剩的积蓄一一瓜分,然后在一个月黑风高的夜晚逃遁而去,而那些被你视为掌中明珠的子女见你已是一个穷得叮当响的糟老头,不但不肯出钱替你治病,还以害怕传染的理由,在寒冷的夜里把你丢弃在了街头。

你匍匐在地上,拼尽全身的力气,爬向她的小酒馆,那条路并不遥远,但你却感觉爬了几个世纪还是看不见你想去的终点。你不知道你为什么要爬去她的酒馆,你只是听到了儿女们在把你关在门外后发出的阵阵嗤之以鼻的声音。小妾们背叛了你,儿女们丢弃了你,病重的你心痛莫名,那一夜,你瞬间白了头,一如她额上的眉。月光凄凉,她踏着月色打开院门,赤足走在凛冽的寒冰上,一面俯身抱起你,用她温暖的怀抱为你取暖,一面和泪悲歌,声声不舍,句句凄婉,字字催泪。

你和她相遇在酒馆的门前,彼此凝望,一个回眸,你终于忆起了她往日的红颜,但周身却激荡着凄厉的孤独与悲恸的寂寞。一瞬间,你的眼里失去了空间,也没有了时间,仿佛天地之初就只有你们两个,就这么望着,一望便是千年。

她抱着你,迎着凄厉的风声,飞也似的跑进房内,让浑身脏污的你睡在了她那张干净整洁的床上。她为你抱来了几床厚厚的棉被,她为你点燃了暖炉,她为你请来了大夫,她坐在门前一边剧烈地咳嗽一边为你熬药,而你唯一看见的便是你眼中那滴不舍的泪水。她不相信大夫说你已经病入膏肓的话,无论如何,她也要倾尽全力治好你的病,可是,她花光了所有的积蓄,你的病情还是没有任何好转,于是,她只好卖了她赖以生存的酒馆,雇了一辆马车,执意要带你去京城寻访天下最好的名医。

你们蹚过了无数的大河,走过了无数的路,就在她快要看到希望时,你的病情却又加重了。她雇来的马夫告诉她,前面不远处的深山老林里长着一种神草,或许能够治好你的病,她虽然将信将疑,但还是只身一人走进了杳无人迹的山林。她历尽艰辛,却无功而返,而那个马夫早已驾着他的马车跑得无影无踪。她知道,她被马夫骗了,马夫不仅丢下了她,还带走了她全部的积蓄。

那可是救命的钱啊!可她没有时间理会这些,因为她发现,奄奄一息的你被马夫推下了悬崖,但你大难不死,正好挂在了一株枝叶繁茂的大树上。她只觉得那无数伸展向天空的树枝仿佛一条条赤练蛇,要瞬间将你吞噬,那时那刻,她只想着如何才能把你拉上来,完全没有考虑到她的年纪,于是,你看到她沿着陡峭的悬崖缓缓爬了下来。

不!不要!你挣扎着求她不要下来,根本没有意识到轻微的晃动也会波及你的安危,因你的眼中此时此刻只有她一人,整个世界也只是她一人。你看见她来了,那曾经美艳无双而今白发苍苍的她来了。她翩然一笑,只轻轻一句"天地崩江水竭,才敢与君绝",便把这世间所有的温暖传递至你的周身,尽管你也想还她一份珍重,但却不愿看到她继续为你付出她的所有。

你大声唤着她的乳名,你松开紧握住树枝的双手拼命朝她挥舞,求她不要再管你这个将死之人。你的眼泪潸然而下,大滴大滴落在你的额上、脸上,而她却始终微笑着,微笑着,最后深深凝望了你一眼,翩然一舞,跃到那无边的悬崖之下。

你知道,她是在为你跳最后一支舞,这支凄清冷艳的舞,用尽了她一生的心血,耗尽了她的整个生命,于空中尽情绽放——那一朵盛开的花,骤然陨落,透着一种绝望的悲伤的凄美。

你就这么望着她,她的每一个动作都在你的眼中无限放大,并终于落下,而那株承载着你所有重量的古树也在挺立了千年之后訇然折断,那一刻,数百年的过往恩怨转瞬间便在时空里荡然无存。你们在空中遥遥地相望,你只希望自己下坠的速度再快一点,只要快到任你伸手便可以拥住她的身体就可以了。这短短的一段路,最终幻化成了你前世今生不会褪色的记忆,而你也终于如愿以偿地接近了她的温度。你紧紧抱着她拥着她,这么瘦弱的身子,却容纳着这世间一颗最真最痴的心,而这一份情深不悔的爱意又叫你如何偿还得起。

你长长的拥抱,让她感到隔世的温暖。那么久那么久的寻觅,翻山越岭、跋山涉水,年老体弱的她忍受着那么多的苦难,就是为了在她生命最后的

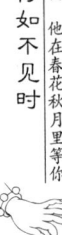

日子里拥有这一瞬的相遇。她在你怀里笑了，天真而可爱，融化了你曾经冷漠绝情的心。

望着她纯真的笑容，你终于明白，所谓的权势和名望其实都是虚幻，在这个世间，你除了她之外，其实一无所有。可是，她最终还是滑出你的怀抱，一个人，孤孤单单地飘向深不见底的山谷，任凭你费尽气力也追不上她下滑的速度，你只能你撕心裂肺地一声声深切呼唤着她，久久凝视着她下滑的身影，绝望地朝天悲伤地呜咽，如一只受伤的白蛛。

> 轻垂辫发结冠缨，临别叮咛缓缓行。
> 不久与君须会合，暂时判袂莫伤情。

不知又经历了几生几世的轮回和纠葛，终于，你带着前世隐藏的记忆，重回到班觉少爷住过的院子。朦胧的月下，你在苍老的相思树上目睹了两只缠绵的鸟儿，听它们鸣唱，似有感悟，却始终无法参透。

你信步走出去，看见一个轻锁眉头的白衣女子，正惆怅地倚在相思树下，伴着光阴，随着流水，想你，岁岁年年；挂着思念，带着心魂，盼你，年年岁岁。蒹葭今又苍苍，白露依然为霜，你站在秋之水湄，望不穿那烟水空蒙，挥不去那笑语嫣然，忽地忆起，忆起那段被时空湮没的曾经。

她就是那个在月下的山坡上为你日日牵挂、夜夜揪心的女子吗？

你忆起那年，你把帽子戴在头上，你把假发辫甩在背后，在小酒馆见到她的情形，眼里陡地盈了一池秋水。你每次喝完酒离去，她都会一再叮嘱，生怕你被磕了绊了，这女子纯净的心思怎就不曾有过点点滴滴的自私？

"不久与君须会合，暂时判袂莫伤情。"可你却让她等了那么久，久得让她的心都为你操碎了。你不知道，当她想你的时候，心都在颤抖，一任剪不断的离愁别绪，在多情的土壤里蔓延痴长，绿叶上的寄托，已在岁月的熬煎中冉冉成荫。

风把你的衣角吹起，把你的痴情捎到天空，漫天的蝴蝶在你身旁飞来飞去，满心满心溢起的都是对她的依恋。

雪衣？！你痴痴望着她，真的是你吗？

盈盈月光下，一棵树，一棵因爱而寂寞惆怅的树，和一个白衣飘飘的女子，对着你悄然敞开心扉：枝叶婆娑，人影脉脉。她真的就是你的雪衣。

仓央嘉措的痛，第巴桑结嘉措看在眼里，疼在心里。他还是个孩子，他不应过早地经历这些人世间的生离死别，可为了西藏，他又不得不那么做。那个女子虽已被他悄悄送出拉萨城，但现在还不是让仓央嘉措知道真相的时候，只有玛吉阿米在他心里死去了，他才能真正担当起六世达赖喇嘛的职责，而这痛苦也是他作为活佛所必须承受的。

眼看着仓央嘉措一天天消沉下去，为了缓和自己与活佛日益紧张的关系，桑结嘉措决定暂时把他送到五世班禅罗桑益西那儿去。这样想着，桑结嘉措立马提笔给五世班禅罗桑益西写了一封措辞严谨的信，信中提到，按照他们之前的约定，五世班禅是时候给仓央嘉措授比丘戒了。他近期会安排仓央嘉措去日喀则的札什伦布寺面见五世班禅。又说仓央嘉措对佛经的学习不甚用功，他亦曾对达赖喇嘛一再规劝，但未蒙采纳，希望五世班禅以师傅的身份多多引导指教。

这一年，仓央嘉措去札什伦布寺面见了五世班禅罗桑益西。

来到札什伦布寺时，已近黄昏，夕阳下的寺院显得一派安详宁和。寺外的转经道纵横了一道道的车痕，成群的放生狗静静蹲在那里。"札什伦布"为藏语，意为"吉祥的须弥山"，由格鲁派祖师宗喀巴的徒弟一世达赖喇嘛于公元1447年修建，是后藏最著名的黄教寺院，也是历代班禅的驻锡之地。这是一座伟大的寺院，也是一座令人尊重的寺院。

夕阳深处，五世班禅罗桑益西正站在那里静静等候着仓央嘉措的到来。几年前，就是他在浪卡子给仓央嘉措授的沙弥戒，当时仓央嘉措还是个聪慧明智的孩子，现在又该变成什么模样了呢？

仓央嘉措一脸落寞地来到寺院前，带着一身的疲惫和满腹的极不情愿。面对眼前这个慈祥的老人，他始终默然无语，只是毕恭毕敬地行礼作揖。他瘦削的脸上，乌云密布，神情决绝。五年前，便是这位大师为自己授了出家戒和沙弥戒。那时的他，锋芒毕露，修为精进，为众人所赞不绝口，

第十四章 暂时判袂莫伤情

一致誉其为不世出的天才灵童。他至今还记得五世班禅对他的殷殷教诲，以及对他寄予的厚望，那时的他，能将很多人一辈子也无法参透的机锋于瞬间化解，可是之于玛吉阿米，他却一辈子也参悟不透了。

班禅大师目光炯炯地望着他。许久，他终于开口，提议仓央嘉措为全体僧人讲经。

出乎意料的事情发生了，活佛仓央嘉措居然当众拒绝了班禅喇嘛的请求。

五世班禅大惊失色地盯着他摇了摇头，轻轻叹口气，只好劝他接受比丘戒。

仓央嘉措还是拒绝，头摇得像拨浪鼓。所有在场的喇嘛都震惊了。

班禅大师祈求劝导良久，仓央嘉措只是沉默以对，然后毅然起身，奔跑。没有任何多余的声音，唯有他的喘息声，他的脚步声，在空旷的大厅里发出沉重的回响。

面对如此情形，众僧人中已经炸开了锅。他们开始小声议论，即使在远离拉萨的后藏日喀则，他们也早已经听说这个活佛不守清规，甚至偷偷溜出宫外与一群俗人饮酒作乐，但是他们万万没有想到的是，他竟然会当着班禅大师的面如此坚决地拒绝接受受戒。

五世班禅没有办法，只好先让他退下。

仓央嘉措孤独地游荡在札什伦布寺，众僧人将他当作异类，纷纷躲避着他。

他知道，世事从来难以尽如人意，人在历史中从来卑微如蚁，无法自持。白丁布衣如斯，高贵如仓央嘉措亦如斯！玛吉阿米的弃世让他哀婉欲绝，现在的他多么渴望能够重新回到滚滚红尘之中，去尝那爱情的酸甜苦辣，品那人世的悲欢离合，而不只是作为一个无所事事的旁观者，什么也不能做。

听着那热闹的人世之声，仓央嘉措静静站立于空旷的蓝天之下。阳光灿烂，那瘦削颀长的身躯投下长长的影子，孤独、迷茫、凄清、冷寂……

很多时候，生活不给我们选项。虽然我们苦苦徘徊，精细衡量着每一个取舍的得与失，事实却是，命运之神早已安排好了一切，不管我们的脚步如何踟蹰，不理我们的频频回首……

逃避吧，既然没有选项，那么就丢开题不做罢了。逃避这戒律森严的宗教仪轨，逃避这终日监护如堵的佛陀、菩萨、法王……他年轻、蓬勃的心灵就像寻找着阳光的向日葵，要那灿烂阳光的抚慰。

他在寺中徘徊良久，抬起头，望着夕阳下高昂的雪山。他想了很多，也想了很久，终于，他提起笔，运足气力，力透纸背，在墙上提了一首令人断肠的情诗：

一自魂销那壁厢，至今寤寐不断忘。
当时交臂还相失，此后思君空断肠。

题毕，从容入殿面见五世班禅大师。他步履从容地走到日光殿外，一撩僧袍，给罗桑益西磕了三个响头，嗫嚅着嘴唇反反复复只说着一句话："违背上师之命，实在感愧。"之后黯然离去。在后来的许多天里，仓央嘉措不仅拒受比丘戒，而且要求班禅大师收回此前在浪卡子所授予他的出家戒和沙弥戒。无法忘情于玛吉阿米的他，痛彻肺腑地匍匐在罗桑益西脚边泣曰："上师，若是今次不能交回以前所授的出家戒及沙弥戒，我将面向札什伦布寺而自杀，二者当中，请择其一，清楚示知。"

夕阳斜照过来，如血的残阳铺在札什伦布寺中，仓央嘉措眼中一片血色，他坚毅地跪在那里，一动也不动。

众僧人大惊，大家一个个全都傻了眼，原本准备好的说辞一句也用不上了。大家本想动之以情、晓之以理，让仓央嘉措迷途知返，重回大无量佛界。可是谁也没有想到，仓央嘉措会突然耍出这么一招！他这可真是造反了！即使对他以往做下的种种荒唐事情既往不咎，也便宜了他三分！

这下可好了，他不仅不承认不改悔从前所做的错事，不接受比丘戒，

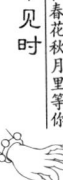

现在还变本加厉，要班禅大师索回以前所授予他的出家戒及沙弥戒，甚至还以自杀相胁迫，实在是件大逆不道的事情，这事又怎会在令人景仰的达赖活佛身上发生？要知道，他可不是普通人，他可是西藏的转世活佛，是西藏的神，是西藏的精魂，是西藏的宗教领袖，要是连他都自杀了，那可怎么向全天下的人交代啊？

他的话如同平地一声惊雷落在五世班禅脚前，罗桑益西直愣愣地看着眼前这个既熟悉又陌生的大男孩。他所有压抑在内心的真实声音，早已把五世班禅惊吓得浑身发抖。他无法相信，经他剃发受戒的六世达赖喇嘛，竟然有朝一日会说出这样的话来，这实在是太放肆了！

良久，五世班禅才从巨大的震惊中缓过神来，他整了整衣领，双手合十，对着仓央嘉措顶礼膜拜，恳请他珍惜自己的万尊佛体，不为自己，也得为天下苍生祈福。

仓央嘉措微微一笑："苍生万物？什么是苍生万物？苍生万物又与我何干？万般溪水，我只取一瓢饮。世间女子多矣，我心里只容得下一人，那就是被第巴残害至死的玛吉阿米！"

"第巴那都是为了佛爷您好！"

"为我好？为我好他就可以任意杀人？玛吉阿米只是一个单纯得不能再单纯的姑娘，她所有的罪孽加起来也不及第巴万分之一，他凭什么杀她？凭什么？"

"就凭她玷污了佛爷的修为，已是万死不辞了。"罗桑益西叹口气说，"女子都是世间的魔障，你莫看她现今如花似玉，百年过后也只不过是一具骷髅罢了。佛爷您年纪尚轻，只是一时被女色迷丧了心志，第巴那么做都是在帮您回归本性啊！只有真心皈依佛教，我们才可以得到永恒的福气，难道就为了这么一个女人，您连活佛都不要当了吗？"

"我早就跟第巴说过，自始至终，我从来都没想过要当什么活佛！"仓央嘉措紧紧盯着罗桑益西的面庞不忿地说，"打我被从乌坚林接往错那的巴桑寺跟随梅惹大喇嘛研习佛经之日起，我所扮演的只不过是他桑结嘉措的傀儡罢了！所有人对此都心知肚明，只是没有人敢正大光明地说出来，第巴之所以指认我是前世达赖喇嘛的转世，也只不过是为了巩固他的地位，

第十四章 暂时判袂莫伤情

好让他的野心更加顺利地得逞罢了！"

"佛爷！"

"怎么，您怕了吗？是我说错了话，还是我说得太对了？"仓央嘉措撇撇嘴说，"我在布达拉宫就像一只被关在笼里的小鸟，做什么事都没有自由，就连自己喜欢钟爱的女子都不能保护，我还算是哪门子的达赖活佛？第巴一个眼神，一句话，就可以断送一个年轻姑娘的性命，就可以毁掉我今生所有的幸福和快乐，你们又何苦非把我关在布达拉宫逼我做那我根本就不想做的活佛呢？我不想做！我真的不想做！现在，我只想回到达旺的乌坚林，和我的阿妈生活在一起，我想每天都给阿妈唱欢快的歌儿，看她脸上绽放出的笑容。大师，难道连这点小小的心愿你们也不能成全我吗？"

"可您是西藏至高无上的达赖活佛，您是住在神圣布达拉宫的主，从您被认定是五世达赖转世灵童的那一刻起，就已经注定您不是一个凡人，所以您必须肩负起一个伟人所有的使命，而这使命就必须让您有所牺牲，包括亲情，包括儿女情长，您要做的只是让您的子民从您身上获取爱，看到希望，而不是和酒肆里的女子谈情说爱，更不是为了某个女子就要放弃活佛之位。"

"希望？那谁又是我的希望？您？还是第巴？"仓央嘉措痛苦地摇着头，"您知道我那身在远方的阿妈她心里的希望又是什么吗？她一辈子无欲无求，她心里最大的希望莫过于她的儿子能早早回到她身边和她长相守，可是连一个母亲最普通的希望我都无法满足，又让我拿什么来成全别人的希望？"

"佛爷……"

"是的，或许我只是桑结嘉措的希望。有了我，他便可以挟天子以令诸侯，肆无忌惮地发号施令，想干什么就干什么，那我这个活佛岂不是当得够窝囊？难道我的存在只是为了满足第巴无穷无尽的权力欲望吗？"

"不，孩子，"罗桑益西伸出手轻轻抚着他的脑袋，"不，孩子，您太偏激了。第巴不是像您想象的那样，他所做的一切都是为了您好，为了西藏所有的子民好。或许他处理事情的方式有不对的地方，可我仍然坚信他那么做完全不是出于任何的私心，要知道当初五世达赖多次请他出任第

巴都被他果断拒绝了，这样一个毫无名利之心的人又怎么会利用您去满足他那无休止的权力欲望？不，桑结嘉措没有您所说的那种掌控权力的欲望，他只是在完成前世达赖未竟的事业，只是在为您亲政扫除所有的障碍，难道您一点也没看清他的良苦用心吗？"

"良苦用心？"他冷冷盯着罗桑益西说，"如果他真是替我着想，就不会背着我下令处置玛吉阿米了！他把玛吉阿米的皮剥下来做成了一面阿姐鼓，这是何等残忍而又无情的行为！玛吉阿米，哦，我的玛吉阿米！上师，您知不知道，只要能和玛吉阿米长相厮守，莫说百年，便是三年五载，我也要感谢上苍无尽的恩德，可是如今她却与我阴阳相隔，第巴他毁了我一生的幸福，您明白吗？如果今生不能与她携手共欢，便是高踞佛堂，又何得半分欢喜？便是堕入万世轮回之中，又何得半分遗憾？！"

罗桑益西无奈地望着他摇头叹息说："您自小便聪慧过人，参习佛经的悟性几乎无人能及，这等大佛缘在别人身上都是可望而不可即的，可您却轻松地就接近了，这又是何等的稀有宝贵？！您想想，您饱读经书那么多年，参悟了那么多别人无法解透的机锋，您离成佛作祖只咫尺之遥，难不成就为了一个女人，要将您在风中祈求的佛缘，还有在佛前许下的大愿心轻而易举地放弃吗？"

"我的心已经死了，已经随着玛吉阿米的灵魂去了遥远的远方，再也不可能做你们的达赖活佛了。"

仓央嘉措目光呆滞地望着罗桑益西，随即双手合十，吟唱起一首凄艳绝美、催人泪下的情歌，这首情歌将他此时此刻的心迹表露无遗：

含情私询意中人，莫要空门证法身。
卿果出家吾亦逝，入山和汝断红尘。

五世班禅罗桑益西静静呆立在原地，默默听完这首令人伤心欲绝的情歌，恍然若梦。他知道，眼前这位活佛心意已决，只好退而求其次，代表众僧人请求仓央嘉措不要换穿俗人的装束，以近事男戒而受比丘戒，再转法轮。但是，仓央嘉措仍然坚决不肯答应。

在札什伦布寺居住了十七天以后，仓央嘉措再也无法在这里待下去了。他毅然推开紧闭的寺门，踏着满地的残雪大步走了出去。他目光坚定，脚步轻快而坚决。他抬头望了望远方，前方的前方，就是他的拉萨。在那里，他心爱的玛吉阿米正等他回去。虽然他知道他的玛吉阿米已经被第巴用最惨烈的方式处死，但他仍然坚信，她的灵魂将一直在拉萨守候着他。背后，五世班禅看着他远去的背影，双手合十，默默替这位迷失菩提的活佛做着真诚的祈祷。

第十五章 游戏拉萨十字街

> 游戏拉萨十字街，偶逢商女共徘徊。
> 匆匆绾个同心结，掷地旋看已自开。

公元1703年，仓央嘉措21岁了。

桑结嘉措没想到的是，他虽然将玛吉阿米赶出了拉萨城，却没能从仓央嘉措的心头将她驱逐。失去玛吉阿米的仓央嘉措变本加厉地与第巴公开作对，在拉萨各处纵情欢歌，嗜酒成性。他将拉萨城里所有美艳的女子都当成了玛吉阿米的化身，在他眼中，所谓的佛法、地位、轮回都不重要，只要钟爱的玛吉阿米能始终陪伴左右，他就心满意足了。

他可以不在乎，他可以把所有的女子都当成玛吉阿米的幻影，但是有人却不能不在乎。

第巴桑结嘉错面无表情地坐在那里，平静地听着喇嘛们前来汇报仓央嘉措不守清规的种种劣迹。

有人看见仓央嘉错穿着一件俗人穿的白缎子衣服，戴了假发，手指上戴着戒指，拿着弓箭穿梭在拉萨城中；有人看见仓央嘉措在山下的酒馆中狂喝滥饮，放荡不羁；有人看见仓央嘉措化装成俗人，在雪山顶上和一个叫仁珍旺姆的酒肆女紧紧拥抱在一起……

桑结嘉措叹口气，这个仓央嘉措，看来真的是"迷失菩提"了。这些僧人所提起的仓央嘉措的劣习，他其实都了解，但是，他又有什么办法呢？

他还记得第一次见到仓央嘉措的时候，那是六年前的一个黄昏，当时两人像久别重逢的友人那样默默对视，那时的仓央嘉措还只是一个孩子，稚嫩的眼神中不经意间透出一股锐气，仿佛五世达赖的英灵附身一般，是那般的睿智，那般的博大，那般的深沉。而现在的仓央嘉措，虽然已经长成了一个小伙子，但他的眼神中已然没有了过去那股锐气，取而代之的却是无限的温柔和忧伤。

他不知道该对他说些什么。桑结嘉措无奈地仰起头，看着布达拉宫那座最大的灵塔默默祈祷着，那是五世达赖罗桑嘉措的灵塔。"我最尊贵的活佛啊，您是天上无比睿智的神，您的指引是绝不会有任何差错的。那么，就请您来告诉我，为什么要找这样一个孩子做您的转世灵体？难道，这就是我们未来的命运吗？这就是西藏未来的命运吗？这个孩子为什么会变成这样？是受到邪魔的迷惑了吗？还是受到神佛的指引？那所谓的爱情不是虚无缥缈的吗？难道真的值得他付出达赖活佛的地位，甚至付出自己的生命去追寻吗？"

没有人回答他，灵塔上五世达赖的塑像平静、淡然，闪烁着睿智的光芒。

桑结嘉措永远也不会明白，那个女子到底用了怎样的魔力，竟让仓央嘉措如此决绝地反抗，舍尽一切来维护她。只有仓央嘉措了解，玛吉阿米这个名字对他来说是何等的重要，重要得甚至超越了他的生命。不，这不只是一个名字，这是一道可以打开幸福之源的咒语。

桑结嘉措走了出去，抬头望着远方的星空，重重叹了口气，随即便下令在布达拉宫后的潭边因地制宜，修建一座华美的湖泊园林，让仓央嘉措在宫内也可以随时自由取乐。

桑结嘉措这么做是有他的良苦用心的。他知道仓央嘉措所有的行为都只是一时的少年意气，暂时为爱情蒙蔽了心性，等年纪再大一点，他自然就会厌倦那尘世中无休无止的俗事，重新归于无量的修为之中。仓央嘉措现在要玩要闹，干脆就随他去好了。不过他最好只把这种玩乐局限于龙王潭内，这样也便于他随时随地控制他的行为。

那座园林的藏语为宗角禄康，翻译为汉语就是龙王潭的意思。和藏地其他久负盛名的湖泊不同，这是一个人工湖。龙王潭整个园林初建于仓央嘉措时期，但其中潭水坑形成的年代却要早一些，在五世达赖罗桑嘉措时

期修建布达拉白宫以及第巴桑结嘉措修筑布达拉红宫和经房僧舍时，曾从山脚大量取土，遂成深潭。仓央嘉措望着桑结嘉措替他修建的龙王潭，不禁心潮澎湃，特地从墨竹工卡迎请来墨竹赛钦（女性龙神）和八龙供奉于北潭水中，龙王潭由此得名。

湖中有一孤岛，成不规则圆形，直径约42米。连接潭水间小岛和陆地的是一座五孔石拱桥，岛上及潭水四周则林木茂盛，一派葱绿。潭水中心的岛上建有楼阁，这就是龙王潭的精髓所在，龙王宫是也。龙王宫是按照佛教仪轨中坛城的楼式建造起来的，高三层，最上层供奉着菩萨"鲁旺杰布"，传说他是龙的主宰；第二层供奉有美丽的女龙王墨竹赛钦，她其实并非龙，而是一条修行了多年的巨蛇。

她原本居住在墨竹工卡宗巴罗地方的一个大湖里，湖的附近有一片茂密的林卡，墨竹赛钦常常变成一位美丽的少女在林中散步。据当地人说，倘若心地善良的姑娘碰见了墨竹赛钦，那将是很幸运的，即便是被其看上一眼，也会变得更加聪慧美丽；如若是男人碰见了她就会被其美貌迷惑，失去理性而成为傻子。因此在当时，墨竹赛钦所在的墨竹工卡一带很少能见到男人，渴求美丽的女人却常常结伴光临。

龙王潭修好后，仓央嘉措每天都会和那个来自琼结、长相酷似玛吉阿米的沽酒女仁珍旺姆在碧绿的湖水畔散步，给她讲述墨竹赛钦的故事，日子过得逍遥而自在。静静的水面默默倒映着巍峨雄壮的布达拉宫，就像那悄悄等待情郎的姑娘，羞涩而美丽。这里没有布达拉宫的厚重严肃，有的只是淡雅恬静。在这里，看着蓝天白云，布达拉宫的倒影和湖畔飘动的经幡，可以静静地想很多，很多。

孔雀来自印度东，工布深谷鹦鹉丰。
两禽相去常千里，同聚法城拉萨中。

他永远都记得自己和仁珍旺姆第一次邂逅的情景。他们一个就像印度东方的孔雀，一个就像工部川的鹦鹉，尽管生地不同，却同在拉萨会晤。

那天夜里，拉萨下着大雨，打在古老的木房顶上，时光如流水般匆匆而逝。他来到玛吉阿米曾经倚门沽酒的那个酒肆，却看到她坐在柜台后挑灯夜读他的情诗。那是他写给玛吉阿米的情歌，如今却物是人非，他抬起头长长吁一口气，又回过头怔怔望着她灯下恬静冷艳的面庞。他发现她有着玛吉阿米一样清纯的目光，有着玛吉阿米一样娇好的容貌，有着玛吉阿米一样窈窕的身材，有着玛吉阿米一样温婉的举止，更让他心动的便是她那如玛吉阿米般恬淡迷人的笑容。他知道，三生石上早已注定了今夜他和她的邂逅，她的面容便在这凄清的夜雨声中逐渐清晰明亮起来。

"你是从琼结来的？"仓央嘉措轻轻托起仁珍旺姆的香腮，仔细打量着她娇俏一如玛吉阿米的面庞。

仁珍旺姆点着头，有些害羞地望了他一眼，又迅速低下头去："客官想喝点什么酒？"

"什么酒都好。"

仁珍旺姆起身替他舀了一碗青稞酒，轻轻递到他的手边。他趁机在她手上捏了一把，望着她清澈如水的眼眸："有没有人说过你长得很像一个姑娘？"

她轻轻点点头："她们说我长得很像一个叫达娃卓玛的姑娘，她也是从琼结来的。"

"她不叫达娃卓玛，她的真名叫玛吉阿米。达娃卓玛只是她到拉萨后才另起的名字。"

"玛吉阿米！"仁珍旺姆眼里流露出惊喜的神色，"多动听的名字，她为什么要改成达娃卓玛呢？"

"因为她想躲避一个人。一个男人。"他紧紧盯着她如水的眼眸。

"男人？"

"一个叫宕桑汪波的男人。"

"宕桑汪波？"

"嗯。"他点点头，一口气喝下碗里最后一滴酒，"你长得很像她，

这眼神，这笑靥，一举一动都透着她的无限风情。"

"客官您取笑我了。"

"我没有。"他认真打量着她，"真的，你长得很像玛吉阿米。"

"那么您就是那个宕桑汪波了？"她满眼含笑地盯着他，有些顽皮地问，"那她为什么要躲着你？是因为她不喜欢你吗？"

"喜欢，怎么会不喜欢呢？"

"那她为什么还要躲着你？"仁珍旺姆不太明白地盯着他好奇地问。

"因为，因为，唉，这就说来话长了。"他深深叹口气，"总之，你要明白，她是爱着他的，他也是爱着她的，他们两个互相爱慕，可最终却无法走到一起，他们……"

"我听说达娃卓玛被她的叔父从这里带回琼结去了，可为什么你们不能走到一起呢？"

"她没有去琼结，琼结并不是她的家乡，她的家乡在错那。"

"琼结不是她的家乡？那她又去了哪里？你为什么不去找她，不把她追回来？"

"她去了一个比天堂还要美丽还要清净的地方。我想找她，无时无刻不在想着她，可现在我还没有勇气，也没有力量，我……"

仁珍旺姆越来越搞不懂他的话了。她站起身，从他手里接过木碗，重新替他舀满一碗酒递到他手边，眨着困惑的眼睛问他："天堂？你是说她去了一个比天堂还要好的地方？那她们为什么要说她的家乡在琼结，又回到琼结了呢？"

他重重点着头："是的，你和她们永远也不会搞懂她究竟去了何方，不过我可以向你保证的是，她绝对去了一个好地方，那里有蓝天，有碧水，有桃树，有莲花，还有松鼠、兔子，对了，还有一只修炼了千年的白蛛，它的名字叫雪衣。至于琼结，那只是她从错那前往拉萨的途中暂时休息的地方，当然，她的叔父就住在那里，或许她也在那里待过一段时间，但谁又能搞得清楚呢！"

她望着他将木碗里的酒一饮而尽，抿着嘴偷偷笑着。这个男人太好玩了，不，不是好玩，是可爱才对。瞧他那副天真可爱的神气，真不知道迷死了多少年少的姑娘呢！

这一夜，他留在了她身边，留在了这个叫仁珍旺姆的女孩身边。望着她明亮如水的眸子，望着她仿佛玛吉阿米的神态，他在榻边情不自禁地为她写下了多首脍炙人口的情诗：

> 游戏拉萨十字街，偶逢商女共徘徊。
> 匆匆绾个同心结，掷地旋看已自开。
>
> 飞来一对野鸳鸯，撮合劳他贡酒娘。
> 但使有情成眷属，不辞辛劳作慈航。

他把她带到了布达拉宫，把她带到了龙王潭，与她通宵达旦地饮酒作乐，仿佛她是他的王后。"住进布达拉宫，我是雪域最大的王；在拉萨的街头流浪，我是世间最美的情郎。"仓央嘉措的眼睛和心都已不再从属于布达拉宫，此时此刻，他宁愿在她温柔的怀抱中死去，不再醒来，在她香艳的鬓间找寻久违的爱情之光，找寻玛吉阿米如花的身影。

他心里一如既往深爱着的依然只是他的玛吉阿米。他把她，那个叫作仁珍旺姆的姑娘当成了玛吉阿米的影子，任她在怀里娇喘吁吁，任她在身畔花枝招展，然，他眼里看到的却总是玛吉阿米漂亮的眸子和清澈透亮的心绪。

爱，需要成全。错误的时间遇到正确的人只是徒增惆怅。就像梁咏琪在歌里唱的那样："原来爱情这么伤，比想象中还难。"无法成全的爱情，使人迷茫，让人绝望。于是，仓央嘉措为他的玛吉阿米写下了千古流传的诗篇：

> 第一不如不相见，如此便可不相恋；
> 第二不如不相知，如此便可不相思；

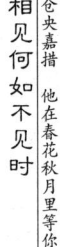

第三不如不相伴，如此便可不相欠。

"初见，惊艳。蓦然回首，曾经沧海，风再起，换了人间！"如此，不仅"人生若只如初见"，最好是"不如不相见"。比如他与她，一个高贵倨傲，一个秀雅无双，可是绚丽的开始又怎样，终是不奈注定了的宿命。所以，民国时代一个有名的情僧苏殊曼作诗云：

契阔死生君莫问，行云流水一孤僧。
无端狂笑无端哭，纵有欢肠已似冰。

那身缁衣哪里容得下凡尘女子的一缕青丝留存？

所谓"不俗即仙骨，多情乃佛心"。曾活跃在 20 世纪 90 年代歌坛的歌手李娜在《女人是老虎》一歌里讲了佛家弟子的爱情故事：虽然老和尚一再告诫女人是老虎，让小和尚躲开她，但是不期然地，她已经闯到小和尚的心里来了。这里尤其有意味的是，李娜后来终于悟道出家了。可见色即是空，空即是色。

而仓央嘉措的爱也是由不期然而开始的。

还记得那时初见，她啊，眼睛就像酒水一样清澈、星河一样灿烂、月光一样柔和，头发像乌檀木一样油亮。她有一种极致的美，女人的美艳与神灵的慈悲浑然一体，轻灵飘逸，风采非常。"平生不会相思，才会相思，便害相思"。从此，他的相思比海角天涯还长：

在那东方山顶，升起皎洁月亮。
年轻姑娘面容，渐渐浮现心上。

这是漫长的痛苦的爱情，聚少于散，喜逊于悲，但是情人间片刻的欢娱便抵得了无数黑夜里孤月寒星的冷寂。所以电影《胭脂扣》中如花抵死也不喝那碗孟婆汤,做了鬼也要找寻前世爱的约定。是的,爱情就该是沧海变桑田的执着,即便要用生命作印证也不吝惜。

然而多情总被雨打风吹去。两情相悦又如何。谁能奈何这沉重的世俗之戒?雪地里的一行脚印终于出卖了爱情:

> 黄昏去会情人,黎明大雪飞扬;
> 莫说瞒与不瞒,脚印已留雪上。

当一个人面对一个机构时,无论他的身份地位如何特殊,都注定了最终的失败,仓央嘉措也不能逃出此律。他只能眼睁睁地看着爱人变成一抔黄土。

15岁之前,他的生活就像阳光普照下的马蹄莲,清新而又纯朴。虽然身体还未长成,但像所有的藏族男孩一样,拥有绿油油的草甸子、江南般的烟雨蒙眬、乳白的小羊,还有一个青梅竹马的意中人,一如他那首空灵的诗歌:

> 风从哪儿吹来,风从家乡吹来。
> 少年时代的情侣,请风儿把她带来。

他是幸运的,因为他不像其他的转世灵童,五六岁就已经坐床成为活佛并接受教育,这使他得以留存那颗性灵之心,并使之吐芽、生发;但这也正是他的不幸之处。十五年无拘束的少年时光在一夜之间烟消云散,取而代之的是无尽的经书和枯燥的研习,更何况还有错综复杂的政治斗争。

其时,位高权重的第巴桑结嘉措与朝廷册封的蒙古族汗王分别代表的藏蒙之间,以及蒙古族人内部矛盾冲突日益白热化,局势动荡不安,政治大地震一触即发。诗人从来不懂政治,仓央嘉措却被迫参与其中。厌倦、失望,仓央嘉措彷徨无依,然,只有玛吉阿米是懂他的,可她却去了一个遥不可及的地方,遥远得甚至让他半夜中都会从噩梦中惊醒过来。

之于仁珍旺姆,他对她付出的是怜大于爱的感情。他自始至终都将她

当成第二个玛吉阿米，虽然珍惜，却难以掩饰心中的愧疚。玛吉阿米，玛吉阿米，我的玛吉阿米，你到底在哪？

手写瑶笺被雨淋，点划模糊费思寻。
纵然灭却书中字，难灭情人一片心。

"假如真有来世，我愿生生世世为人，只做芸芸众生中的一个，哪怕一生贫困清苦，浪迹天涯，只要能爱恨歌哭，只要能心遂所愿。"在世俗的生活中，他啜饮着爱情的美酒欢歌：

在看得见的地方，我眼睛和你在一起。
在看不见的地方，我的心和你在一起。

他唯有用这种方式与玛吉阿米在那虚幻的世界里聚首。他不停地为她写诗，仁珍旺姆如同夜莺般婉转的歌喉日夜不息地响彻在龙王潭边。他以为他的一生便要这样在痛并快乐中度过，然而好景不长，有一天，当仓央嘉措走出白宫，又一次兴致匆匆地来到龙王潭时，却发现和他约好在这里见面的仁珍旺姆迟迟没有出现。他等了又等，盼了又盼，却始终没有看到仁珍旺姆娇俏的身影和听到她夜莺般美妙的歌喉。

发生什么事了？他突然有了一种不好的预感，撒开腿，在布达拉宫满世界地寻找仁珍旺姆，可最后却徒劳而归，他的仁珍旺姆不见了！到底发生了什么事？难道第巴又要重复玛吉阿米的悲剧，将仁珍旺姆变成第二面阿姐鼓吗？不，他不能任由第巴那么做，他必须把仁珍旺姆从桑结嘉措的魔掌下解救出来！

他步履匆匆地赶到第巴大殿，桑结嘉措却平静地望着他说："佛爷是来兴师问罪的吧？"

"你把仁珍旺姆弄哪去了？"他瞪着他，一脸的不甘与震怒。

"我没有把她怎样。"桑结嘉措静静盯着他，"是她自己要走的，任谁也拦不住她。"

"你撒谎！"仓央嘉措愤愤地瞪着他，"她在龙王潭过得好好的，怎么可能会不辞而别？是你！一定是你杀了她！是你！"

"不是我。"桑结嘉措瞟着他说，"没人会杀仁珍旺姆，除了您，我尊贵的佛爷。除了您，没有人可以过问她的生死，也没人被赋予这样的权力。"

"什么？你说我杀了仁珍旺姆？"

桑结嘉措点着头："您是雪域高原至高无上的王，除了您，谁也没有权力终结仁珍旺姆的生命。"

"别说得这么好听！你已经处死一个玛吉阿米了，难道会对仁珍旺姆心存仁慈吗？你这么说不觉得自己太虚伪了吗？"

"我说过，我没有杀仁珍旺姆。她只是远离了这里，远离了布达拉宫，远离了拉萨，也远离了您，远离了这里一切一切的是非。"

"远离了拉萨？你这是什么意思？"仓央嘉措不解地盯着他紧张地问。

"她已经跟她的父亲回她的家乡琼结去了。"

"什么？她在龙王潭过得好好的，为什么要回琼结？"

"因为她知道爱上您是她今生今世最大的错误，因为她知道她的爱只会给您带来灾难，给整个西藏带来刀光剑影，所以她在知道利害之后毅然选择了离您而去。"

"不！你撒谎！仁珍旺姆是不会连声招呼都不打就这样悄无声息地离去的，一定是你下令秘密处死了她！一定是！"

"你以为我真的那么嗜血成性吗？"桑结嘉措怔怔盯着他，"告诉你，上次你见到的那面阿姐鼓根本不是用玛吉阿米的皮做成的，直到现在，她还在理塘活得好好的呢。我连玛吉阿米都没有赶尽杀绝，何况是新来乍到的仁珍旺姆？我有理由对一个手无寸铁的女孩子下手吗？"

什么？玛吉阿米还活得好好的？仓央嘉措不敢相信地瞪着他："你说

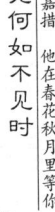

什么？玛吉阿米她没有死？"

桑结嘉措郑重地点点头。

"那，那面阿姐鼓是怎么回事？"

"那是我让铁棒喇嘛从地窖里找出来的。"

"真的不是玛吉阿米？"他眼里闪着莹莹的泪光。

"可她也永远不会再回到您身边来了。"桑结嘉措望着他不无神伤地说，"半年前她已经嫁给了一位理塘少年，听说现在她的腹中已经怀了那个少年的孩子。"

"什么？她嫁人了？"他难以掩饰内心的悲痛。怎么会？他热爱的玛吉阿米怎么会丢下他另嫁他人？难道又是第巴逼她的吗？

"为了偿还父亲在家乡错那欠下的巨额债务，摆在她面前的只有一条路，那就是接受她叔父的安排，化名达娃卓玛来到拉萨的街头沽酒，用她的笑容换取还债的钱财。可造化弄人，偏偏又让你们两个在哲蚌寺和八廓街的街头相遇，从此之后，您不再是您，她不再是她，你们恣意纵情，完全无视他人的感受。可你明不明白，包藏祸心的拉藏汗一直都在暗中窥视着我们？拉藏汗从您进入布达拉宫的那一刻起就对西藏的神权虎视眈眈，一直都想找借口废黜了您这个现世的活佛，而您现在的所作所为不是正好授人以柄吗？"桑结嘉措望着他语重心长地说，"我不能任由您那样继续胡作非为，因为您代表的不仅仅是您一个人，您还代表着整个西藏，整座布达拉宫！所有的喇嘛，所有的藏民，包括我在内，我们的命运都和您的命运牢牢维系在一起，一旦您遭受了拉藏汗恶毒流言的攻讦，那么可想而知，西藏将会陷入万劫不复之中，您和我终将引火自焚，死无全尸！"

"可那和我又有什么关系？和玛吉阿米又有什么关系？我说过，我根本就不想做这个活佛！一天也不想！"

"可您已经做了，这是容不得您来抉择的！是佛祖指引我找到了您——五世达赖的转世，也是西藏万万千千的百姓选择了您！作为高居神坛之上的活佛，您的一言一行从一开始就不只是您一个人的事情！您做任何事之前都得三思而后行，都得设身处地替您的百姓想一想！您是属于西藏的，是布达拉宫的希望，为了子民的幸福和西藏的安定，牺牲您和玛吉阿米的爱情又算得了什么？"

"可你知道我多么爱玛吉阿米，没有她，我的生命便失去了阳光和养分，没有她，我根本做不好这个活佛的！"

"做不好也得装作做得好！"桑结嘉措目光如炬地盯着他，"从现在开始，我尊贵的佛爷，您就把玛吉阿米和仁珍旺姆从您的脑海中彻底抹去吧！狡诈的拉藏汗已经派人去遥远的北方给清朝的康熙皇帝奏了一本，把您在拉萨城那些荒唐的行径添油加醋地说了一遍，并且以此认定您是我为了独霸政权才找来的傀儡假达赖，要求清朝皇帝出面废黜您的达赖之位，到了这个时候难道您还不曾有所醒悟吗？是的，拉藏汗那么做从表面上来看只是为了逼我下台，将西藏的政教大权拱手相让，可您有没有仔细想过，一旦让拉藏汗的阴谋得逞，西藏的百姓将会再次陷入水深火热之中？难道就因为您的一己之爱便要用数以千万的百姓的生命和鲜血来作为代价吗？如果这就是您孜孜寻求的爱情的结果，那您就不觉得这个代价太沉重些了吗？"桑结嘉措叹口气，"忘了她们吧，您是整个西藏的希望，也是我桑结嘉措的希望，您发生任何闪失都会牵一发而动全局，就算为了西藏的民众，为了您远在家乡的阿妈，还有即将为人母的玛吉阿米，为了成全您而离您而去的仁珍旺姆，您都不该再这样任性下去啊！"

仓央嘉措没有回驳桑结嘉措的话。此时此刻，他的心彻底悲凉了。玛吉阿米，那个白蛛一样的女子，谜一般地出现在他面前，又谜一般地消失在他的世界里。难道就因为要替父亲还债，她就可以弃己而去？还有仁珍旺姆，她答应过自己，永远都不会离开他的，可是，她又为什么要不辞而别呢？难道真像第巴说的那样，她们的离去都是为了他好，为了西藏的安宁与和平？

仓央嘉措痴痴地想着，他回想着自己和玛吉阿米相遇、相知、相恋、相爱的每一个细节，想象着她的容貌，她的衣妆，她的一颦一笑，她的一举一动……

她来了，带着所有的阳光和希望。她离开，生命中再没有追求和希望。

他不敢相信，她竟然成了他人的妻子。怎么会？怎么会？他痛不欲生地伸出手指划向长空，在孤寂的天幕下写下了一首肝肠寸断的悼歌：

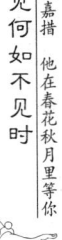

> 腻婥仙人不易寻，前朝遇我忽成群。
> 无端又被芦桑夺，一入侯门似海深。

从此之后，仓央嘉措远离了龙潭湖，整日整夜闭门不出，茶饭不思，很快就病倒在了禅床边。在昏迷的几天几夜中，他不停念着玛吉阿米和仁珍旺姆的名字。

他一直不知道，仁珍旺姆为什么会突然离他而去。

原来，拉萨三大寺的僧人们在知道仓央嘉措深深爱上这个女子后，生怕他因此再次沉沦，落入万劫不复的地步，于是他们邀来仁珍旺姆推心置腹地谈了一次，并且直言不讳地指出她和仓央嘉措相恋将会产生的可怕后果，这场无果的恋爱非但会坐实仓央嘉措被拉藏汗指认为假达赖的口舌，而且还会给他带来杀身之祸。

杀身之祸？她那纯洁得如同雪花的爱情会给仓央嘉措带来无妄之灾吗？仁珍旺姆被吓坏了，她生怕自己的爱会给仓央嘉措带来无尽的灾难，为了他的安全，为了他的名誉，她含着热泪向众喇嘛发誓，今生今世再也不会跟他见面，如违此言，当遭五雷轰顶。

仁珍旺姆毅然选择了离开。就在那天晚上，她坐上了远去的马车，和她的家人一起远远离开了拉萨，一路西行，去向那个第巴为她指定的去处，一个对她来说还是未知世界的日喀则。

在遥远的日喀则，仁珍旺姆忍受着当地生活习惯上的巨大差异和水土不服的折磨，每天都在苦苦思念着远方圣山下的仓央嘉措，但终其一生，她也只是把这份难分难舍的爱默默搁在了心间，没有再向任何人提起。而在遥远的另一端，当仓央嘉措从第巴口中知悉仁珍旺姆已经去了西方的日喀则后，于是在他们曾经把臂共游的龙王潭畔写下了一首情意绵绵的诗章：

> 我与伊人本一家，情缘虽尽莫咨嗟。
> 清明过了春归去，几见狂蜂恋落花。

以纪念他和仁珍旺姆那段夭折了的恋情。

第十六章 不遣生前有别离

情到浓时起致辞，可能长作玉交枝。
除非死后当分散，不遣生前有别离。

猜不透是那片神秘、圣洁的山水，吸引着我走近他，还是那份悲天悯人的情怀，那双浪漫如歌的眼睛，令我对这片土地神往。总之，我知道，是一泓泓清醇的海子，映醉了他的双眸，也是一帘帘甜美的瀑布，饮醉了他的歌喉，更是一曲曲曼妙的身影，甜醉了他的心扉。

他，是如此的与众不同。西藏藏传佛教的历史上，唯有他，引发后人无尽的猜测与遐思。是活佛却不出家受戒；浪迹天涯却又心怀天下；青海湖畔的凄凉谢幕却是虔心弘法、情安福祉的迤逦转身。哪一世的达赖如他这般颠沛流离？但又有哪一世的达赖，能因一句诗而令世人铭记？

"情到浓时起致辞，可能长作玉交枝。除非死后当分散，不遣生前有别离。"

短短四句话，便令我深为这个有南唐后主李煜那样人生际遇的男子着迷。他的玛吉阿米，他的仁珍旺姆，都因他的身不由己、无可奈何而挥剑断情。但，我依然坚信，在他以后广布佛法、普度众生之余，不经意间，仍会悄然记起曾经的青葱岁月和纯真甜美的脸庞。我也情愿相信，他七十余首热情洋溢、浪漫至极却又禅意深植的诗作，是为心中所爱而写。曾经刻骨铭心的过往，而今民间即佛的彻悟，都在他的热情与淡定中积淀，辗转反侧间,已如涅槃的凤凰,是藏传佛教史上最被人珍爱的上师。

燃一支藏香,点一盏心灯,在袅袅上升的轻烟中,我依稀看到:一位俊秀清朗、气宇轩昂的男子,身背行囊,手持经筒,孑然一身跋涉在圣域的山山水水之间,步履孤独却又坚定,脚步沉重而又轻灵。偶然的回眸,已将万里浮云一眼看开,身后纵横的雪山,是他望尽苍生后依然神采澄澈的归宿。

漆黑的夜里,你迷失在一片荒芜的山谷里,孤寂地走在冰冷的岩石上。飞舞的雪花在你身后招展,听不到任何声响,悄无声息。远处钟楼上的钟声却在不经意间"当当"地响了,一声又一声,不知道为何,那声音却是伤感的,一直敲到你的心坎里去了。天还是黑的,可雪却兀自下着,一片一片的白,看似没有任何关联的事物都如潮水般涌向你的心里,你知道,那声音里其实还包裹了想她的声响。钟鸣的跳跃让你暂时忘却了忧伤,可明明知道她和你是没有交集的,但你依然会思考你们是否还会有结局……

漫不经心地,她穿过雪花与你擦肩而过。你甚至来不及仔细看她一眼,她便已失所在。

你在想,如果你是风,她就是那风中低吟的夏蝉;如果你是太阳,她就是那永远在太阳后面等待的月亮,但现在你已经不知道自己究竟是谁了,突然间,一股感动的伤感涌上心头,原来她一直都是站在原地等你的傻瓜。忘了我,忘了吧,我无法让你紧抓住我的手,怎能忍心让你的目光永远深深被我吸引?你知道,你们之间始终横亘着不可违背的命运,注定只是普通的两条平行线,但你却还是想跟她说上一句:我在想你。

这是你,也是天下所有多情的男子最想说的话。

仓央嘉措,在这孤寂的夜里,我在你温柔的诗歌中变得泪眼模糊。

我掉转过身,月亮藏进深深的云海里,却带来了你遥远的回忆。你在雪中一直注视着玛吉阿米远去,直到她消失在让泪水模糊了的视线中。那是你遇见的最美的女子,也是第一个让你心动的女孩。你喜欢她,你爱她,然而却又不能爱,不能喜欢,所以你注定只能把这种喜欢和这种爱深深埋藏。或许,让她遇见一个比自己更好的男人才是她最好的归宿,可你还是放不下,你在期盼,终有一天,你和她会在众人祝福的目光中牵手相伴,然而这只是你的一厢情愿,是一个永远遥不可即的梦。在这黑色的城堡中遇见洁白如雪的她,你有太多的话想要对她说,但当她与你擦肩而过时,你却又完全没了主见,没能将那份浓烈得化不开的感情向她表白。

爱情,是一个千古不变的话题,但爱情给仓央嘉措带来的又是什么?回忆?解脱?伤痕?还是那永不能说出口的爱?他一再劝说自己,逼迫自己忘掉这份没有结局的爱恋,并一直努力着挣扎着,曾几何时,他以为自己已经心静如止水,那份看似不道德的爱已经落尽光华,可一旦让他看到玛吉阿米那双美丽的眼睛,所有的努力都又幻化成了乌有。他把所有的伤和无奈藏在心里,是为了不让别人看见他的哀愁,他劝着自己,爱了,伤了,一次就够了。玛吉阿米是那么纯粹和美丽,也许自己根本就配不上她,所以他唯有远离,他知道只有这样才可以减少伤痛。

她走了,与他擦肩而过,却留下刹那永恒的痛,任他默默咀嚼。在那孤独寒冷的夜里,她窈窕的背影留给他满心的寂寞,他却无力改变些什么。他无助地走在荒凉的黑石径上,为她的忧伤在漆黑的夜里拼命奔跑。那时的他,寂寞而奔放,满心满眼都是对她的万般爱怜。

她转身离去时的忧郁眼神在他心里定格,以至于在后来的后来,每次想到她的目光,他心里总是充满很深的忧伤。他以为他还会看到她,还会见到她孩子般天真的笑,和她深藏在内心的寂寞与孤傲。他真的还可以再见上她一面吗?那个时候,走在她身后,自己的倒影会不会和从前一样满是沧桑和孤独呢?他的心告诉他,她其实是和他一样苦涩的人,所以,每次想到她,他都会心痛,因为,这个世上只有他是懂得她寂寞的人。

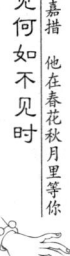

公元1705年,藏历木鸡年。布达拉宫。

仓央嘉措呆立窗前,默然地望着红宫之上,那不可颠覆的释迦牟尼佛祖。

头顶着佛祖伸出的慈祥的手,他尝试着用额头去触碰他的指尖。

可是,他什么也没有得到,这种方式点燃不了他死寂之心的灵魂。

"佛爷，您，终于开悟了吗？"

他转过身，看见第巴桑结嘉措站在大殿之中，双眼激动地凝望着他。

可是他的回答让第巴再次失望："对不起，我还没有。"

他望着他，他看着他，这样的对视，之前他们也曾进行过多次。然而对于情况的改变，收效却甚微。

"第巴，你曾经说过，我会成为至高无上的法王。那么，我可以像小鸟那样展翅高飞吗？"

"只要您彻底脱离尘俗，就会像大鹏那样张开翅膀，翱翔于九天之外。"

"这根本就是彻头彻尾的谎言！喇嘛们知道，藏民们知道，我不过是你手中紧紧捏着的一只小鸟罢了，即使我张开翅膀也不可能有自由飞翔的那一天，纵使飞起来了也会被你扯落，被你拔光脆弱的羽毛。"

桑结嘉措望着他长长地叹了口气："我知道，您说这些都是在跟我怄气。为了玛吉阿米的嫁人，为了仁珍旺姆的离去，甚至是为了洛桑喇嘛受到的严酷惩罚，您一直都在怨我。"

仓央嘉措强忍住眼眶中的泪水，望着第巴苦笑着说："我再问你，你说，人死了以后和燃尽的灯灰到底是相同还是不同呢？"

"灯燃尽了，留下的只是一把把不可留存的无奈。可人即使死了，他也能带走自己生前创造的所有辉煌。"

"辉煌？"

"对，辉煌。就像活佛尽享信徒的景仰，就像这雄浑不可磨灭的布达拉，就像……"

"够了，这一切，在第巴的眼中，也许就是所谓的辉煌。可在我看来，那不过就是一盏酥油灯的些微光芒。藏域的天下不是我的梦，但却是你的！第巴，现在就请你告诉我，这一切的一切都是真的吗？"

桑结嘉措被问得有些惊愕，他调整了一下自己的情绪，然后语重心长地说："经书上说，人只不过是副骸骨，外面披上五颜六色的皮，男女相爱，只是色相罢了，一旦停止了呼吸，肉体腐败，颜色尽头，爱欲也就消失了。佛爷您又何苦沉迷不知回返呢？"

仓央嘉措冷冷地笑着："第巴的佛理解释得很精到，按你的意思来说，这世间一切的辉煌雄壮，也只不过是过眼云烟的幻象，那么我爱上空无一物的空，又何罪之有呢？"

"您怎么就参不破这万象红尘呢？"

"因为红尘无错，仓央嘉措无错。而自始至终错的也只是你！一切的苦恼都是第巴你一手造成的，只有通过我，通过我这个有名无实的达赖，你才能继续染指格鲁派的事务；也只有通过我，你才能和蒙古的拉藏汗争夺独掌西藏的政治权力，所以对于五世达赖的圆寂你可以密不发丧整整十五年，为了达成这个心愿，你不惜亲手炮制了我这个不神不魔的怪胎！可你有没有替我想过，这样的日子到底是不是我想要的？这些年来我过得一点也不快乐，你知道吗？"仓央嘉措指着桑结嘉措的鼻子激愤地咆哮着，"是你！对，是你，你才是西藏最恐怖的魔鬼！甚至比狡诈的拉藏汗更加阴险可恶！可为什么连上天都不来惩罚你，还让你一直安居在佛堂之上呢？"

还没等仓央嘉措把心中所有的不满发泄出来，他的脸上早已挨了第巴狠狠一记耳光。

"你？你打我？"

"是的，我是打了你！"桑结嘉措恨铁不成钢地瞪着他，"知道我为什么打你吗？因为你已经中邪了！你走火入魔了，知不知道？"

"对！你当然可以打我！"仓央嘉措捂着被打痛的腮愤然地说，"现在你终于露出马脚了吧？他们说得没错，在你眼里，我只不过是你实现政治野心的傀儡罢了，平时你对我的恭敬谦逊都只不过是装出来的，其实你早就想打我了对不对？"

"对，我是早就想打你了。"桑结嘉措用略带忧郁的目光紧紧逼视着他，"你是五世达赖喇嘛的后世，你是神，是神圣不可侵犯的活佛！可你为什么总是这么不上进？你知不知道，你的前世达赖喇嘛并不是你如今这个样子的！"

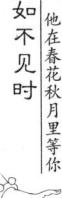

"五世达赖的后世?"仓央嘉措轻蔑地盯着他,"我根本不是五世达赖的后世!不是!"

"你……你……你难道真的甘愿让这座云中圣城,因为你或者我同样不可饶恕的过失而轰然倾塌吗?"桑结嘉措痛苦地背过身去不再看他。

仓央嘉措痛彻心扉地瞪着桑结嘉措,却猛然发现,那在外人面前不可一世的第巴突然在他眼前变得年迈起来,布满褶皱的脸上,再也没有他第一次见到时显现出的踌躇满志和春风得意。晚风吹拂着桑结嘉措黑色的法袍,却也不似往昔盛气凌人,他看上去有些佝偻的背影给整座大殿平添了几抹苍凉。

"事实上,我是五世达赖喇嘛罗桑嘉措亲生的儿子。"这样惊天的秘密,正被第巴缓缓地道来,"所以我才这样无法容忍同样作为佛祖的你再犯我父亲曾经犯下的荒诞的错误!我只是希望,在我的辅助下,你能名副其实地端坐在这黄教领袖的高位之上。只有这样,在佛祖的面前,才能赎我的原罪,赎我父亲的罪,可是你……你实在是太让我失望了!"

听第巴说话时,仓央嘉措的目光始终盯着布达拉宫的穹顶。那顶端的包银在昏暗的宫殿里闪着狡黠的光。在这个收罗着全西藏珍宝的天上宫阙,人真的是渺小卑微得可怕。那么,究竟是人在玩弄着"神"的招牌,还是"魔鬼"的意志在主导着人的行为呢?

他真的不知道。他只知道,在那经鼓香雾之中,他和第巴都不可能听得见诵经中的箴言,就算所有的转经筒都被转动,也超脱不了他和他的罪孽。

眼角有泪珠不住落下,他却痴狂地笑了起来。他终于穿过第巴关注的目光大摇大摆地步出了大殿。他要到龙王潭边去了,他要在那里静静思念他的玛吉阿米,还有他的仁珍旺姆。

夜深了,桑结嘉措站在卧室的窗下,仔细看着一幅地图默默出神。那是一副华夏地图,他久久凝视着地图,终于用红笔在上面画了一个圈,圈子的中心,便是他心中神圣不可侵犯的西藏。在圈子外,有清圣祖康熙皇帝,有蒙古的拉藏汗,有蒙古准噶尔部的策妄阿拉布坦汗,还有西藏格鲁派的贵族们。

这些人，无时无刻不在虎视眈眈地盯着西藏的土地！

康熙皇帝三次亲征蒙古准噶尔部，逼迫其首领噶尔丹自杀，至此，这个心腹大患终于被铲除了。蒙古、新疆平定之后，康熙的目光又转向了更为遥远的西藏。西藏那边，康熙始终不满意第巴桑结嘉措一人坐大。这个人不仅隐瞒五世达赖的死讯长达十五年之久，而且还是他最痛恨的噶尔丹的师弟，所以，康熙皇帝一直紧紧盯着桑结嘉措，只要他犯了错误，便要立刻将其拿下。

拉藏汗继承王位后，一心想称霸西藏。他三番两次呼吁蒙古贵族联合起来共同抵制仓央嘉措，到处宣扬仓央嘉措是冒充的达赖。现在，他把主要目标放在了仓央嘉措的保护神桑结嘉措身上。他知道，现在的仓央嘉措还不成气候，只要扳倒了桑结嘉措，那么整个西藏便会被他稳稳地收罗于旗下了。

策妄阿拉布坦是噶尔丹的亲侄子。当年他父亲僧格是蒙古的首领，可是父亲死后，叔父噶尔丹以勤王的名义夺走了大权。现在，噶尔丹终于死了，他也终于熬成了蒙古的王。噶尔丹的师弟桑结嘉措，自然也就成了他的眼中钉肉中刺，而且他深谙政治之术，明白扳倒桑结嘉措还有一个大大的好处，那就是可以控制住西藏，所以他也不停地给康熙皇帝上奏，大说桑结嘉措的种种坏话。

格鲁派的贵族们，则认为仓央嘉措放荡不羁、耽于酒色，是桑结嘉措管教不严的结果。而且桑结嘉措长久霸占西藏大权不交给仓央嘉措，是想"挟天子以令诸侯"，意欲篡谋大权。

桑结嘉措的敌人有清朝的康熙皇帝，有蒙古的拉藏汗，有蒙古的策妄阿拉布坦，还有西藏格鲁派的贵族。他的盟友却只有一个，就是那个"耽于酒色"的六世达赖仓央嘉措。只是这唯一的盟友，却也不能理解他的那份良苦用心。

桑结嘉措举头遥望着远方，此时正值清晨，太阳刚刚从东方升起，他眺望着远方的喜马拉雅山脉，默然不语。在他心中，已经开始酝酿一个绝密计划，一旦这个计划得以成功实施，以后的以后，仓央嘉措和他便可以

高枕无忧，五世达赖的遗命也可以顺利完成了。但这计划万一失败，那从前付出的所有辛劳与坚持都会前功尽弃，连同两人的性命也会搭上。这一局，他究竟是赌还是不赌呢？

桑结嘉措孤独地望着窗外，天空上一朵孤独的白云，正在布达拉宫上空悠悠飘荡。仓央嘉措仍然率性而为地做着他的情僧，他本想把这计划原原本本地告诉这位活佛，却又觉得此时的他还是太小，还不能理解自己的行为，想来想去，最终还是决定瞒着他独自行动。只要仓央嘉措并不知情，就算万一发生不幸，事情败露了，拉藏汗也不会对没有参与其中的仓央嘉措下手；只要仓央嘉措还活着，他就可以作为五世达赖的转世，作为西藏的宗教领袖，继续在布达拉宫做他的活佛，完成阿旺罗桑嘉措毕生未竟的事业。

仓央嘉措。他轻轻念着那位年轻活佛的名字。看来我只能最后再送你一程了！桑结嘉措目光迷离地望着窗外，深深吁了口气，以后的路，你只能自己去走去闯了。

他从书柜最里端的暗格中小心翼翼地取出一个小瓶子，瓶子里装着一些暗绿色的结晶，这便是剧毒无比的孔雀胆。只要在拉藏汗的饭菜中稍微放上那么一点，并确保拉藏汗食用了这些饭菜，那么在第二天日出之前，西藏最大的危机便可以顺利解除了。

他默默打量着这只小瓶子，心里涌起一股巨大的快意。无论如何他都要试一试，如果再让拉藏汗没完没了地中伤仓央嘉措，远在北方的康熙皇帝势必迟早要对拉萨动手的。既然康熙皇帝和拉藏汗都对西藏虎视眈眈，都想从他和仓央嘉措手里夺取西藏最高统治权，那还不如一不做二不休，彻底解决掉拉藏汗这颗不定时炸弹，永绝后患。

桑结嘉措召来了平日里最为信任的一位亲信喇嘛，吩咐他去找负责拉藏汗饮食的僧人，一定要将瓶里的毒药放进拉藏汗的饮食之中。他又小声地嘱咐了几句，亲信喇嘛便小心地拿着药瓶退下了。

这一夜，桑结嘉措整宿都没有合眼，他在床上翻来覆去，心绪久久不能恢复平静。万一失败了怎么办？他们会不会对手无寸铁的仓央嘉措下手？不，尽管拉藏汗一再指摘仓央嘉措是他找来的傀儡达赖，但拉萨三大寺的喇嘛以及日喀则的班禅大师却没有产生过这样的想法，在他们心里，仓央

第十六章 不遣生前有别离

嘉措依然是他们最敬仰的六世达赖活佛，纵使他兵败如山倒，落入拉藏汗手里，只要那帮喇嘛们还在，就没有人敢轻易对仓央嘉措下手的。

他披衣下床，驻足月下，仔细回忆着五世达赖在世时对他的每一句教诲，以及他和六世达赖仓央嘉措这些年相处的每一个细节。或许明天天一亮，历史就将对他做出最后的审判。结果如何，他不得而知，但他敏锐地感觉到事情并没自己一开始想象的那么容易，他总觉得心里仿若堵了块巨大的石头，压得他透不过气来。他知道，这不是一个好的兆头。仓央嘉措啊仓央嘉措，尽管这个大孩子一直跟自己过不去，跟自己对立，但自己最放心不下的终究还是他啊！桑结嘉措所做的这一切不都是为了仓央嘉措能拥有一个更加稳定牢固的未来吗？可他为什么就偏偏不能理解桑结嘉措的所作所为呢？桑结嘉措并不是一个贪权的人，要是那样，早在五世达赖三番五次请他出山之际，他压根就不会接连拒绝。他只想过一个普通人的生活，像所有的同龄人那样和自己心爱的女子过着幸福美好的生活，什么也不想，什么也不做，只和她尽情放纵于山水间就好了。可历史偏偏选择了他，让他成了西藏的第巴，为了完成五世达赖的遗愿，他放弃了自己毕生最大的眷恋，任那个女子成为拉藏王府冷艳而高不可攀的蒙古王妃，任她一再对他误会，甚至将他恨之入骨。

他不是不爱，而是不能爱。他在五世达赖即将咽下最后一口气的时候发下重誓，一天不将蒙古可汗驱逐回他们的老家，就一天不会考虑个人的终身大事。他用时间兑现了他的誓言，却让那个等了他很多很多年的女子带着无望的泪珠，伤心欲绝地投入拉藏汗的怀抱。她在披上嫁衣被众人扶上拉藏汗前来迎亲的马车之际，于草色青青的原野上发下重誓，今生今世，哪怕粉身碎骨，她也要他为他的决绝与冷漠付出天下最为惨痛的代价。

月色如玉。桑结嘉措在布达拉宫昏暗的灯光下，翻看那些陈年的手稿，彻夜不眠。那是很多很多年前他写给她的信，但却一封也没有寄出去过。因为她的存在，所以他始终都是布达拉宫最理解仓央嘉措的那个人。哪个少年不钟情？哪个少女不怀春？这是人之常情，更是不可违背的天理，可作为一个政治家，作为一个活佛，更多时候，他们的所作所为都必须有违常情，有违自然。那便是他们换得众人顶礼膜拜的代价。

他不知道，此时此刻，他终身挚爱的女子才旺甲茂是否也在清泠泠的月光下思念着他。不，她对他只有恨，无尽无涯的恨。他忆起她转身离去

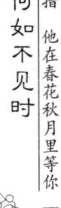

的那个刹那，眼里带着决绝的伤，惨烈的痛。她说，这辈子她一定会让他懂得什么叫作后悔。是的，他后悔了。他后悔不该负了花一样的女子，不该负了对他用情至深的女子，是他伤了她，伤得她体无完肤，伤得她肝肠寸断，所以不管她将来用怎样的方法对付他，他都会顺理成章地接受，哪怕一句怨言也不会留下。

拉藏汗是爱她的，可她从来就没有真正爱上拉藏汗。从她披上嫁衣的那一刻起，他就知道，她是把拉藏汗当成了报复他的无情的工具，所以当拉藏汗当众指斥仓央嘉措不是真正的活佛，而只是他找来的傀儡之际，他一句反驳的话也没有说。他知道，拉藏汗之所以会用这种卑鄙的方式来攻讦他，那都是聪敏过人的她在背后替其出谋划策，或许从某种意义上来说，更想推翻他的人不是来自蒙古的拉藏汗，而是那个被他深深伤过的女子。

他仿佛看到她那双忧郁的眼，那忧郁的眼逐渐模糊了他蒙眬的眼。浑浊的泪水掉了羊皮纸信上，他知道，这一次，他和她是注定要成为永远的冤家了。才旺甲茂，他轻轻唤着她的乳名，即使是死在你的手里，我也不会有任何怨言。既然暴风雨就要降临，那就让它来得更猛烈些吧！

他轻轻合上信笺，将它们重新放回那只香檀木制成的小匣子里，歪着头倒在窗边睡着了。这一夜，他做了一个美美的梦，他梦到他的才旺甲茂回到他的身边，并和他生了一大堆孩子。他的嘴角挂着甜甜的笑容。

翌日清晨，桑结嘉措刚刚醒来，一个喇嘛便从外边惊慌失措地跑了进来，一边跑一边惊声呼叫道："不好了，第巴！拉藏汗在外面纠结了大量士兵，说是要来找谋害他的人报仇！"

桑结嘉措微微一笑，这个结果他早就预料到了，既然天不助他，他也唯有拼死一战了。即便死，他也要完成五世达赖的遗命！

他振臂一挥，令僧人敲响大钟，召集起各路僧兵，架起大旗，直向拉藏汗驻所的方向驶去。

在两军对垒之时，各大寺院的堪布都赶了过来，企图用他们的智慧与三寸不烂之舌阻止一场浩劫，一场血拼。最终，在众堪布的调解下，他们达成了一致协议。协议的主要内容是：第巴桑结嘉措辞去其职务，并由政府出面将贡嘎宗拨给他作为食邑；拉藏汗保留"地方政府蒙古王"的称号，但要立即离开西藏，返回青海。

这个决定对拉藏汗来说是绝对不能容忍的，但他却假装同意议定的内容，纠结起他的人马从拉萨出发，却又在那曲秘密集结了藏北各地的蒙古军队折返拉萨，率领两路兵马与第巴桑结嘉措决战于拉萨城内。

战斗整整进行了一个月。藏军兵败如山倒。月末，桑结嘉措兵败被俘。俘虏他的正是他心爱的女人才旺甲茂王妃。

他被才旺甲茂抓到堆龙德庆，被秘密关押了起来。关押期间，各大寺院的堪布以及仓央嘉措都纷纷替他向拉藏汗求情，却均遭到断然拒绝。

桑结嘉措从肮脏的地牢往上看去，窗口那一方小小的天空，居然有一朵小小的白云，此刻的它是否会带着他未夙的心愿，飘荡到布达拉宫的上空给仓央嘉措捎个信呢？

才旺甲茂来地牢看过他，带着王妃的冷傲与高贵。她冷冷地盯着他一言不发，她在等他开口求她。他盘腿席地而坐，高昂着不屈的头颅，目光里满是坚韧，满是不屑。

"桑结嘉措！"她再也克制不住内心压抑多年的情感，忍不住泪光盈盈，"现在你已经是阶下囚了，怎么还像从前那样对我熟视无睹呢？"

桑结嘉措轻轻吁口气，正色盯着她，却什么话也没说。

"为什么？你为什么不说话？"她柳眉倒竖，虽然已经年过四旬，但仍旧掩饰不住她的国色天香。

"一个阶下囚，在面对盛气凌人的王妃之际，他还能有什么话可以对她说的？"

"你终于开口说话了。"才旺甲茂伤心欲绝地盯着他，"为什么？为什么你至死都不肯对我说一句软话？只要你肯对我说句软话，我立马就可以放你出去，虽然不能保证你还能成为万人景仰的第巴，但你这条性命总算是可以保住的。"

"求？"桑结嘉措冷笑着，"阶下之囚，何求之有？"

"你……难道这些年，你一直都不曾为你的所作所为后悔过吗？"

"没有。"他毅然决然地回答她，"我所做的一切都是为了完成五世达赖未竟的功业，为了让数以万计的西藏子民过上安定和平的生活。为了这个伟大的理想奋斗并努力着，我终身无憾，无怨无悔。"

"好！回答得好！回答得太好了！"才旺甲茂的心伤到了极点，为了这段让她备受折磨的爱恋，她早已欲哭无泪了，"终身无憾？无怨无悔？桑结嘉措，你是无怨无悔了，可我呢？你蹉跎了我大好的青春，欺骗了我最坚贞的感情，你让我终生都活在无尽的痛苦之中，可你却说你终身无憾，难道就没觉得你是这世间最虚伪的伪君子吗？"

"是的，对你来说我就是世间最虚伪的伪君子。我承认我深深地伤害了你，可我并不后悔。是的，我不后悔。"

"你……"才旺甲茂杏目圆睁，"难道你真的不想活命了吗？"

"要杀要剐，悉听尊便。"桑结嘉措平静地注视着才旺甲茂，任心内起伏的波澜被那张冷漠的表情掩盖、伪饰，"我只求你，求尊贵的王妃，网开一面，不要让这桩事牵连到更多的人，更不要牵连到无辜的活佛。他还是个孩子，他什么都不懂，什么都不知道，要不是我把他从山南的达旺接来，他也不会卷进这些复杂的政治漩涡之中。要是他现在还在达旺，应该早就成了一个热情、率直、浪漫的情歌王子了吧？"

"什么？你死到临头了还想替那个风流的法王求情？我看你们根本就是一丘之貉！除了欺骗无知女子的感情，你们还会些什么？桑结嘉措，像你们这样无情无义的男人就应该受到这世间最严厉的惩罚！就算被千刀万剐都不能抵偿你们在女人身上犯下的罪孽！"

才旺甲茂带着最后的遗憾离开了地牢。

第二天，也就是七月十五日，西藏的第巴桑结嘉措在朗孜村被斩首，时年 52 岁。

一连串的拼杀之后，这片佛祖眷顾的大地也进入了一年四季中最寒冷的时候。

作为失败的附属品，六世达赖喇嘛仓央嘉措自然逃不脱被株连的命运。

然而，这一切于他已是无足轻重。玛吉阿米离开了他，仁珍旺姆离开了他，洛桑喇嘛离开了他，现在第巴最终也倒下了。那么，于天地间独悬的他，是不是也该看到人生的尽头了？

从玛布日山顶上圣心所化的光辉照耀四方，他将重归原我，到藏地的北方再北方去将情歌吟唱，这大概就是他既定的归宿吧？

果然不出所料。取得胜利的和硕特蒙古拉藏汗很快便召集拉萨各大寺庙对仓央嘉措进行宗教审判，指斥仓央嘉措"不守清规""非真达赖"，要求将其废黜。仓央嘉措对爱情的浅吟低唱成了他们罗织罪名的最好证据。但在拉藏汗的刀尖下，却没有一个喇嘛认为仓央嘉措是假达赖，而仅仅是认为他"迷失菩提"而已。

但"迷失菩提"怎奈何得了大权在握的拉藏汗？拉藏汗立即向远在北方的大清康熙皇帝递交了奏书，指斥仓央嘉措在拉萨的一切荒唐行为与达赖身份应有的举止有着天壤之别，并以其优美的爱情诗为罪证，奏请将其"废黜"。

24岁的时候，他终于被废黜了。康熙皇帝遣使赶赴拉萨，要求将仓央嘉措"执献京师"。

仓央嘉措涉过山山水水，出现在古老的朗孜村口，对着那仓促间新垒起的坟堆，任悲痛浇灌着他遍体的忧伤。父亲一样慈祥威严的桑结嘉措，就是在这里被拉藏汗推上了行刑台，直到这时，他才明白桑结嘉措对他的良苦用心，可这未免来得太晚了些，任其再怎么痛哭涕零也换不回第巴凌厉中却透着关爱的眼神。别了，第巴，别了，父亲一样的桑结嘉措。仓央嘉措痛心疾首地扑倒在了那隆起的土丘之前。

这一年，第巴桑结嘉措永久地弃他而去，一如早已嫁人的玛吉拉米，一如远走日喀则的仁珍旺姆，一如在家乡孤独终老的母亲次旺拉姆，现在，他身边一个亲人也没有了。仓央嘉措感慨着命运，想着从前和玛吉阿米手拉着手在森林里的瀑布下嬉戏的场景，愁绪如同丁香般郁结在胸中，久久不能释怀。

就在仓央嘉措为桑结嘉措的英年早逝悲哀，为自己的身世凄零惆怅之

际，拉藏汗却把迫害的矛头义无反顾地指向了他。很快，拉藏汗把格鲁派的僧人召集在一起开了一个秘密会议。在这次会议上，他郑重提出，终日沉湎于酒色、不守清规的活佛仓央嘉措分明就是已经死了的桑结嘉措找来的假达赖，他恳请众僧人联合起来向康熙皇帝禀报这一事实，并请将其废除，重新再立一个真正的达赖喇嘛。

拉藏汗的提议立即引起格鲁派僧人的反驳，他们认为，仓央嘉措虽然有做得不对的地方，但他也只是暂时"迷失菩提"而已，任何人都不能凭此就贸然断定他达赖喇嘛的身份是假的。

面对格鲁派僧人的公然反驳，拉藏汗不耐烦了，他匆匆赶走这些僧人，连忙派手下赶赴京城，具告桑结嘉措生前勾结准噶尔人准备反叛朝廷，而他在布达拉宫拥立的仓央嘉措更不是第五世达赖喇嘛真正的转世灵童，指出他耽于酒色、不守清规，是假达赖，请予废黜。

这几条控诉仓央嘉措的罪名完全是污蔑之词，自然不会得到广大僧人的认可。即便仓央嘉措耽于酒色、不守清规，那也只是违反了黄教的教规，与"假"达赖并没有任何关联。有谁规定，不遵守教规，就是假达赖了呢？

但是，这个荒谬的罪名很快得到了康熙皇帝的认定。康熙皇帝立即派侍郎赫寿等人赴藏，命其将仓央嘉措从布达拉宫的达赖职位上废黜，"执献京师"，并且敕封拉藏汗为"翊法恭顺汗"，赐金印一颗。

康熙皇帝当然不会是傻子，他明知道拉藏汗是诬告，仓央嘉措也不是什么假达赖，但他为什么会立即同意拉藏汗的观点，要将仓央措立即废黜呢？

原因只有一个，那就是康熙皇帝是一个拥有雄才伟略的大政治家，而不是一个圣人。在他眼里，国家的繁荣安定，要远远超过一个喇嘛的真假。在国家利益面前，有些人的生命更是轻如鸿毛的，经过再三的权衡，他终于决定牺牲掉仓央嘉措，哪怕他是前无古人、后无来者的大才子、大喇嘛。

这就是政治！

这时候，一向镇定自若的康熙大帝也有了顾虑，他不怕打仗，杀鳌拜、平三藩、打台湾，哪次他也没怕过！但是，他怕现在打仗，特别是现在的两线作战。

一线是准噶尔的策妄阿拉布坦，虽然康熙三次亲征准噶尔，将其打得溃不成军，但是，准噶尔的大本营可是在伊犁，这些小痛小痒，至多是伤其筋骨，根本没有触及他的要害。要是准噶尔部造反，那可是一股不可小觑的力量。

另外一线就是西藏的拉藏汗。要是康熙真不给他面子，惹急了他，拉藏汗肯定会起兵造反。一个拉藏汗康熙还不怕，关键他怕清廷大军一旦调入西藏，准噶尔部会趁机从西宁方向出兵。万一拉藏汗和准噶尔部联手反抗朝廷，那他岂不是腹背受敌？

当然还有一种可能，准噶尔和西藏派不是联手出兵，而是准噶尔吞并了西藏。但这也不是康熙皇帝所乐于见到的，一旦准噶尔部吞并了西藏，届时藏蒙两股兵力就会汇成一股，从北可以由昌都一路攻打进陕甘，从南可以由打箭炉出兵攻打四川，打不过还可以退守高原，进可攻，退可守，若真是这样的话，那他手中的大清国，危如累卵矣！

况且，1706年，黄河发生百年不遇的洪涝，临河各省纷纷告急，人民流离失所、遍地白骨，而当时国库存银仅有50万两，赈灾的钱还不知道出在哪里。这仗，康熙皇帝是无论如何也打不起啊！

不打的话，怎么办呢？

准噶尔的策妄阿拉布坦正在谋图吞并西藏，万一他把西藏一口吞下，那么准噶尔的势力必会大增，到时自己卧榻边又会增加一个潜在的敌人。康熙皇帝明白，此时此刻最重要的便是要防止准噶尔与西藏结盟，否则将来清政府再次远征准噶尔之际，他们必定退守西藏，那这两股势力合在一起就再也难以收拾了。

所以，面对咄咄逼人的拉藏汗，康熙皇帝只能选择妥协。

而西藏那边主要也是两股势力，一方是地方本土贵族势力，另一方是和硕特蒙古的"西藏派"。这两股势力，最有可能和准噶尔结盟的就是本土贵族势力第巴桑结嘉措。所以，康熙皇帝一定要打击桑结嘉措，顺便打压桑结嘉措一手扶持起来的达赖仓央嘉措。在桑结嘉措与拉藏汗开战后，康熙始终都是站在拉藏汗一边支持他的，而且还赐他一个"翊法恭顺汗"的封号。

这，便是六世达赖仓央嘉措死亡的真正原因。

什么所谓的"不守清规""是假达赖"，放在康熙皇帝那儿，他才不管呢。他管的只是西藏的稳定与否，真达赖假达赖和他没有任何关系，他要的只是天下。

政治的角逐，牺牲在所难免。处于各方势力围堵之下的六世达赖喇嘛仓央嘉措就这样于仓促之间被康熙皇帝下令给废黜了。仓央嘉措被赶出了布达拉宫，身边甚至连一个陪侍喇嘛都没有，许多许多年以后，信徒们磕着长头从青藏高原的各个角落蜂拥至布达拉宫时，蓦然回首，却发现那里虽然供奉着各世达赖活佛的灵塔，却唯独缺了那个叫作仓央嘉措的第六世达赖。

仓央嘉措于西藏风雨飘摇之际被赶下了活佛的宝座，随后，拉藏汗迫不及待地将生于公元 1686 年，即藏历火虎年的白噶尔增巴·益西嘉措扶上了活佛的宝座，指认他才是真正的第六世达赖喇嘛，并将其迎至布达拉宫坐床。白噶尔增巴·益西嘉措坐床以后，拉藏汗便上奏康熙皇帝，请求承认他是达赖喇嘛，并赐金印。皇帝依奏，赐金印一颗，印文为："敕赐第六世达赖喇嘛之印"，以示明鉴。

虽然仓央嘉措被逐出了布达拉宫，益西嘉措迅速顶替了他的位置，成为了新一任六世达赖喇嘛，但藏民们并不承认这个被拉藏汗扶立的达赖活佛，民间甚至传出益西嘉措是拉藏汗私生子的言论。在老百姓心里，他们真正认定的达赖喇嘛只有一个，那就是风流倜傥又才华横溢的仓央嘉措。面对假达赖活佛，他们还特意做了一首诗来讽刺他："仅仅穿上红黄袈裟，假若就成喇嘛，那湖上金黄色野鸭，岂不也能超度众生？"

因为不服拉藏汗扶持的假达赖益西嘉措，激愤的藏民们纷纷起来闹事。为了稳定西藏混乱的局面，康熙皇帝于公元 1713 年，即藏历第十二绕迥水蛇年，册封五世班禅罗桑益西为"班禅额尔德尼"，并赐金册、金印，令他协助拉藏汗管理西藏地方事务。从此，历代班禅的"额尔德尼"名号便被确定下来。

第五卷

神王诗人：此情无关风与月

莫怪活佛仓央嘉措，风流浪荡；
他想要的，和凡人没什么两样。

想把我唱给你听吗，在那风轻云淡的水湄？想把我流淌成一首小诗，醉在你曾经失意的目光里吗？你走过的路，永远不是我遇见的精彩，而我写过的字，也从不曾是你想要尾随的梦。你的青春里，有我些许的记忆，而我盛开的微笑里，却没有你悲天悯人的清欢。所以，我只能在寂静的风中，把亘古的悠远的心事唱给你听，不期许你的拥抱与喝彩，只盼你赠予我一串念珠的慈悲，好让我把这世间所有的落寞与戾气，都炼成风花雪月背后的理解与宽恕。

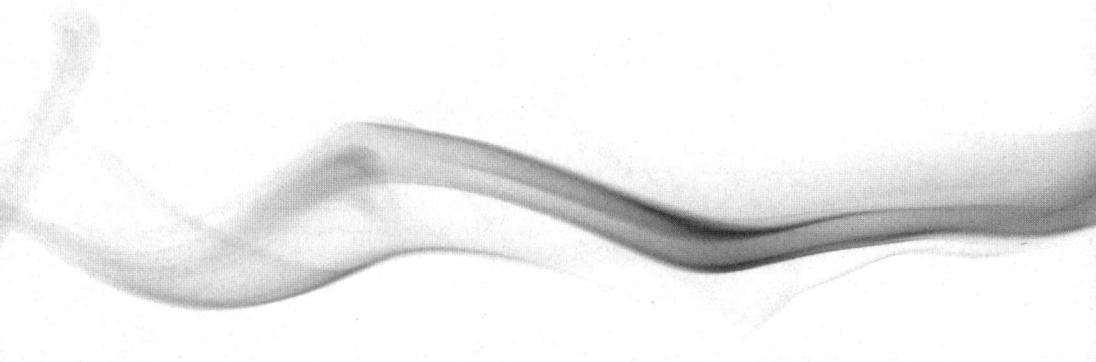

第十七章 云霄一羽雪皑皑

跨鹤高飞意壮哉，云霄一羽雪皑皑。
此行莫恨天涯远，咫尺理塘归去来。

前生与佛结下了良缘，今世当以佛的形式普度众生。只是他本身就是荷田里的荷一枝，亭亭玉立，喜欢阳光的普照和雨水的温润。

遥望风与马，目光如虎；祈福，闭目凝思或者摇动经筒，只为一个女子的到来。向青海湖投下石子，荡漾的波纹都是她的温度。坚忍千年的轮回，为的只是途中一次相遇；触摸大地的足迹，却都是她走过的温暖。

听不懂梵音中的箴言，却参悟了情人的呼吸。朝见佛塔，不求佛家源远流长，但愿情人永生平安。在布达拉宫里受万人敬仰，享受荣华富贵、冠冕堂皇，又有多少人可以体会到流浪在拉萨街头时，成为一个女人的情人的幸福呢？仓央嘉措，这个传奇的雪域之王，孤独的情种，沐浴在佛学的博大精深中，却终身为情所困，直到生命的尽头。

瓦蓝而澄净的天幕低擦过他的头顶，似乎轻轻跃起就能拽住那朵飘浮的云彩。太阳在天的尽头微微散着温暖的光，空气里也弥漫着泥土的芬芳。

在这样美好的一天里，他告别了布达拉宫，据说要被天可汗的兵卒，押解到他的天朝王土。

天，还是高纯度的蓝；云，也似近距离的烟。赴京的队伍，已行至圣山之前。

念青唐古拉山永远地矗立，高远而神秘。

他停住了脚步，感动地念起了"真宝言"。双手合十，高举过头，行一步；双手继续合十，移至面前，再行一步；双手合十移至胸前，迈开第三步，双手自胸前移开，与地面平行前伸，掌心朝下，膝盖着地，继而是全身。

他就这样以信徒的方式向着圣山膜拜了下去。

当他额头轻叩藏疆的土地时，已是泪流满面。

公元1706年5月17日，24岁的仓央嘉措被押解北上。此时的仓央嘉措早已看破生死，自己最心爱的玛吉拉米已经离开了，父亲一样的桑结嘉措也已经离去了，现在，也是他离开的时候了。面对前来捉拿他的官兵，他也只是微微一笑，便随同钦差一起上路。

这时，路上却有数千藏民长跪于地，他们纷纷请愿，要在参尼林卡给仓央嘉措送行。不然，他们就要跪死于此，就让押解的车马从他们身上碾过去吧！

"仁波切！""仁波切！"藏民疯狂地呼喊着，千万条洁白的哈达铺在他的身边，瞬间便铺成了一座洁白的哈达山。

对于爱情的追求，并没有降低仓央嘉措在藏民心目中的神圣地位，相反，它使这位年轻的达赖更富有魅力。从某种意义上说，爱情也是一种宗教，它并非世俗生活的附庸，而有着自己的哲学，自己的逻辑体系。古老的爱情，可以和任何一种宗教对话，因为它同样需要圣洁的内心和狂热的情感作为支撑，需要苦苦的修行甚至勇敢的牺牲，它是一个人人向往却永难抵达的彼岸，它像宗教一样宁静而忧伤。它和佛教并不对立，因为大慈大悲的佛祖能够体谅众生的痛楚和忧伤，也鼓励他们获得尘世间的幸福。所以，千千万万藏民从仓央嘉措诵出的梵音里，体悟到他发自身体内部的诚实。它们不再是晦涩难懂的经义，也不再是抽象虚无的道德价值，而是带着生命的温度，是所有激情歌唱里的最高音，是一个没有奇迹的王国创造出的心灵奇迹。

情感丰富的达赖喇嘛，他在瞬间沟通了所有人的情感体验，他为人们指明了生命的方向，人们从高原雪山的各个角落汇聚到他的身边。

仓央嘉措望着他们，心中有些说不出的感动，便是自己"迷失菩提""游戏三昧""是假达赖""已予废黜"，这些纯朴而善良的藏人此时还是没有忘记他，依然在最后的时刻牵挂着他，惦记着他。

仓央嘉措记得，依稀是在十年前，在他被从错那迎往拉萨的那年，15岁的他第一次被第巴桑结嘉措推到布达拉宫高高的台顶上的时候，下面的藏民也像今天这般欢呼呐喊着。可现在，他心里裹挟的不是懵懂，不是矜持，而是无限的落寞与沧桑。他闭上眼，任眼泪从眼角溢出，再睁开眼，眼眶里只是一片晶莹。他没说什么，只是举起了酒杯，满饮了三杯青稞酒，最后说了声"扎西德勒"，扔下酒杯便要离去。

参尼林卡的边上便是哲蚌寺，仓央嘉措在这座古老而庄严的寺院中苦苦参研了三年的佛经。无论他对玛吉阿米的思念浓烈得多么化不开，无论他走到哪里，这里的每一尊佛像，每一块砖瓦，每一位谆谆教导过他的经师，都无时无刻地镌在他的记忆中。然而，如今寺院安在，但他却要永远地弃它而去了。

经过哲蚌寺的时候，仓央嘉措双目微闭，双手合十，恭恭敬敬地对着寺院叩了三个响头，以感谢这座寺院曾经给予自己的不尽教诲以及无限的包容。

别了，我的上师，请原谅您那不肖的弟子仓央嘉措吧！如果有来生，我还愿意在这里修行，为玛吉阿米，为桑结嘉措，为阿爸，为阿妈，也为处于水深火热之中的千千万万个西藏的子民。一个长头，仓央嘉措缓缓站起，他的目光忧郁而坚定，现在，是离开的时候了。

这时，哲蚌寺的大门突然打开了，从里面走出一群宝相庄严的喇嘛，他们拦住了仓央嘉措一行人的去路。僧人们正在流泪祈祷，突然，仿佛一小团火焰在暗夜中划响，人们开始不顾一切地从蒙古军队中抢夺仓央嘉措，要将他请进哲蚌寺。无数僧众在他身边组成一个肉体的城堡，保护着他们的达赖喇嘛。

押解仓央嘉措的将军看到此情此景，不禁瞪着众喇嘛大声喝道："你们想干什么,眼里还有没有王法?我等奉皇命押解仓央嘉措赴京,还不快快退下?"

为首的喇嘛目光平静地盯着将军说:"仓央嘉措是我们哲蚌寺供养的活佛,是转世的六世达赖喇嘛,也是西藏神圣不可侵犯的活佛,请问诸位将军,你们要将他带到哪里?"

将军斥责道:"仓央嘉措早就不是什么活佛了!他只不过是罪臣桑结嘉措从达旺乌坚林找来的傀儡,是假达赖!"

"假达赖?谁说六世达赖喇嘛是假达赖了?"为首的喇嘛语调平和地反问将军,"你们有什么凭证?仓央嘉措是通过神灵的指示才被从山南的门隅迎请到布达拉宫坐床的,全藏无人不知,无人不晓,你们凭什么说他是冒充的活佛?"

"凭什么?"将军愤愤地瞪着喇嘛,"押解假活佛仓央嘉措赴京,这可是大清康熙皇帝的命令,皇上说他是假他便是假,莫非,你们想造反不成?!"

不甘示弱的喇嘛威而不怒地盯着将军朗声说:"哲蚌寺建寺三百年,历为二世喇嘛、三世喇嘛、四世喇嘛、五世喇嘛、六世喇嘛的驻锡之地。寺本无佛缘,佛缘至达赖始。有道是佛在,寺在,佛去,寺毁!今番佛缘至此,哲蚌寺十万僧人在此起誓,愿六世达赖喇嘛与仓央嘉措共存亡!"

谁都没想到的是,喇嘛的话音刚落,上天便降下了祥瑞,多杰奥丹葛布护法特地降神,来此地向集会众人宣言曰:"此大师若不是五世达赖转世,鬼魅当碎吾首!"然后跳起了金刚舞。这时,自位于哲蚌寺东南五百米处半山腰上的乃穷寺上空渐现起一抹五色彩虹。圣洁、纯净的彩虹,如同经幡一样美丽,仿佛上天神秘的暗示,一端落在喇嘛头顶,另一端落在布达拉宫的宫顶。

就在众人都被这异象惊得目瞪口呆之际,为了保护仓央嘉措,哲蚌寺中冲出来几百僧兵,个个手持法器,将拉藏汗派来的士兵团团围住。底下的藏民也是义愤填膺,纷纷拣起石块、木棍,向那些士兵打去。士兵没法,只好眼睁睁看着那些僧人将仓央嘉措带回了哲蚌寺,唯有飞速将这个消息报告给拉藏汗。

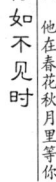

拉藏汗听闻此事，大怒，立刻派重兵将哲蚌寺团团包围，扬言若是不肯交出仓央嘉措，立时便要把这座百年古寺烧成焦炭。哲蚌寺此时也派出僧兵护寺，双方僵持，眼看一场战事一触即发。

这时，被众僧人保护在哲蚌寺里的仓央嘉措却从容不迫地朝门外默默踱了过去。他已心灰意冷，已把自己的生死置之度外，为了不连累藏民和哲蚌寺的僧众，他不顾众人的劝阻，大义凛然地走了出去。他明白，这个时候唯有自己站出来跟拉藏汗走，才可以化解这场战事，而且第巴桑结嘉措死了以后，自己早已成了拉藏汗的眼中钉肉中刺，无论如何，拉藏汗都是不会放过他的。既然在他活着的时候没能为哲蚌寺增添福气，那么，就让他以死来为哲蚌寺祈福吧。

他深情地注视着众僧侣，双手合十曰："吾之生死无妨，日后即可重见吾之僧徒。"话完便告别了众人，整了整僧衣，目光淡然，推开门踱出哲蚌寺，走向拉藏汗指挥的蒙古军队中，束手就擒。

蒙古人粗鲁地推着他离开了，仓央嘉措缓缓回过头，他最后看了一眼哲蚌寺，寺前，如血的残阳下，是哲蚌寺全体僧人合十的祝福。

仓央嘉措离去之后，他的情歌依旧在高原上盘旋，如同布达拉宫里的酥油灯火一样缕缕不绝。它是另一个声部的诵经之声，是在转瞬之间落在人们肩头的菩提树叶。所有被仓央嘉措热恋过的女子，都在自己房子的墙上涂上黄色，作为永久的纪念。

在今天的拉萨街头，我仍看得见仓央嘉措手脚戴着全副刑具，艰难地于高原的荆棘丛间行走。他最终并没有离开西藏，是的，他没有离开，在叩拜了圣山之后，他便遁离了尘缘，而他的精魂却永远留在了藏区每一个人的心间，成为他们永远感叹的心事。

我追随着仓央嘉措的足迹一路前行，在风中看见了摇曳飘舞的格桑花。当雪山的冰雪将一切都凝固，将一切都覆盖，圣洁的格桑花却从来都没有消失。它始终都在那里，始终都在等待，等待有心的人前来寻觅，等待风儿来深情地安居，等待前世今生的追随，等待世间万物寂静的相爱。所以，看不见不等于不存在，背转身不等于不牵挂，不热烈不等于不深情。一地花袖舞,清冷人自知。雪山到底有多博大?我不得而知,但是,我知道,仓央嘉措,在雪山高歌的你有着悲天悯人的情怀,爱上你的美丽姑娘更有着金子般闪亮的心灵,就如那朵朵绽放在高原的格桑花,风愈急,它愈挺拔;雨愈大,它愈葱翠;雪愈厚,它愈鲜艳;太阳越暴,它愈灿烂。这花,生在高原,却世代绽放在人们的心坎。

如果有神指引,在永生的彼岸或是独立的此岸,我都愿意在影影绰绰的花影中,陪着你看遍高原上的格桑花,还要在阵阵扰人的香气中把那些花语的相爱情节一一铺叙开来。它们一直很安静,还很朴素,它们体贴入微,不断地说着:怜惜眼前人!怜惜相知意!是的,任何阴霾的背后都有着劫后余生的新生,那是我们要重视和念及的情意,曾经的苦难又算得了什么呢?只要坚定地前行,人,永远有希望,也永远有期待……爱或者不爱,念或是不念,它一直都在,不离不弃,不增不减,不偏不倚,依旧绽放如初,开遍苍穹和高原,开遍遥远的天涯和依偎的咫尺。如此这般,一人成城。

真情可以让冰雪融化,微笑可以让阴霾消散,深情可以让黑夜拂晓。安心地坐落于格桑花的故事里,也许世间永远有一个地方,有一件事,有一个人,需要我们徒步迁徙找寻,相信可以在某一个时间与它们默然相爱,寂静欢喜,彼此在彼此心中安营扎寨。那一刻,你要微笑,我也会微笑。虽然,你曾为此落下洁净的泪水,但我们依然还要深刻地记住,所有的幸福已被我们妥当地收拢,而你,就是那格桑花的第八片花瓣,因这,你们将温暖永生,阳光丰盈,雨水充足。这样的绝美,关乎一生。

公元1706年,藏历第十二饶迥火狗年,仓央嘉措被押解至青海湖畔。一路上,车轮滚滚,漫起冲天的烟尘。仓央嘉措坐在马车里,茫然地眺望着远方的雪山,此时的他,早已心如止水,无欲无求,只是偶尔,还会想起青涩纯真的玛吉阿米和善良温婉的仁珍旺姆来。

西方的西方的西方,那里是日喀则,日喀则,那里有一个他深念着的少女。

东方的东方的东方,那里是理塘,理塘,那里有一个他深爱着的新嫁娘。

六世达赖仓央嘉措在戒备森严的蒙古包中,眺望着远方的雪山,想着曾经与玛吉阿米和仁珍旺姆一起度过的时光，那个时候，天空是那么蔚蓝，湖水是那么湛蓝。如今，玛吉阿米早已嫁作他人妇，仁珍旺姆也不知去向何处，此刻的她们也会正撩帘翘首思慕着他吗，就像自己思慕着她们一样？

我站在青海湖边，一如三百年前仓央嘉措站在这青色的湖畔。我看见了青海湖大面积的反光，开始我以为那是远方雪山的光芒，越靠近，越感觉那光芒来自地平线。是一大片散射的光，把云朵，把空气中的每颗尘粒，把翱翔的水鸟，都照得通体透亮。不知何年何月开始涌动的浪涛激荡在我的脚边，面对着无尽的空间和无尽的时间，我突然有些不知所措。不知为什么，这样壮观的场景使人陷入深深的忧郁，它令我想到了死亡，想到了死亡的沉静、永恒和美丽。除非站在神灵的视角，我看不见它的整体形貌，最多只能观察浪花在瞬间的开谢。离它越近，就觉得离它越远。我是尘世中一个微不足道的生灵，我匍匐在大地上，面对青海湖磕了长头，我想象着在青海湖那不可知的深处，一切都在神秘的寂静中死去、复活和生长。

三百年前的那个黄昏，押解仓央嘉措的队伍终于在青海湖畔停了下来。卫兵们在把他推进临时居住的小木屋时竟然破例没有锁上门，反而放他走了出去。仓央嘉措围着湖边转了几圈，湖水湛蓝，波光粼粼，浩渺的水面上盘旋着几只洁白的仙鹤，朝着远处的雪山飞去。

他刚刚走出营房，就发现有几个士兵鬼鬼祟祟地跟在身后，密切注视着他的一举一动。可这一切对他来说又算得了什么？青海湖离拉萨有万里之遥，就算插上翅膀也飞不出拉藏汗的手心啊。仓央嘉措会心地笑了，他早知道拉藏汗不会送他去京城，这里，大概就是他最终解决自己的地方了吧？就是在这里吗？这里，湛蓝的青海湖，就是我要葬身的地方吗？

他不怕死。不过，他怕死了之后，再也见不到那两个动人的姑娘，尤其是他朝朝暮暮思着恋着的玛吉阿米。

他抬起头，痴痴望着远方的远方，在一个不起眼的角落里，便是他朝思暮想的理塘，玛吉阿米嫁了的地方。他的目光越过高山大湖，心魂早已飘荡到那梦绕的天际，仿佛已将他牵挂的佳人紧紧拥入了怀中。

他跌坐湖畔，低下头，捡起一根树枝，悄无声息地划过忧郁的水面，用那一派忧郁在寂寞的水中写下华美的诗章。树枝在水波上流连,诗意也有如泉涌,仿佛圣洁的雪莲花泄在缥缈的苍穹之际。他轻轻叹着,这首诗,要是能让玛吉阿米看到就好了。可命运恰恰注定这最后的凄楚唯有那天边高飞的白鹤才能与他分享:

跨鹤高飞意壮哉,云霄一羽雪皑皑。
此行莫恨天涯远,咫尺理塘归去来。

他又一次放眼望去。远处,水天一色,澄碧的天上悠悠飞过几只洁白的仙鹤。想人生如白驹过隙,死亡只不过是离别的仪式,又有什么值得去怕的?

这一生,自己也爱过,也恨过,也哭过,也笑过,也恨过,也怒过,也恋过,也疼过,也怜过,也伤过,也憎过,也怨过。

这一生,世人爱我,敬我,骂我,欺我,怒我,侮我,那又怎么样呢?我知道什么是爱,什么是恨,什么是伤,什么是疼,什么是怒,我自有我自己的信仰,以后我还是要按照我自己的道路去走。虽然这条道路很漫长,也很艰苦,但我还是要一如既往地走下去。哪怕无路可走了,哪怕前面就是冰凉的湖水,我也一定要走到尽头,哪怕是耗尽了生命最后一点微弱的气息也在所不惜。

雪域的神鹰托付不起他的身体,于是便在苍茫的浮云前坐下,睁开了浑浊一世的双眸。蔚蓝的天空,洗净了他心海的积尘。他看到了圣湖的幽婉,看到了日喀则的风光,看到了青稞生春雨,看到了酥油茶飘香。他还看到了格鲁派的一个又一个信徒顶礼匍匐在山路之上。他们转山转水转佛塔,只为丈量自己与圣佛圣祖的距离。

于是,他在天边露出了曾经的笑容,回首观见跋涉过的荒凉或者荒唐,却苍凉地发现,其实佛与人都是一个样子,都是不安分的灵魂包裹在不安分的臭皮囊之下。诸色充斥的人间和西天圣洁的彼岸,事实上所有的道路都彼此相通。

昨日的风光,经年的岁月,去后又归来的苍烟淡淡,都在他疲惫的眼

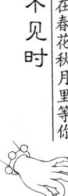

前——落下尘世的帷幕。尘埃落定的最后,他伫立在那迷途的青荷之后,看它被世俗的媚香招揽了一身浮华,并经历了痛彻心扉的彷徨和流离,最终折射出一道影子,心,禁不住凄然。与此同时,他听到青荷的影子在对他说话,它告诉他:你所追求的,不过是一个永远不会醒过来的梦罢了。

是吗,他追求的只是一个梦?缓缓涉入水中,湖水凛冽,刺骨的疼痛犹如毒蛇般噬咬着他。他想起了仙女一般的情人玛吉阿米,想起了温婉可爱的仁珍旺姆,可过了今时今日,他就永远看不到她们,忆不起她们了。他不怕离开这个污浊的世间,却放不下她们如花的笑靥,究竟,人有没有来生?如果有来生,他还能与她们再次相见吗?

玛吉阿米,仁珍旺姆。他轻轻喊着她们的名字,在胸前将她们的名字一个一个地划出了印痕。别了,玛吉阿米,永别了。仓央嘉措至死也没有忘记他最为钟爱最为牵挂的玛吉阿米,终其一生,他都一直在牵挂着她。也许,就像玛吉阿米所说的,前世的仓央嘉措负她而去,今生就要他悲泣、纠结、战栗以报吧。在他与这个世界依依作别的时候,在那浩荡的青海湖边,烈烈风下,在他耳畔响起的仍然只是玛吉阿米动听悦耳的歌声。

玛吉阿米,在那最后一刻,他为你放起风马,在青海湖中呼唤你的名字,远嫁理塘的你,又可曾听到他的呼唤?

你在哪里?玛吉阿米。

她在拉萨八廓街的"玛吉阿米"等他。

他们的爱情持续了三百年,而且永远不会结束。在那里,也许你会遇到仓央嘉措或者玛吉阿米。

他坐在那里等你,只为与你相见,这一刻,一等就是三百年。

六世达赖喇嘛仓央嘉措,西藏最著名的诗人,高原最著名的情人,那个月亮一般纯静的男人洛桑仁钦仓央嘉措,就这样去了。

也许他是一个不成功的活佛,但是,他永远都是一个伟大的情人,一个伟大的诗人。仓央嘉措虽死,但他的名字已随同尘封的历史一起滚入后人的记忆,成为一段永恒。直至如今,在西藏,人们提起仓央嘉措的名字来还是如雷贯耳,充满敬意。在那里,无论是老人还是童稚,可以不知道自己的祖先姓甚名谁，却不能不知道仓央嘉措是谁，不能不知道他为玛吉阿米吟唱的那些忧伤动人的情歌。三百年以来，他的情歌一直响彻在西藏的各个角落，他的歌声沐浴在林间、草尖、花梢，更徜徉在人们的心头，任世人传唱，日日夜夜，生生不休。

情歌王子仓央嘉措，半生传奇，也爱，也恨，亦为僧人，亦为俗人。行至青海湖畔时，终为世情所累所绊，溘然而逝。

但三百年来，民间一直有人传说，仓央嘉措其实并没有死在青海湖畔，而是在一个风雪凄零的夜里悄然遁走，从此便消失在茫茫人海之中，消失在熟知他的人们的视线之外。大雪纷纷扬扬，掩埋住了他前行的脚印，再没有人知道他流落何方。

在西藏以及青海、内蒙古各地，也一直流传着关于他的种种传说。有人说，仓央嘉措并没有死在青海湖，真正的他，早已从那烟波浩渺的青海湖畔遁走，从此隐姓埋名，重新做回了一个逍遥自在、饮酒作诗的浪子；也有人说，仓央嘉措在押解途中施展大法力得以逃脱，从此隐居于山西五台山上，最后修成正果，得道成仙；更有甚者，说仓央嘉措被人营救后，幡然醒悟，顿悟佛法，下半生在青海、内蒙古一带专心弘扬佛法；当然，还有一种说法，说情歌王子仓央嘉措从青海湖遁走后，便一路南行，后来去了云南，在那里他见到了隐藏在山谷中的至美之地香格里拉，然后便一直隐居在那里。

至于在那个风雪交加的夜晚，仓央嘉措在青海湖畔到底发生了什么，他到底有没有死在青海湖，我们已经再也无从知晓，无从判断。六世达赖的死因，已经成为一个永远的谜了。

关于仓央嘉措这个传奇人物，他的一生到底是怎么样的呢？也许，我们永远也无法弄得透彻明白。在那个寒冷萧瑟的雪夜究竟发生了什么事，我们也永远不会搞得一清二楚。传奇的人物就是这样，自有他的隐秘和传奇性，作为后人，我们也只能凭吊，只能感慨，究竟历史真正的一面是什么，究竟仓央嘉措是怎样的一个人，我们只能黯然揣测。

我宁愿相信，仓央嘉措在那个大雪夜中，施展大法力挣脱枷锁，在茫

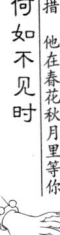

茫雪夜中，坦然一笑，走入了那不可预知的茫然世界。茫茫大雪中，一个坚毅的身影在雪中挺立，行走。背后，只留下一行坚定的脚印。

或者，就像我笔下所述的那样，既然今生不能和自己所爱的人在一起，那么，宁愿一死了结残生。今世的恋爱和纠葛，就到来生再去继续纠缠吧。

在那个爽朗的冬日，仓央嘉措一边歌唱，一边头也不回地走入冰冷刺骨的青海湖中，从此溘然而去。他以生命，给后人留下一曲绝唱。

这，也许就是这个传奇的情歌王子最好的归宿吧。

野史记载中，他是这样"自杀"的。

接到康熙皇帝的圣旨后，押解仓央嘉措的队伍，在漫漫黄沙中开始了遥远的征途。队伍且走且行，终于来到了一处山清水秀的地方——青海湖。众人在青海湖边安营扎寨，准备好好休整一番再进发。这时，一个钦差从北京火急火燎地带来了康熙皇帝的第二道圣旨。

众人跪迎圣旨后，却发现这道圣旨的旨意和上次圣旨大有抵触。

上次的圣旨，言之凿凿，要让他们把仓央嘉措押解至京城，而这次，却说："尔等将此教主大驾迎来，将于何处驻锡？如何供养？"

这道圣旨很让人费解。康熙皇帝先是让拉藏汗将仓央嘉措押解至京城，现在又来了这样一个奇怪的圣旨，责问将仓央嘉措安置于京城何处，这可让他们感到为难并头疼了。

大家揣摩圣意，这究竟是要他们拿仓央嘉措怎么办呢？继续向京城走吧，怕康熙皇帝降罪，仓央嘉措又将于何处驻锡，如何供养？这可是给康熙皇帝出难题呢！不去吧，又是违抗了上一道圣旨的命令，抗旨不遵，这可是杀头的死罪。

众人一时犯了难，去也不是，不去也不是，可如何是好呢？

众人正在苦恼中，仓央嘉措却在心中明白了几分。聪慧过人的他早已揣摩出康熙皇帝的圣意。康熙皇帝的意思是，这里已经是青海地界了，仓央嘉措也从西藏被请出来了，再往前走，就是他康熙皇帝的势力范围了。

仓央嘉措不能死在西藏，但是也绝不能死在康熙皇帝的地盘上。这青海，既不属于西藏的领地，也不属于康熙皇帝的势力范围，仓央嘉措死在这里，任谁也无话可说。

康熙皇帝下了这一道圣旨，让把仓央嘉措押解京城也不行，不押也不行。那怎么办？很简单，杀了仓央嘉措。仓央嘉措一死，就不用把他押赴京城了，两边都不违抗旨意。这看似奇怪的前后语意矛盾的两道圣旨，其实就是康熙皇帝想要仓央嘉措的命呢！

这时，押解仓央嘉措赴京的队伍分成了意见截然不同的两派：一派执意要将仓央嘉措在青海湖畔解决掉，永绝后患；而另一派则认为圣旨并没说要杀死仓央嘉措，担心由此曲解忤逆了圣意，于是坚持要放走仓央嘉措。就在众人争执得难解难分之际，仓央嘉措自己站了出来，为了不连累众人，他面带微笑，昂首走出关押他的营房，翩然飘入青海湖中，溘然而逝。

或许因为大家都想给仓央嘉措的结局画上一个完美的句号，所以留传至今的关于他去世的种种传说，最为世人认同的便是青海湖自溺说。从他走出营房的那一刻之后，三百年间，在青海湖畔，便形成了一种往湖水中抛洒食物祭祀仓央嘉措的风俗。每年于传说中仓央嘉措逝去的日子，都会有大批虔诚的信徒，不远千里，从世界各地涉过千山万水朝拜而来，用身体为尺，一尺一尺丈量着自己到青海湖的距离，追寻着三百年前那个为情而歌的诗僧的茫茫足迹。

第十八章 为卿憔悴欲成尘

> 深怜密爱誓终身,忽抱琵琶向别人。
> 自理愁肠磨病骨,为卿憔悴欲成尘。

我第一次踏上青海的土地,已是入藏后一年的春天。

刚钻出汽车,外面就淅淅沥沥地飘起了小雨。风和雨总是结伴而来的,早春的带点寒气的风,在凛冽中吹醒了万物。春寒料峭,然而在风的吹拂下,天空却变得更蓝了,冬季最后一抹枯燥都为这清新的色彩所替代所淹没,就连脚下那残冬留下的几许零星的枯黄也变得格外可爱起来。

我站在湖畔久久凝望着那一湖幽蓝的略带忧伤的水,不觉轻轻俯下身子看着脚下那几茎折肢断臂、垂头丧气的小草,居然发现削去枯黄的冬衣,里面包裹的却是一抹抹亮绿,那是外表枯黄的小草在孕育着更美的春天。

天空显得干净而寂寥。我知道三世达赖喇嘛索南嘉措曾在这里与蒙古王俺答汗谈论佛法。这样的谈论一定会因青海湖而获得一种超自然的力量。索南嘉措最终打动了蒙古王,并使他改信藏传佛教,在他身后,成千上万的蒙古草原部落由信仰萨满教改为皈依佛教。为了表达对上师的仰慕,蒙古王赠予索南嘉措"达赖喇嘛"的尊号,意为学问渊博充满智慧有如大海。在这浩瀚的湖边,佛教显现着它巨大的包容和同化力量,与欧洲异教徒之间的争战与杀伐不同,佛教以一种平静如同波澜不惊的湖面的方式传播开来。

公元1706年秋，仓央嘉措一行来到青海湖附近。辽阔的草原像铺上了一层碧绿的绒毯，各种野花五彩缤纷，将绿色的绒毯点缀得如锦似缎；湖水浩浩渺渺，洁净无际，万籁无声，沉寂无语；湖面坦荡澄澈，清净超雅，明亮安详。今天，我们不知道仓央嘉措对此景曾有过何等样的大彻大悟，只知，在这青海湖边，仓央嘉措似飞鸿踏雪泥，了无踪迹可寻。

然，这里，可是仓央嘉措最终葬身的地方？

这是一个谜，更是一个公案。无人能解，无人说得清。只是依稀记得，在仓央嘉措投身于青海湖之后，从理塘来了一个女子，风尘仆仆，一路追赶仓央嘉措至此。但是，她并没能牵住他没入湖水的衣袂，等她风餐露宿地赶来时，那个孤独而高傲的身影，便那么一步一步，坚决又忧郁地步入了青海湖中，永远地消失在了空寂的湖水之中。

> 深怜密爱誓终身，忽抱琵琶向别人。
> 自理愁肠磨病骨，为卿憔悴欲成尘。

这是仓央嘉措在得知玛吉阿米远嫁理塘后，于悲恸中为她写下的一首伤感的诗。他是那样深深地热恋着她，而她却违心地嫁作他人妇，甚至来不及通知他一声。曾经，相思折磨得他消瘦如杨柳，而今，她又何尝不被这万般相思折磨得死去活来呢？她抬起头默默祷告着：如果今夜有风，如果风也怜我，那就请你携我去叩响他的心门，如果他的心门里还留存着我和他的故事，那么，我就是他眼里那最后一滴晶莹的泪珠……

仓央嘉措。她轻轻念着他的名字。为什么不等我？为什么？她欲哭无泪，她手捧盛了青稞美酒的木碗跪伏在他走向刹那永恒的湖边，并在那圆形液体里看到那个她期盼已久的俊美面孔——那位在拉萨八廓街街头向她讨酒喝的神秘的年轻诗人，那个令她无比崇敬的六世达赖喇嘛。

她跪在那儿请求他赐予自己幸福。恍惚中，他将左手腕上的骨制念珠解下，轻轻放入她的碗中。她于顷刻间明白，他的爱是那天上金色的阳光，却不用盛在那具体的容器里。他说爱情也是一种宗教，而他的爱是属于众生的，他不可能只居住在一个爱里。她虔诚地匍匐在地，然后从腰间解下

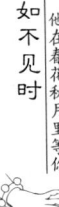

藏刀，割下头上的一缕青丝，呈在他的眼前。他收起青丝，揣进僧袍里，在她流泪的注目中走出布达拉宫，任蒙古人将他带向遥远的远方，带向这一汪清澈的青海湖畔。

他的最后身影在青海湖边消失时，她在自己的房子上涂上了耀眼的金黄色。他的情歌依旧在高原的上空盘旋，如同布达拉宫的酥油灯火缕缕不绝。三百年后，当格桑花盛开的时候，我在拉萨城外一堆半径约有9米的玛尼石旁遇到了一位手持乌木念珠转山的年轻女子，一名男子正翘首坐在一旁的石头上懒洋洋地晒着太阳。我轻轻抬头，发现她感到异常的惊讶，像是看到了往生的那个真实的自己。她望着他，仿佛一下子明白了许多悬而未解的问题，忍不住掉下了隔了几个世纪的无声的泪。

三百年前，这女子宛如雕塑般静静蜷坐在湖畔，整整坐了七天七夜。她忧伤地望着那一潭碧水，看湖水卷起她心底纠结的寸寸伤痕，把悲恸藏匿在心里。几缕微风揉进了一池碧水，顺着掌心的纹路缓缓漫延，在她潸然的眼前泛起一圈圈涟漪。满堤黄叶漫天轻舞，形孤影只地涉足在迢迢逶迤长路，她抬眼观望头顶飘忽不定的烟云，忽地，有种莫名的倦意迅速涌入心扉，让她不得不叹息着感慨，被青春流放的光阴似箭，一去不再复返。

每一次离别都会令她痛不欲生。此去经年，自从踏进这漫漫红尘，在风月中染得遍体鳞伤后，苟延残喘的她只希望日子能够过得平淡如水、波澜不惊。可这次他是永远地别去，她无法再冷眼旁观，此情深处，她唯愿用一世的痴心来伴他半生的情长。

曾几何时，他总是爱守在她身边看她在镜前淡扫蛾眉。望着她微蹙的眉，他说她是心怀忧伤的女子，注定此生会与眼泪纠缠不清。她知道，她是忧伤的女子，爱情注定善始不得善终，他的话语如同千年一谶，令她心惊。

他喜欢看她描眉，亦如她喜欢听他吟诗。她望着那一汪湖水，湖水幽蓝、清澈，雪白的浪花拍打着岸边，卷起层层雪浪。她临着湖水，开始小心翼翼地描眉，最后一次描眉，也是最为仔细的一次描眉。今生的缘分已尽，那么，就在这朗朗天地间再描这最后一次的眉，给他看。只给他一人看。

万里烟沙，笑尽红尘痴心；一怀相思，让爱永远随行。那一眼的春宵月色，徒然换得千回的悲伤欲绝，怎不惹她心生怨念？他走了，她唯一能做的，便是轻描眉，独梳妆，然后，任两眸朱砂泪尽情流淌在腮边。

想他，她纤手轻描朝霞；念他，她朱唇轻抿晚霞。在看不见他的天地中，她发簪一朵艳阳，肩披一帘骤雨，在暴风的环绕下妖娆成领航女子，向他未知的世界扬帆远行。那片遥远的地方，总在梦的眉睫处微微颤动，总在等明眸开启的刹那，就如一群按捺许久的飞鸟直冲晴空。

凝眸，一只孤雁徘徊在湖面，画着优雅的弧度，偶尔俯身轻拍浪涛，然后一跃冲天，她的心情似乎也被它放飞，一点点地畅快，一点点地恢弘起来。晦暗，阴霾，抑郁都在刹那间被这海天一色绵藏，湛蓝把它们一一溶解分离，搅在伤心的雨中，而她，却分不清哪是伤感的泪水，哪是欣慰的泪珠。

远处飘摇的小舟总在寻找更远方的韵脚，尽管颠簸着一路的哀伤，却仍然明媚如初，对着波光熠熠，仍不忘将梦想梳妆，心事珍藏。望着眼前的景象，她忍不住轻叹一声，以水问天，他不在，究竟欲将心事付与何方？凡尘就在身边，或许，撑一篙心如止水，才能将离殇流放，可是，她还能找到想要的幸福吗？

回首，夜色如一条浓艳柔滑的缎带，缠绵着水样的文字，在微微的风中轻旋着碧湖的咏叹。星儿安静地吻着水面，疑似银河自九天掉落。于是，她开始盼望和思念，然而，他久违了的轮廓却开始变得模糊不清，所以只能任由那一滴牵挂的泪，怅然若失地垂落在天边，轻轻晕开了千层涟漪，亦终于明白，他的远方，她还未曾到达。

他在天边的夕阳下，披一身橙黄的外衣。落影的黄昏，被他的背影衬托得神秘迷离，而她却始终无法看清他的容颜。树木交错、丛林深隔、高原路远、丘陵蜿蜒，相隔千重山水，她只想寄一片落叶作飞鸿，升一缕轻烟为相思，山山水水，在他的世界里归去来兮。

她知道，昨日的故事早已似迷宫般变幻迷离，一处处转角已然斗转星移，最初的遇见已遗失在那最深处，恍若还闪着隐隐的光芒，如地平线的一颗星，始终闪耀着最初的梦想。夜色吞了所有的光源，她的追忆逐渐在黑色中沉淀、纯粹。

一阵微风吹过，吹皱一湖春水，也吹乱了她晶莹剔透的梦。

是时候了。她甩着如瀑的长发，高傲地站起身，望着那一汪深邃的湖水。

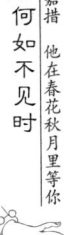

湖水中，涌动着暗绿色的光芒，隐藏了无尽的哀伤和悲恸。

一个水花轻轻溅起，一声挣扎，一圈涟漪，她的身影追着孤雁"嘎咕"的悲鸣沉入了永久的记忆。

现在，我也站在青海湖畔痴痴地守望，对他的思念在黑夜里倾泻。遥想当年的她，铭记在心的擦肩倩影荏苒着，凄凉犹新，却被生离死别纠缠，只能将一腔思念葬成碧水，汇聚沧海，融入心扉。忍不住想要发问，彼时的她是否想将记忆抹杀，然后失忆，消失在他的海市蜃楼里？

曾经，他们的刻骨铭心潜滋暗长，直至心疼。再见便永世不见，冠冕堂皇的誓言终究敌不过世事沧桑，所有的欢乐与惊悸皆若过眼浮云，终会云散烟尽。我们都是摆脱不出尘世的俗人，六根又岂能清静，而又有谁能超凡脱俗到像仓央嘉措那样放手去爱？我知道爱最原始的定义便是彼此付出，彼此经营，才能心有灵犀、事事相通，而今这种爱也只不过是我一人的一厢情愿，一人的情有独钟罢了。

天渐渐黑了，青海湖上的风逐渐大了起来。风的精灵纤足轻旋、玉指轻弹，此时此刻，天与地的距离不再遥远。山一程，溪水琴音，瀑落琼瑶；水一程，鱼水合欢，逝水东流。我在智者与隐者的抚髯不语中，感受着大智若愚、难得糊涂的世外超然。我慢慢走过仓央嘉措走过的地方，慢慢走过玛吉阿米沉湖的地方，轻轻体悟着一种空灵的禅意：山也曾言语，你只是未懂；水也有智慧，你只是未悟。我仿佛听到，青海湖中有人吟唱着古老的歌谣，那声音嘶哑而沧桑，古老而庄严。

也有人说，仓央嘉措确实死在了青海湖畔，不过，不是自杀，而是被拉藏汗谋害的，尸体就被抛在了青海湖中。

"谋害说"之所以成立，是基于拉藏汗的心理出发，因为想拥立代表自己利益的益西嘉措为达赖喇嘛，他一定是想除掉仓央嘉措而后快的。但是，想法可以有，行动起来却不太现实。

首先，拉藏汗是打着清廷的旗号将仓央嘉措押赴京师的，半道把他杀死算怎么回事？如果真那么做了，该如何向康熙皇帝交差？康熙皇帝曾经说过，仓央嘉措事小，但是蒙古人都信服仓央嘉措，信服达赖喇嘛。所以康熙才会对如何处置仓央嘉措的事显得谨慎细微，在这种情况下，拉藏汗又怎么可能忤逆康熙皇帝的旨意而鲁莽行事？

其次，当时的拉藏汗一定还存在着侥幸心理。他认为，康熙皇帝让他将仓央嘉措押送到京师，也就等于默许了自己提出的其是"假达赖"的说法。既然康熙皇帝认同这个说法，那么，仓央嘉措送到京城，迟早也得被康熙皇帝杀掉。从这个心理出发，拉藏汗也不会急于在途中将仓央嘉措杀掉。此时此刻的他的确想让仓央嘉措死，但不必亲自下手，一方面，康熙皇帝那边没法交代，另一方面，让康熙皇帝下这个手才好。

第三，拉藏汗是和硕特蒙古人。蒙古人尤其是和硕特部早已服膺藏传佛教，即便拉藏汗宣布仓央嘉措为假达赖喇嘛，但是根深蒂固的宗教信仰，还是会让身为蒙古人的他对仓央嘉措产生敬畏之心的。而且，很多和硕特部蒙古人自始至终都认为仓央嘉措是真正的达赖喇嘛，只是因为与拉藏汗不和，所以才被说成是假的，等他到京城面见了康熙皇帝，把问题说清楚，皇帝一定还是会恢复他的封号的，而要是现在就杀了活佛，那可是要永世不得超生，受八万年地狱酷刑的。所以在这种情形下，拉藏汗要是真敢冒天下之大不韪起了歹心杀了仓央嘉措，弄不好底下的人会站出来造反的。退一万步来说，就算拉藏汗有这个心，手下人又有谁会来下这个刀？

所以，纵观前后，拉藏汗谋害的心是有的，但事是不能做，不敢做，不必做的。一句话，没必要。

那么，到底仓央嘉措有没有可能会被拉藏汗谋害至死呢？

当然，这种可能性还是有的。

据史料记载，仓央嘉措被押解京城之后，拉藏汗就迫不及待地立了一个新达赖喇嘛阿旺益西嘉措。阿旺益西嘉措是谁，为什么他能当上达赖喇嘛？因为，阿旺益西嘉措就是拉藏汗的私生子。

所以，拉藏汗当然想仓央嘉措快点死，这样就可以立自己的私生子阿旺益西嘉措为六世达赖了，那样西藏就是他的天下了。后来，事情也确实按他所希望的那样发展了。

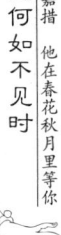

阿旺益西嘉措成了新的六世达赖喇嘛之后，拉藏汗便实际控制住了整个西藏。这种情况，一直持续了十多年。

学者们认为仓央嘉措是被拉藏汗所杀的另外一个论据，就是西藏信仰的藏传佛教有严格的宗教规定：不允许自杀。在藏族人民的观念中，不赞成自杀，而活佛自杀，更显得匪夷所思。仓央嘉措是西藏人，更是达赖活佛，当然更明白这点，所以，他应该不会自杀。

另外，仓央嘉措的自杀动机几乎没有。仓央嘉措到达青海湖时，离他被拉藏汗污蔑为"假达赖"而从拉萨被押赴上路已经过去了快一年的时间，当时不自杀以明心志，干吗偏偏选在这个时候死呢？而且，需要注意的是，当时拉藏汗派人押解仓央嘉措赴京，哲蚌寺的格鲁派僧人就曾中途将仓央嘉措抢走，后拉藏汗派兵包围哲蚌寺，双方僵持之时，仓央嘉措为了避免伤亡，才主动投入蒙古人罗网中的，如此顾及生命的人，又怎会轻易自杀？归根结底，仓央嘉措实在没有自杀的理由。如果他真的选择了这条路，别人更要说他是畏罪自杀，反而博得一身骂名。留得青山在，早晚有辩解的时候。若说他以死来证明自己的清白，也有些牵强附会。现在已经辗转到青海湖畔了，无论是去面见康熙皇帝，澄清自己的清白之身；还是矢志不渝，坚持自己的达赖身份，他现在都不太可能选择自杀这条路的。

最重要的一点是，康熙皇帝的圣旨虽下，但是和仓央嘉措本人并没有任何关联。康熙皇帝确实下了两道语意模糊、意思前后不一的奇怪圣旨，后一道圣旨也确实是想让仓央嘉措死在青海，但是，圣旨中没说要让仓央嘉措自杀啊！关于怎么执行圣旨，这是拉藏汗的问题，和他没有关系。拉藏汗要么把他杀了，一了百了，要么将他押解至京城，他正好面见康熙皇帝，在金銮殿上争论一下拉藏汗诬陷自己是假达赖的问题，还有为什么要下这样的圣旨；要不然就让拉藏汗将他送回拉萨，重让他做回达赖喇嘛。现在想来，历史的进程也不是完全没有可能这样发生的，如果仓央嘉措真的到了北京，可以想见他还有两个出路：第一，康熙皇帝给他议罪，但议罪未必是杀，有一半机会可以活下来；第二，可以把事情讲讲清楚，有这个机会为什么不走到底？干脆走到京城见到皇帝辩驳辩驳，干吗要自杀呢？

清代的正史《清史稿·列传·藩部》中，对仓央嘉措的死因说得也相当含糊："康熙四十四年，桑结以拉藏汗终为己害，谋毒之，未遂，欲以其逐之。拉藏汗集众讨诛桑结。诏封为翊法恭顺拉藏汗。因奏废桑结所立达赖，诏送京师。行至青海道死，依其俗，行事悖乱者抛弃尸骸。卒年二十五。时康熙四十六年。"

在这里，只说仓央嘉措死在了青海道上，但却没有说是怎么死的。根据"依其俗，行事悖乱者抛弃尸骸"的草率来看，确实不像是正常死亡。

否定了自杀说，谋杀说也就容易理解多了。或许，利欲熏心的拉藏汗历来蛮横无理，而且办事不经大脑，很可能由于一时激动，直接就把仓央嘉措给杀了。纵观整个历史，这个拉藏汗还真是这样的一个二毛子性格，喝那么三四两青稞酒，听那么几场藏戏，想想达赖的权力，自己将来的威风，搞不好就将那酒杯一摔，大骂道："仓央嘉措那小子挡我的路，老子我杀他便杀，看你能怎么着我！来人，将仓央嘉措给我杀了！"

这，也有可能是仓央嘉措最终的命运。

还有学者考证说，六世达赖喇嘛仓央嘉措途经青海湖时并没有自杀，也没有被人谋害，而是自己生病去世。这个说法叫作病逝说。这是目前学术界广泛采用，而且认为比较可信的一种说法。

病逝说是官方历史文献记载的正统说法，但很可能是对谋害说的粉饰。第一种揣测是，如果拉藏汗谋害了仓央嘉措，他要如何向康熙皇帝交差？总不能说他给杀死了吧？所以，在上报中央政府的时候便说仓央嘉措是病逝，这样，官方文件就记载为病逝。还有第二种揣测，拉藏汗谋害了仓央嘉措后，官方其实也知道是被谋害了，但这事不能写，所以只好写成"病逝"了，或者是本来有谋害的记载，后世为了给某些人文过饰非，便篡改了历史档案。

为什么会得出这样的结论？这就要从学者们研究史料发现的一个重要疑问说起。

《清史稿·列传·藩部》一节中说："因奏废桑结所立达赖，诏送京师。行至青海道死，依其俗，行事悖乱者抛弃尸骸。卒年二十五。时康熙四十六年。"

疑问就在这里："依其俗，行事悖乱者抛弃尸骸。"

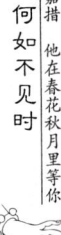

在这里，说的是仓央嘉措既死，便将他的尸骨随便抛弃在路边，也很有可能是在青海湖中。随后一群人，浩浩荡荡，一路扬长而去。

这里就有了问题。因为仓央嘉措他不是普通人，他可是西藏的活佛六世达赖喇嘛，起码在康熙皇帝认定他不是假达赖之前，他还是真的。

那么达赖喇嘛死后，尸体将怎么处理呢？关于达赖喇嘛尸体的处理，在西藏是有极其严格的规定的。

在西藏，人死后分为好多种葬法，有水葬、土葬、天葬、塔葬等。普通人一般都用天葬，就是将尸体抛弃在旷野中，让天上的雕来啄食尸体。藏民相信，雕是距离天堂最近的一种生物，所以也是天堂的使者。尸体被他们啄食过后，人的灵魂就能以最快的速度登上天堂。

而达赖喇嘛、班禅大活佛等一些极有地位的人死后，都要实行塔葬。塔葬是我国藏族的葬仪之一，是藏族最高贵的一种葬式，又称灵塔葬，只有极少数大活佛死后才能实行这种葬礼。塔葬的仪式很复杂，也很庄严，需要先将尸体脱水，再用各种药物和香料处理后藏入塔内，以达到永久保存的目的。现存于布达拉宫内的各种灵塔，就是各大达赖喇嘛死后进行的塔葬；河南少林寺的塔林，也是埋葬历代高僧的塔葬。

塔葬分为灰塔式、尸塔式、土塔式。灰塔式一般是将尸体火化后的骨灰殓入金质或银质的小塔内作长久纪念，这种葬法一般只有德高望重的活佛、喇嘛才能使用；尸塔式是将尸体用盐水抹擦并风干后，再涂上香料等贵重药物，放在专制的金质或银质的塔内长期保存起来，以供人顶礼膜拜，这种葬法只在达赖、班禅及少数有名望的大活佛、大土司和其他首领去世后使用，葬仪比较隆重，辖区内的百姓必须参加送葬；土塔式则是将尸体火化后的骨灰盛入木匣和瓦罐中，埋在家中楼下或山顶、净地，上面堆土，墓成塔形。

在进行塔葬时，有的还会在塔里放上一些经典书籍、佛像、法器或金银财宝，以供生者纪念、膜拜，当地群众一般称这种塔为灵塔或灵骨塔。享受这种葬礼的仅限于达赖、班禅或其他大活佛。大活佛圆寂后，遗体要用各种名贵药材及香料反复脱水，干后再用绸麻包裹，装入灵塔内永久保存。灵塔分金、银、铜、木、泥几种，根据活佛的地位高低而定。达赖、班禅圆寂后要建金灵塔，而甘丹赤巴只能建银灵塔。灵塔存放在各寺院内。

而达赖喇嘛死后，享有的便是这种塔葬的尸塔式，灵体装入灵塔内永久保存。而一个做了整整九年达赖喇嘛的人，虽然被诬陷为假达赖，但是在未经过康熙皇帝审判的情况下，谁又能定他的罪呢？况且万一康熙皇帝审判后再认定他是真达赖，那么，他不又成了西藏天空中的太阳了吗？

在西藏，人们相信菩萨转世的活佛是有无穷的法力的，他的洗澡水都是香的，人喝了可以治疗百病；他的牙齿掉了，一定要保存起来，因为这些佛牙佛骨都是难得的舍利子。试问，这样的一个六世达赖，即便是病死，他的遗体也是无比珍贵的，怎么能如此草率就给"抛弃"到青海湖中了呢？

所以，关于仓央嘉措的故事还远远没有结束，他的死因还有着重重的谜团，这个传奇人物的一生，充满了神秘和波折，到现在，我们看到的只是冰山一角。

仓央嘉措，他死亡的终结，又代表了一个新的传奇的开端。

第十九章 怨杀无情一夜霜

> 青女欲来天气凉，蒹葭和露晚苍苍。
> 黄蜂散尽花飞尽，怨杀无情一夜霜。

我说过，我想过这样的生活。

一盏青灯，一杯香茗，一本佛经，一曲梵音。在鸟语花香、莺歌燕舞中，伴着自己心爱的人，默默走过红尘中的每一天、每一夜，就像你和玛吉阿米当初邂逅的时节，天地间，分分秒秒都纷洒着柔暖的阳光。

看徐徐香雾在窗前飘散，转眼间，三百年的光阴已从你们擦肩而过的不舍与珍念中匆匆流逝，而我，一直站在你背后欣赏你矫健背影的我，却被俗世隐藏在那风吹麦浪的阡陌中，转身又被自己的执念撞倒。星光下，我准确无误地仰望你隔世的面容，用灰白的石子在湖边沙地上划着一个又一个的圈，却是画不出任何的圆满，只把自己禁锢在了那一幕悠悠往事中，无法逃遁。

这佛光闪烁的高原，三步两步便是天堂，而我该到什么地方，才能像一个真正的英雄那样去为失败奋勇斗争？青海湖，布达拉，理塘，错那，拉萨，日喀则，还是有你的云端？

我走不进你的世界，正如我无法逾越珠穆朗玛峰，所以，我只能在流水潺潺的江南听一曲吴侬软语的评弹，或是在笙歌繁华的北京喝一盏雪花扎啤，然后，轻轻吟着你写过的情诗，在那浓淡相宜的字句中找寻你曾经阳光灿烂的笑靥。

　　我知道，你的记忆并不总与悲伤相关，也知道，那时的你，和我一样，要的只是一份简单宁静的生活。可是，他们不肯给你简单与宁静，于是你只能搞出惊天动地的动静，让所有人都对你侧目。你匿名行走在八廓街的每个角落，你用抛出的石子在尘世中胡乱地树敌，你告诉自己，只有有勇气越过珠峰的人才可以将你亲密地敌视，然而到最后你终于发现，你最大的敌人其实是你自己。

　　是的，我们每个人都是自己最大的敌人。我和你都想追逐一份简单的生活，但天总是难遂人愿，紧握在手心里的也总是一份纷繁的心绪。那一年，你从莫须有的罪名起步，行色简单，心思复杂，达赖喇嘛的身份更是阻挡了你寻找欢喜的途径，你不得不离开布达拉宫，被放逐在黄沙漫天的囚路，而三百年后追逐着你的足印一路行遍的我，也未能在一曲亘古的梵唱中洗去身上坚硬的沙尘。

　　末法之季，一把匕首就能断送一个王国，一朵刺槐亦能葬送一段爱情。在世俗的牵绊下，默默的凝望中，谁都拿不稳主意，不知道接下来到底该何去何从，更不知道自己想要的究竟是什么。蓦然回首，才发现，大地山河轻得不堪承担任何的情爱，到最后，每一滴伤心的泪都会缓缓流向大海，只是，失去了意中人的那一个孤单的你，又如何才能将世上所有寂寞的路一次走完？

　　你有权崇拜我，但你无权拥抱我。我听到你在路上喃喃自语。是啊，所有人都在崇拜你，却又都不是你的玛吉阿米，再多的拥抱对你而言也是枉然，所以，你一心向佛，但求无边佛法，剔去你心中所有的情爱欲念，让你下辈子可以毫无牵挂地走在桃李芬芳的世界中而不见色起念。

　　静修止，动修观。止与观之间，自有佛意绵绵。我在一树缤纷的杜鹃花下，忆着你的过往梦游，灵机一动，便已经历了千年万年的光阴，而那一刹那，我分明看见，佛祖拈花，迦叶微笑。

　　一念成魔，一念成佛。

　　我沉醉在仓央嘉措的世界里，忧伤、空灵、凄婉、冷艳……

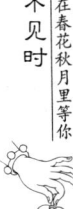

第十九章 怨杀无情一夜霜

青女欲来天气凉，蒹葭和露晚苍苍。

黄蜂散尽花飞尽，怨杀无情一夜霜。

是苍草上的白霜，还有寒风的使者，拆散了蜂儿和花朵。你抬头望着一抹无邪的夕阳，究竟又是什么让你们怅然分离，莫非也是那无情的风霜？

你站在用木板铺成的廊道上，抚着一根老旧的柱子，若有所思地望向天边。一如曾经的她，指间残留泛红的胭脂水墨，一凝眸便幻化出万千忧愁。

人生若只如初见，何事秋风悲画扇？

夙愿中，谁扯断那一绢薄纱，买断风烟，用轻描淡写将她化作浓墨重彩，又把那倔强的沉默，冷成相思一场，任地老天荒？

你多想走到她的身边，静静看一眼那被暮色浸染的容颜，觅得一缕琴音，打翻前世，许一场轮回之约。

她守着寒露蒹葭凝绿，站在黄蜂散尽的红墙下，望着飞花落尽，忘了曾经那意外的回眸，忘了你为她等在秋天的青海湖畔。

那些洒脱的义无反顾，她用带泪的指尖轻轻一挥，便涣散了相思凝绝。于是你守在了过去，看她忘了转身，看她忘了回眸。

鸟岛上是否落过雪，她望着湖面，你却痴望着她裹着风霜的脸。

你谨记她的容颜，转身，为她携来春天的花。

陌上的花开得灿烂，你期盼着你们可以幸福，而她却在岁月中如花般凋零。

是谁带来远古的呼唤？是谁留下千年的期盼？仓央嘉措，暮色中，我伫立在三百年后的青海湖畔，不曾为你唱起挽歌，只是捧着你的诗卷，念一夜，醉一宿，梦一回，然后为你和她求一段姻缘，执子之手，与子偕老。

今夜，青海湖畔已然无我；今夜，我只是那苍薇中的一滴雨丝，只是那滴在千万里外飘荡着的雨丝。你若回首,便会看见,湖畔烟雨,滴滴唱着我的想念。雨中的青海湖,湖天不分,映入眼帘的是满目的灰蒙蒙、雾腾腾,连鸟儿也好似远走高飞,断绝了踪迹。波涛拍岸,惊起一堆雪,但眼前的气氛已经让我提不起兴趣,去再一次体会它的温存和欣赏那些细小的美丽的浪花。现在,我只愿做你下一世的知音,站在百年后,为你写一首离歌,祭奠你的无奈,祭奠我的等待。

在青海,康熙皇帝总共下了两道不同的圣旨,其实已经暗示了仓央嘉措不同凡响的命运。仓央嘉措走到青海,就不能再走了,他必须在青海消失。

这显然涉及当时复杂的政治背景,也是仓央嘉措为什么要死的真正原因。

仓央嘉措为什么要死?因为他不是真达赖,因为他是迷失菩提?当然都不是。政治的车轮滚滚前行,谁阻挡我,我便杀谁。这个时候,西藏这驾马车的主人是拉藏汗,他驾驶着西藏四处驰骋,所向披靡,想要什么便要拿到什么。他想恢复祖上的煌煌基业,他想让西藏重新回到原来被蒙古大军统治的时期,想要西藏的大权为他所用。

可是,这个时候,有人阻挡了他前行的步伐。这个人便是第巴桑结嘉措。自从二十多年前那个下午,第巴桑结嘉措拿到达赖五世用鲜血写就的羊皮卷后,便一直遵照五世达赖的遗命,在西藏建立一个政教合一的政权,让西藏归达赖喇嘛统治。

第巴桑结嘉措阻挡了拉藏汗的路,所以他便要死。仓央嘉措和第巴桑结嘉措处于同一个政治圈子,所以仓央嘉措也要死。

于是,拉藏汗才要连连密报康熙皇帝,说第巴桑结嘉措勾结准噶尔部的噶尔丹,说他屯兵西藏意欲造反,说仓央嘉措饮酒作乐、不学无术,是一个不折不扣的冒充的假达赖。这,才是仓央嘉措的真正死因。

而康熙皇帝,他为什么要支持拉藏汗呢?他为什么也附和认同仓央嘉措是假达赖的观点?这当然是出于政治利益的考量。康熙皇帝为了维护国家的统一,所以只能牺牲掉对他来说无足轻重的仓央嘉措。他才不管达赖是真是假,在他眼里只有他的大清国,只有他的天下。天下之大,大清之利,

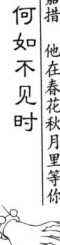

牺牲掉一个小小的仓央嘉措又算得了什么？！

当时的西藏，拉藏汗一部独大，早已对西藏政权虎视眈眈，而一心要维系五世达赖罗桑嘉措在世时政局的第巴桑结嘉措自然与拉藏汗针锋相对，势如水火，僵持不下。两虎相争，必有一伤，最后伤的却是本无意于政权的仓央嘉措。康熙皇帝明白，当时蒙古的准噶尔部也一直在坐山观虎斗，对西藏也是垂涎已久，若是他们也蹚这趟浑水，让准噶尔部控制了西藏，那么，就是纵虎归山、后患无穷了。于是，为了压制准噶尔部，康熙皇帝也免不了要支持拉藏汗。虽然他憎恨这个只有蛮力、没有大脑的拉藏汗，虽然他明知道仓央嘉措不是假达赖，但是为了国家，为了天下，他必须懂得取舍。

康熙皇帝久久伫立在地图前，他在地图上慎重地画了一条线，这条线始于拉萨，止于青海湖。这是仓央嘉措最后要走的一条路，也是他迸发生命之光的最后的旅地。

为了西藏的安危，仓央嘉措，你，就牺牲了吧。康熙皇帝面色凝重地望着西南方向挥了挥手。

从这时起，仓央嘉措的命运就已经被决定了。他死亡的地方都已经被选择好了，就在青海湖。

只是，为什么康熙皇帝为他选择的死亡之地会是青海湖？

为什么选择青海湖，这是由青海的特殊地理位置决定的。青海位于西藏和蒙古准噶尔部之间，为天然屏障，这个屏障使得西藏和准噶尔不可能连为一体。还有一点，就是康熙皇帝的西宁大军就驻扎在这附近。西宁大军在此，无论是拉藏汗、西藏僧人，还是准噶尔部，都要牢牢听从他的指挥。

所以，在这里杀仓央嘉措，没有人敢说一个"不"字。

那么，仓央嘉措要是直接被押解至京，于京城被杀呢？这显然行不通，因为康熙皇帝早就说过，仓央嘉措无论真假，"蒙古皆臣服"。所以要是在京城杀了仓央嘉措，便要失了蒙古人和西藏人的民心啊！民心所向，大势所趋，康熙皇帝不敢犯这个险。

由此而看，仓央嘉措走到青海湖这一步，其实他的命运已经被决定了。

仓央嘉措，就让那在空中飞舞着的洁白的仙鹤，最后再送你一程吧。那前方，悠悠的青海湖，便是你的葬骨之处。

青海湖又名"库库淖尔"，蒙语意为"青色的海"。仓央嘉措的藏语意思为"梵音海"。另外，在蒙语中，"达赖"的意思又是"大海"。这是一种谦和，也是一种缘分。

冥冥之中，自有命运，就让远方的梵音在青色的海中永远吟唱吧，仓央嘉措！

有人说，在青海湖那个茫茫的雪夜，仓央嘉措并没有死，而是消失在茫茫的大雪中，从此浪迹天涯，对酒当歌，逍遥一生。最广为流传的版本是说当时押解仓央嘉措赴京的队伍途经青海湖时，突然遭逢了百年不遇的暴风雪，队伍不能前行，只好在青海湖边驻扎下来。在那个黑夜中，风雪交加，寒冷卷着残雪四处打来，就在卫兵们于帐篷中瑟瑟发抖之时，仓央嘉措在帐篷中施展了神通，用"大法力"从刑具中脱身后，朗声一笑，于大风雪中翩然而去，从此云游四方，了无踪迹。

关于这段传说，记载于一本叫作《仓央嘉措秘传》的书中。这是一本记录了仓央嘉措一生事迹的书，作者据说是仓央嘉措在蒙古收的徒弟。书写得很传奇，但是史料却又出乎意外的扎实，内容翔实，有理有据。对于这本书，历史学家对它贬褒不一，很是传奇。

《仓央嘉措秘传》的藏文全名是《一切知语自在法称祥妙本生记殊异圣行妙音天界琵琶音》，作者名叫额尔德尼诺门罕阿旺伦珠达吉，又名拉尊阿旺多尔济，是阿拉善旗的蒙古人。这个作者来头可不小，据说就是西藏第巴桑结嘉措的化身。阿旺多尔济于公元 1715 年出生在阿拉善旗厢根达来巴嘎的匝布苏尔乌素，父亲名叫班子尔加布，母亲名叫那木宗。他是精通显密教法的佛教大德，在藏区以拉尊班迪达著称，还是在阿拉善出生的第一位转世活佛，也是用藏文发表著述的第一个阿拉善蒙古族高僧，温都尔葛根和第一世多布藏呼图克图的前生都曾师从他接受过经文传承。从青海湖遁走的仓央嘉措自在蒙古认出他就是第巴桑结嘉措的转世之后，便收他为徒，向他讲述了自己施展大神通从青海湖遁去后的一些神奇经历。而这些经历，都被拉尊·阿旺多尔济整理成了书册，这本书便是《仓央嘉措秘传》。

此书成于公元 1757 年，以第一人称记叙仓央嘉措亲口的讲述，说仓央嘉措在去北京的途中行至更尕瑙尔时，施展法术，于夜间向东南方向遁走，只身去过打箭炉、峨眉山，后来又回到西藏的拉萨、山南，还去了尼泊尔、印度等地，然后再返回西藏及西宁，最后在今内蒙古的阿拉善旗圆寂。

阿旺多尔济的结局也很悲惨。据说因为争权夺利，被阿拉善第三任旗王罗卜藏多尔济残忍地杀害致死。杀死后还不算完，罗卜藏多尔济还将他的头颅割下埋在定远营南门下，任万人踩踏，企图让其永世都不得翻身。可以说，阿旺多尔济和他的前生桑结嘉措都有一个共同点，那就是命运多舛，不得善终，但这也许就是"天将降大任于斯人也"之前所必须经受的考验与历练吧！

当然，那个凶残的旗王罗卜藏多尔济也没有得到好下场。他害死拉尊阿旺多尔济后没多久，也很快得了一场急病呜呼哀哉了。无论是杀人的还是被杀的人，都死得很仓促，也很奇怪。要知道，拉尊·阿旺多尔济在当时就被认为是第巴桑结嘉措的转世，还是六世达赖的"微末弟子"，更是阿拉善著名寺院南寺的开寺大喇嘛，这样显赫的身份，怎么能被一个旗王说杀就杀了，而且死后还被如此羞辱？更何况阿旺多尔济死后，杀他的旗王也死得不明不白，无法不令人不疑窦丛生。

缘于此，就有学者出来考证了。考证的结果认为阿旺多尔济是被阿拉善旗王罗卜藏多尔济关进大牢迫害致死的。而这个案件原本只是由一个不起眼的小事引发，甚至可以说得上有些荒唐，阿旺多尔济并没有触犯任何法律，唯一令他身陷囹圄的理由便是他"得罪"了这位郡王。那么，罗卜藏多尔济为什么非杀他不可，难道只是因为心胸狭窄、小肚鸡肠？拨开历史的迷雾，疑点很快被摆了出来，而首先引发质疑的就是这二人血融于水的亲缘关系。

据各种资料整合分析出的事实是，阿旺多尔济和罗卜藏多尔济居然都是蒙古和硕特部固始汗的后裔，他们的祖父都是固始汗的儿子，他们身上流淌的是同一个祖先的血，而且这层亲戚关系并不遥远，罗卜藏多尔济就算对阿旺多尔济深恶痛绝，也不会下此毒手吧？再说，阿旺多尔济只是得罪了他而已，他根本没理由用这种方式去毁灭一个在当地有着极高威望的大德高僧。

前面说了，固始汗帮助五世达赖建立了西藏政权，之后便留在了拉萨，可他的孩子实在是太多了，除了跟随他前往西藏的，还有很多分布在蒙古草原上的各个角落，而住在阿拉善的，一个是和罗理，一个是他的弟弟，阿旺多尔济和罗卜藏多尔济就是这哥俩的孙子。也就是说，他们的父亲是叔伯兄弟，他们的祖父是亲兄弟，他们实际上是没出"五服"的亲戚。这种亲戚关系放在当今社会来说也不算太远，就算没啥亲情可言，平时的来往也不会少，而古人的亲情观念比我们现在人要强，就算分家之后走动不多，又能有啥深仇大恨会让人丧心病狂地把自家兄弟往死里整呢？

其次，就算抛开亲情不讲，还是有很多令人无法解释得明白的问题摆在后人面前。阿拉善旗王，虽然也叫王，但说实话，这个封爵真的没啥大不了的；可阿旺多尔济就不同了，虽然只是个小活佛，那也是受民众景仰拥戴的活佛啊，要光明正大地杀一个活佛可没那么容易！而且阿旺多尔济头几年还受到过清政府乾隆皇帝的加封，一个地方上的郡王就算吃了熊心豹子胆，似乎也不太可能会对一个被皇帝钦封的活佛如此草菅人命吧？除非他真的昏溃到无药可救的地步！

第三，这个郡王，在《仓央嘉措秘传》里可以看出来，和仓央嘉措相处得好着呢，她姐姐道格公主还亲自陪同仓央嘉措一起去游览了趟北京，甚至铰下自己的一缕青丝供奉给这位大活佛，而阿旺多尔济恰恰是仓央嘉措最得意的弟子，在书里又是第巴桑结嘉措的转世，那么，郡王就算看不起这个从兄弟，不讲什么亲情，但看在与仓央嘉措多年交往的情分上，对他最中意的弟子痛下杀手，貌似也没有太多站得住脚的理由。

而最后一个疑点，也是最重要的一个疑点，那就是罗卜藏多尔济在此之后不久也很快死掉了。他的病咋就来得那么急，不早也不晚，刚好等阿旺多尔济死了也迫不及待地跟了去了？综上所述，学者们推断出的结论是，拉尊·阿旺多尔济并不是因为得罪了罗卜藏多尔济才被杀害的，他死亡的真正原因是他写的那本书——《仓央嘉措秘传》。

也许，是上面某一个大得不能再大的人物不想让这本书继续在民间流传下去，所以密令罗卜藏多尔济将作者杀了，再将这书销毁。从结果来看也确实起到了这样的效果，这本书几乎从那时起便突然消亡了，一直到二百年后十三世达赖喇嘛于颠沛流离之际偶然看到这本书，才有感而发，继而令人刊印，秘传也才得以流传下来。那么，那个大得不能再大的大人

物又会是谁？

他，只可能是当时的清朝最高统治者——乾隆皇帝。

要是乾隆皇帝想杀拉尊·阿旺多尔济，这事情就好理解多了。有皇上的支持，莫说是杀一个第巴转世，便是杀一个达赖活佛，那又如何？！难怪这小小的旗王会如此猖獗，杀了阿旺多尔济还不算，还要割其首埋于地，任人践踏，坏人轮回。这样看，那个做事不顾手脚的旗王很快便得了一场急病暴死，理由也就变得简单明了多了。狡兔死，走狗烹，皇上那边有的是检查不出来的无色无味的毒药，随便赐给他一杯圣水，这旗王不等着暴死也不行啊！

可是，乾隆皇帝为什么会对那本《仓央嘉措秘传》如此看重呢？我们只能推测，因为这书的影响太大，以致流毒太深，令天下臣民都相信仓央嘉措才是真正的六世达赖喇嘛，那么，以前说他是假达赖喇嘛，并且又立了一个新的六世达赖喇嘛的人当然就大错特错了。那个错的人是谁？他就是乾隆最尊敬的皇爷爷康熙大帝。有人说自己最敬爱的皇爷爷做错了事，他能容忍吗？当然不能！要知道，清初因为文字兴起的冤狱可不在少数，乾隆皇帝自然不可能放任"流言"继续传播，于是，一不做二不休，当下就派人，或者是指使人杀了拉尊阿旺多尔济，并顺带销毁了《仓央嘉措秘史》。

据后人推测，还有一种可能，就是仓央嘉措确实没死在青海湖，而是遁去了，真的在茫茫大雪中去了蒙古，到了阿拉善，后半生致力于弘扬佛法。

对于那段隐秘的历史，我们只能猜测。谁也不会知道，在那个大风呼啸、大雪纷飞的夜晚，到底发生了什么。

死亡是最好的守秘者。这其中的原因，我们永远也不可能知道了。

我们也无法知悉，情歌王子仓央嘉措到底是不是去了蒙古，到了阿拉善。仓央嘉措连同他传奇的身世，已经永远是一个无法解开的谜了。也许，正因为这样，人们才更去追忆他，去神化他，去膜拜他。仓央嘉措已经被神化，再也找不回最原始的样子了。

第二十章 知情只有闲鹦鹉

郁郁南山树草繁，还从幽处会婵娟。

知情只有闲鹦鹉，莫向三叉路口言。

离开青海湖的前夜，在梦中，曾有一次与仓央嘉措的亲密相会。

我站在人群中，望着上师俊朗飘逸的背影，渐行渐远。

刹那间，我忘却了信仰，舍弃了轮回，心若止水般宁静轻柔。我只是望着上师的背影，只能望着，一句话也无法说出口。

雪域高原，湛蓝的天空，一只洁白的仙鹤在头顶缓缓飞过。

上师就这样渐渐远去，袈裟在风中悠悠地飘着。翩跹的格桑花，在他的身后，洒落了一地的忧伤。

梦里，那个高高瘦瘦的僧人又朝你走了过去，仿佛你的梦魇。你想回避，他却穿过长长的雨巷走到你的面前。他摇着紫红色的铜铃，念动着古怪的咒语。你痛苦地闭上双眼，不愿听他讲述那曾经的曾经，只因为，那一切过往的某一个最小的细节都会让你沉溺在无尽的惆怅中，悲痛莫名。你怕你鼓不起勇气，无法再次将她抛在身后，更怕自己会不顾一切地在尘世中苦苦寻觅她已被你丢了三百年的踪迹。

他经声喃喃。他在念些什么？

他在为你祈福，为你消除无妄之灾。

你不安地打断了他,睁大双眼凝视着他犀利的目光。你的福气自有命运的安排,你自有自己的生活,你不需要别人来替你祈祷,不需要别人走进你的心灵,更不需要任何人来揭开你的伤疤。

他望着你,无可奈何地摇了摇头,然后,轻轻背转过身,默然离去,手里的铃铛发出清脆的声响。你看见,在他走过的地方,总是拖着一条淡淡的身影。那是女人的身影。你停住了。你知道,这就是你的命运,你的命运就像那条若有若无的影子,摸不着,甚至看不出一丝的痕迹。

她在哪?

她就在那里,躲在僧人僧袍的阴影下,抿着天真的唇,笑靥如花地望着你。

你无法拒绝,无法抵挡,你只有任挪动的脚步坚定不移地向前去寻她,除此之外没有任何出路。

她就是那样一个女子,可以让你甘愿放弃一切,放弃所有的荣耀与骄傲,宁可忍受外界的所有非议和指责。森严的寺院关住了你的身体,却关不住你的思想,关不住你渴望自由的心,关不住对情人的牵挂和爱。

你的一生是悲情的。但我们都记得你的诗歌,那纯净美好如天山雪莲般晶莹剔透的心灵,那纯美的词句让我们欢喜不尽。一个男子能给予一个女子的最强烈的爱,在《红楼梦》里从贾宝玉的身上,我看到了,而从你的身上,也能看到,看到一颗痴情种子的刻骨柔情,这是最纯最美的爱。

有多少缠绵,就有多少哀怨,当爱情的故事还在继续,就会有哀怨的故事在世间上演。

郁郁南山树草繁,还从幽处会婵娟。
知情只有闲鹦鹉,莫向三叉路口言。

这样的诗句,这样的缠绵,成就了文学之美,却也是千古遗憾。

与玛吉阿米的幽会,是仓央嘉措一生中最美好的记忆,如花样隽永在他心灵深处。他对她的痴情让我们为之动容。在她面前，他愿意把自己变得很低很低，一直低到了尘埃里，但他的心是欢喜的，欢喜得开出花来。仓央嘉措是万人景仰的大活佛，但即使身上有再多耀眼的光芒，因爱情的不幸，也注定难以幸福。在爱情里，所有人都想要一个圆满，要一个永远，仓央嘉措如斯，玛吉阿米如斯。他们都在期待，期待生命在爱的旋律中绽放出世间最为炫目的光彩。然，这只是他们的一厢情愿。尽管幽会的心情灿烂如花，尽管无忧无虑的笑声清泠，尽管只有可爱的鹦鹉见证了他们的甜美，但他们脆弱的爱情还是抵挡不住世俗的偏见，一旦暴露在阳光下，便如同一朵尘埃花，在严酷的现实面前黯然凋谢了。

"郁郁南山树草繁，还从幽处会婵娟。"如此美艳的境界，令人惊艳，却又是如此短暂，让身临其境的你和她也捉摸不透这份惊喜是否真实存在。我久驻窗下，细品诗中深藏的韵味，却读出人间无尽的悲欢离合与相思不尽的爱欢离伤。读罢，令人神思缥缈，禁不住细细回顾三百年前他们在茂密丛林中幽会的情景，其间情节转折承接，寂寂中，拟似先天注定，每一个人皆已被安排好固定的人生道路，都走不出既定的恩怨情天，玛吉阿米的存在，恐怕也只是为在芳草萋萋的森林中等待一个人踏月而来。

如若践守着前生的盟约，她对他说：我知道你会来。她知道，她期待的人一定会来。

第一次和心仪的姑娘手牵手躺在草木繁盛的溪畔，面临这诗情画意的山山水水，仓央嘉措醉美于斯，却也成全了与她的凝眸初见，一见倾颜，复又倾心。她俯首在他耳畔轻轻呢喃：我瞒着家人出来，只是为了看你，我知道你知道。

仓央嘉措默默望着她娇美的容颜，听她吹气如兰，心里涌起莫名的感动。他将她的手紧紧攥在自己的手心里，她缓缓闭上双眼，将那两片暗含丁香的香唇凑到他的颔边，一往情深得让他又爱又怜。鹦鹉在他们头顶飞舞盘旋，鸣唱着悠扬动听的曲子，仿佛也为他们沾沾自喜。此时无声胜有声，他似是无意地站起身，她自是无限黯然地盯着他不知所措。

"我是一个喇嘛。"他抬头望着飞去的鹦鹉，心情有些烦躁。

"可我不在乎。"她跟着站起身，走到他面前，踮起脚尖，毅然决然地在他脸上重重亲了一口。

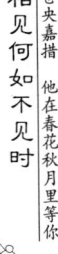

他呆呆地立在原地，满面绯红地望着她。没有后退，也没有责怪，却是默然无语。她将整个身子紧紧偎在他滚烫的怀里，明亮的眸子扑闪扑闪地溢出晶莹的泪花，在沉默中成全对面不语的他。

"玛吉阿米……"他的眼神里流露出些许慌乱。

"不……"她伸过手轻轻捂住他的嘴，"我懂，可我不在乎，我不要天长地久，只要现在，只要能跟你相依相偎，哪怕是一炷香的工夫，这便足够了。"

"可我……"

玛吉阿米望着他凄然一笑。她知道，她和他的结局已定，内心真挚的爱情终究抵不过世事的扑朔迷离，但她不管这些，她不要未来，她只要把握住现在就好了。看那鹦鹉还在他们头顶盘旋，就说明他们的幽会还没被人知晓，只要他们的爱情一天没被发现，她就可以和她心爱的男人在这碧水蓝天间相互眷顾，又何必去考虑那些未知的变幻万千呢？

仓央嘉措，你虽然未能和自己心爱的姑娘长相厮守，但终究还是值得庆幸的。玛吉阿米是个好姑娘，终其一身，她一直在等你，在遵守你们彼此许下的诺言。你不在的日子里，她一直守在那片寂寞的林里，在那夜深风静的时刻，细数灯光点点，听远方的归人足踏青石之声；在那晴空万里的日子，看炊烟袅袅，听鹦鹉悲咽，在静谧的月光下眷顾着你曾经给她的温暖与感动。

"知情只有闲鹦鹉，莫向三叉路口言。" 再读此句，不禁心忖，时至今日，谁还能步入那幽深古雅的浪漫故事之中？仓央嘉措，你何时才会再次邂逅这般完美的画画，何时才能将心爱的姑娘再次深情地拥入怀中，一起看日落月升，一起听鹦鹉欢唱？又该怎样才能不让鹦鹉泄露了你们的踪迹和那份忐忑下的喜悦？或许，只有闲情的鹦鹉才能理会你那份至死不渝的深情，但现在你看不见她，也看不到扑打着翅膀与你们分享喜悦的那些鹦鹉，你的心迅即便碎了。

时光千回百转，你低头望着身后突兀的悬崖，你知道所有的烦恼终将过去。你宛若黑夜中的一支莲花，微微一笑，毅然跳了下去，在狂风骤雨的摧残下还来不及吐露芳华，便已凋谢。

一个回眸，历经了三百年沧桑过往。你的歌声再次悄然响彻长空。

后世有人考证说，仓央嘉措在青海湖时，并没有失踪，而是被人救走了。仓央嘉措被营救后，一直被秘密安置在内蒙古境内。这种说法，就是广为流传的"营救说"。

较之"失踪说"来看，"营救说"似乎显得更为可靠一些。毕竟在冰天雪地的青海湖畔，于雪夜之下遁走虽然看上去很浪漫，但在那种人迹罕至的荒郊野地，在前有士兵追赶，后有官差堵截的情况下，就算真的遁走，恐怕最终也难逃厄运。

而营救说却好理解得多。既然要来营救，来者一定会备有充足的粮草和马匹，这样就算在冰天雪地中，也不会缺乏赖以逃命的粮食和交通工具，不至于在逃命的路上被活活饿死冻死。我们可以想象，一群身怀绝技的高手在月夜中偷偷潜入敌营，突然出招，放倒卫兵，救出仓央嘉措，然后一人一骑，快马加鞭，瞬间便消失在了那茫茫雪夜中。不然，仓央嘉措独自一人在那茫茫的雪夜中行走，虽然浪漫，但是结局可能会很悲惨。

不过，如果"营救说"成立，又是谁将仓央嘉措劫走，又是在什么情况下将他劫走的呢？而将仓央嘉措劫走之后，又会将他安置到哪里去呢？

关于营救说，一本叫《哲卜尊丹巴传》的书上有着较为详细的记载。《哲卜尊丹巴传》是用蒙文写的，上面记载在青海湖畔，仓央嘉措被他们的一个蒙古势力给秘密劫走。劫走后，仓央嘉措被秘密安置在阿拉善旗，一直到死。

除此之外，还有一些史料可以加以佐证。

近代学者牙含章《达赖喇嘛传》中说："另据藏文十三世达赖传所载：'十三世达赖到山西五台山朝佛时，曾亲去参观六世达赖仓央嘉措闭关坐禅的寺庙。'根据这一记载来看，六世达赖仓央嘉措被送到内地后，清帝即将其软禁在五台山，后来即死在那里，较为确实。"

另外，尹明举在他搜集整理的《〈达赖六世情歌〉小序》中也说："据说他还到过云南，这组情歌也就采自云南迪庆藏族自治州的中甸县。"

这里虽然没有说明他是怎么走的，但是显然能说明仓央嘉措并没有死在青海，而是很潇洒自在地活着。

那么，是谁营救了仓央嘉措呢？营救他的人又怀着怎样的目的呢？

在拉萨，仓央嘉措被当作假达赖喇嘛押解赴京时，哲蚌寺的喇嘛就曾经营救过他一回，但是仓央嘉措为了保全寺庙里的喇嘛，为了不让拉藏汗为了他一人伤及无辜而主动站出来重新走进了敌人的营垒。这一次，又会是那些僧人将他劫走的吗？

从距离上来看，拉萨离青海湖数千里之遥，而且护送仓央嘉措的卫士想来不会少，便是哲蚌寺那些僧人肯来千里营救，能不能救出还很是一个问题。况且仓央嘉措为了避免伤亡，会不会跟他们走，恐怕也很成一个问题呢！

那么，到底是些什么人营救了他呢？

《哲卜尊丹巴传》上说是蒙古人。那么，这个神秘的蒙古人又是谁呢？

当年康熙皇帝要将仓央嘉措押解至京城时，就有大臣建议说此举太过麻烦，管他真的假的，干脆就在拉萨将他一刀咔嚓了，岂不是简单多了？康熙皇帝当时就摇了摇头，他说，无论仓央嘉措是真是假，其实都无关紧要，关键是蒙古人都信仰藏传佛教，信仰达赖喇嘛，所以对于怎样处置这个仓央嘉措自然要格外谨慎小心，否则要是被蒙古人借口将他弄走，事情就不好办了。

康熙皇帝当时担心会劫走仓央嘉措的蒙古人，就是策旺阿拉布坦。策旺阿拉布坦是蒙古准噶尔部著名将领噶尔丹的侄子，当年其父僧格为仇家所害，蒙古各部顿时陷入争权夺利的纷乱之中，乱成一锅粥，噶尔丹趁机从拉萨回来夺取了蒙古大权，直到后来康熙皇帝征讨噶尔丹，连战连捷，最后逼得噶尔丹自杀，这个策旺阿拉布坦才有机会掌握准噶尔部大权。康熙皇帝虽然大败噶尔丹，但那也是极其不容易的，要是策旺阿拉布坦劫持了仓央嘉措，再以护送仓央嘉措回西藏为借口，趁机夺得西藏大权，那么，他便进可入蒙古，退可守青藏高原，那时候，康熙皇帝可就对他无可奈何了。

正因为这样，康熙才不让拉藏汗在拉萨处死仓央嘉措。那样的话，策旺阿拉布坦就更有可能以替仓央嘉措报仇的理由出兵占领西藏了。

所以，综上所述，蒙古人很有可能会去劫持仓央嘉措。

但是，英明神武的康熙皇帝既然能料到策旺阿拉布坦会去劫持仓央嘉措，还会傻乎乎地等着他去劫持吗？青海湖附近，可就离着康熙皇帝的西宁大军不远了。近有拉藏汗的护卫，远有西宁大军的呼应，这个仓央嘉措，岂又是那么好被劫走的？

这就是"营救说"中存中的最大的疑点。

但是，正是因为有疑点，仓央嘉措的死因才变得更加扑朔迷离起来，仓央嘉措这个人也才变得更加神秘起来。到底他有没有死在青海湖呢？到底他是自己遁走，还是被人营救走了呢？

除了"营救说"外，还有一种说法，就是"放行说"。"放行说"是说在拉藏汗押解队伍行至青海湖时，突然接到康熙那道与前谕相违备的圣旨后，再也无法前行，当时将仓央嘉措杀了也不行，押解至京城也不行，最后只好偷偷将这位令他们头痛的活佛给放了。

史料记载在一本叫作《西藏民族政教史》的书中："康熙命钦使到藏调查办理，拉藏（汗）复以种种杂言毁谤，钦使无可奈何，乃迎大师晋京请旨，行至青海地界时，皇上降旨责钦使办理不善，钦使进退维难之时，大师乃弃舍名位，决然遁去……尔时钦差只好呈报圆寂，一场公案乃告结束。"

这个说法看起来非常荒谬。拉藏汗既然不辞千辛万苦将他捉来，押解至京，为什么又要放呢？放了之后又发生了什么呢？

拉藏汗当然不想放走仓央嘉措。他已经在拉萨又立了一个六世达赖喇嘛，若是现在放仓央嘉措回去，那到底谁才是真正的达赖呢？但是他不放还不行。康熙圣旨在前，肯定是不能再往前走了。杀了呢，康熙皇帝早就说过，蒙古的策旺阿拉布坦部早就对西藏虎视眈眈，杀了仓央嘉措，正好给他进攻拉萨的借口。这是杀也不得，走也不得，怎么办？只好放了他，让他隐姓埋名，远走高飞吧。

还有一个问题，即便是拉藏汗想放，仓央嘉措又肯不肯走呢？仓央嘉措已经无路可走了。布达拉宫，不能回，那里早又有了一个新的六世达赖

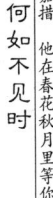

喇嘛,哪里还有他安身立命的位置?回家吧,自己从小就在寺中长大,家中的白发苍苍的阿妈若看到他这个模样又会心伤几何?他不想再回去给老人家的伤口上撒盐,至少这个时候还不行。再说,乌坚林的人没一个不认识他的,要是他的行踪被拉藏汗的人发现,不是连母亲也被牵连了吗?你说,即便是放了他,又能让他去哪呢?

没有地方没关系,我们给你找地方。将《仓央嘉措秘传》翻译成汉文的译者庄晶先生认为:"他在衮噶瑙出走后,最后归宿于阿拉善旗的可能性极大。"他还介绍说:"贾敬颜先生曾在阿拉善旗考察,"文革"前广宗寺还保存着六世达赖的肉身塔,直至上世纪五十年代,寺内住持还出示过六世达赖的遗物,其中居然还有女人的青丝等物。"

这样说,他们不仅把仓央嘉措给放行了,而且还给他找了住的地方,地点就在内蒙古的阿拉善旗。

拉尊·阿旺多尔济所著《仓央嘉措秘史》中讲:

仓央嘉措一行人一路迤逦行来,经北路,走到冬给措纳湖畔,皇帝诏谕恰纳喇嘛与安达卡两使臣道:"尔等将此教主大驾迎来,将于何处驻锡?如何供养?实乃无用之辈。"申饬极严。圣旨一下,众人惶恐,但有性命之虞,更无万全之策。恳求道:"为今之计,唯望足下示状仙逝,或者伪做出奔,不见踪迹。若非如此,我等性命休矣!"异口同声,哀恳再三。

我道:"你们当初与拉藏王是如何策划的?照这样,我不达妙音皇帝的宫门金槛,不觐圣容,决不回返!"此言一出,那些人觫惧不安。随后就听到消息说是他们阴谋加害于我。于是我又说道:"虽则如此,我实在毫不坑害你们,贪求私利之心。不如我一死了之。但这也得容我先察察缘起如何再说。"如此一讲,他们皆大欢喜。

因之钦使惧罪,乃暗放仓央嘉措只身而去。之后,仓央嘉措经安多、康区,前往四川峨眉山,受到寺中僧众热情款待。然后返回藏区,经理塘、巴塘而到拉萨，又往山南朝拜桑耶、昌珠等寺庙。不料最终又为拉藏汗所知，派人捉获，于解往拉萨途中脱逃，乃远游尼泊尔和印度，复经聂拉木、定日、门域、工布、塔布返回拉萨。后来被人认出，因此存身不住，乃远走高飞。先后巡游于青海、蒙古等地。公元1717年，游历北京，半年后返回蒙古阿拉善旗，以此为驻锡地而活动于蒙古、青海一带。公元1746年圆寂，终年64岁。

其实，我始终相信是好心的解差将仓央嘉措私自放走，最后他在青海湖边成为一个普通的牧人，并邂逅了另外一个女人，吹响长笛，对酒当歌度完余生。一代情歌王子仓央嘉措倘有如此结局，倒也大快人心。

第二十一章 历历情人挂眼前

观中诸圣何曾见,不请情人却自来。
静时修止动修观,历历情人挂眼前。

从青海湖回到北京时,窗外的白玉兰已经次第绽开了,于寂静中散发着一缕缕缥缈的幽香。那一缕缥缈的幽香,仿佛迷药,让我迷醉而又惶恐。这种感觉让我想起你,仓央嘉措。你这高贵而又可怜的天才,你这个传奇而又颠沛流离的活佛,在那缈缈的梵音中,究竟又在想些什么?

你是人们至爱的上师。雪域高原上有你留过的足迹。上师的禅心,凡尘俗子永远无法超越。

坐在菩提树下
我观棋不语
前世,今世,来世
患得,患失

神话中的梦境,演绎着凡尘世间的不尽情缘。似水年华里,几许尘埃途经几许凄迷道路,终归尘土。倾心初见迷离于无奈凄美中,到最后依然化为一袭幻影,不得不追随那潺潺青海碧水悠悠而去。

曾经挚爱不能相守，转身后只做离分，惆怅之挽歌遍布古老的青石小巷，总是落痕于时光斑驳的印迹里；曾经倾心付出，默默守望，终得花好月圆，那一束绚烂绽放的海棠，渲染了月华，也增补了余生羁旅的芳菲颜色。虽然，风情并茂的画卷之底色，隐隐印记着转折或磨难的底色，但那似水的流年，还是可以冲刷去记忆起初的原色吧？

无奈复无奈，伤神还伤神，在这朗朗的天地间，心莫名的彷徨，忽地便想起仓央嘉措那首韵味无穷的诗来：

观中诸圣何曾见，不请情人却自来。
静时修止动修观，历历情人挂眼前。

何人才会完成终极的只为途中相见？又何时才会成全只为贴近彼此的温暖？

爱情的甜蜜过后，便是恐慌，在那海誓山盟的背后，隐藏的便是沙漠一般的荒凉与谎言。在历经磨难之后，终于，在修佛的入定中，你与她重逢。风，就那么在你们遇见的柔软里随意地俯身，一如春暖花开不经意地敲开了大地那扇绿色的门，轻轻一个回眸，雪山之巅便开出了圣洁的格桑花。而你，还有她，一对痴心相爱的人却默不作声，只安静地看着花开，寂静地守着花舞，任泪水滑落在苍茫的雪地里，任洁白的雪花覆盖了所有的悲欢离合，仿佛那彼此凝望的眼中，隐隐的泪光，不是因为难过，只是因为安静。

无论见或不见，也要不惜长久伫立凝望。

恍惚之中，你看到她牵着你的手跋过山，涉过水，回到少年时代那片茂密的果林。少年的天空很蓝，很清澈。天上的白云像一朵朵柔软的棉花糖，于是你开始躺在草地上幻想，你要和她变成小鸟，飞到天上去把那些甜甜的棉花糖吃得一点不剩。后来你慢慢地闭上了眼，空气里有甜甜的棉花糖的味道，你深呼吸，感觉只要你轻轻地一拧，那清透清透的天空就会被你拧出水来。

你轻轻地笑，山坡上有着不知名的花烂漫地开着。清凉的风里，有鹦鹉脆亮的叫声从树丛里传来，和着风，仿佛落入水中的糖果，泛溅起香甜的气味。

然后你开始翻动经书，看她如花的笑靥。你把她当成了你的珍宝，片刻都不忍与之分离，你叫着她的芳名，叫她娘子，脆脆糯糯的声音，一遍一遍。她对着你笑，风情万种，你也望着她笑，肆无忌惮。从此，你不再感觉寂寞，心里那个莫名地有些空的地方似乎被爱恋的温情迅速填满了。

你无法拒绝她的好，当她离你而去之际，你哭着从佛堂跑了出去。你发了疯地四处找她，可是找不到。你望着突兀如削的山崖，颤抖着唇，默默地，站在一棵古老的松树下，心里满是忐忑。和她相拥的影像在你面前一片一片脱落到地上，裂成无数碎片。你沉默着，任雨水在你周身漫溢，然后慢慢蹲下，将那虚无的碎片一片一片拾起，拼凑成纪念，装进死气沉沉的天幕下，不敢再去触摸。

手指被砂砾划破，血一滴一滴落在地上，你抬起苍茫的头颅，和着苍白的雨水一起沉入寂静的世界。走，走，走，重复地走着；寻，寻，寻，不停地寻找。佛说，永远不要对世界绝望，星星对天体绝望，才会变成陨石堕落，于是你轻轻地呢喃着，还没呢，还没呢。你又想起了玛吉阿米袅袅的歌声，如三月的轻烟飘拂在云水之间。

你无法拒绝。你没有停下。前面还有更远的路。这看似没有尽头的路，抑或可以驻足，但你无法不让自己的脚步跟着心一起奔跑。一缕清风袭来，颤巍巍的。你看到，蓝天的花朵，沉沉入水，一切都美得令人沉醉。点点粉黛，猎猎经幡，激起你无数的感慨，那山南还是蝶舞人醉，心如飞絮，于缤纷的世界里，弥漫着经久不散的彩色的梦，而你便在这梦里不停地向她许着今生来世的诺言。来了，玛吉阿米。别怕，我的玛吉阿米，我不会丢下你，不会。

你走了很久，也想了很久，在找寻相爱的因。山川河流给了你太多阻隔与穿越，但因为爱，都不曾使你畏缩不前。你知道，是她给了你无数个不得不爱的因，你不得不为之轻易沉迷。

温暖的阳光，驱赶着零的温度，你仿佛又看到那只修炼的白蛛，几多感慨，几多惆怅。时光的转盘托着永不颠覆的规律：昨天，今天，明天，日复一日，年复一年。而你依然没能听到她一声低沉的回应。拉萨街头对酒当歌的片晌欢娱又在你心头疯狂地打开了如风的记忆，玛吉阿米，你依旧斜着身体在风里寻觅，在雨里守候，将她的名字轻唤。飘来飘去的灵魂，是否还留在那涂满黄色颜料的酒肆？这满目的风景，也只薄弱得剩下你的玛吉阿米，但你无心惦念，你只想拥她入怀，给她温暖，给她欢喜。

玛吉阿米，你是独自一人漂泊在无尽的荒野中，还是早就在那荒凉的山谷中孤独地逝去？

恍惚中，你听到她的声音。你明白，你在山谷里聆听到的，有很多声音就是这样飘然而过，偶尔会在你的耳边停留，亦如她曾在心底轻轻唤你的名。你再也没看到她的脸，为何她巧笑倩兮的眼始终清晰地停在你目光的最前沿？

你愿意为她等待，生生世世。漫长的沉默，在心间横生的思念，最终都被你一根根折断，你只要在寂寞中等待。只是等待。

梦醒时分，你跌坐在风中的檐下。风铃叮当作响，你却在用更深沉的痛表白，这一世，你并没有等到她，你的玛吉阿米。

花的盛开，只为前世的一笑而过；你的存在，只为来生的红袖添香。你震撼，你迷惘，你充盈，你弥漫，你在飞，掠过这喜马拉雅山，在梦里穿越那生死轮回。你应该还在，是的，你还在；玛吉阿米，她应该还在，你却看不到她娇弱的身影。

她在雪域高原的第三极等你。风将她的回眸吹到你的眼前，是的，她还在，她就在那里，在雪域高原的第三极等你。你终是谈笑风生，这灿烂一时，这繁华一世，怎能没有你的玛吉阿米？这点点苦涩，这淡淡忧虑，恰似一江春水向东流，还是为她。

仓央嘉措虽死，但他的身份在很长一段时期内并没有得到确认。不仅是他自己，还有他的转世灵童。事情闹得太乱了，西藏居然同时出现了三个六世达赖喇嘛。一个就是仓央嘉措，一个是拉藏汗所立的益西嘉措，还有一个便是西藏僧侣团们找到并认定为仓央嘉措转世灵童的格桑嘉措。他

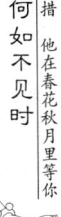

其实是七世达赖喇嘛，但是康熙皇帝偏说他是六世达赖喇嘛。

康熙皇帝为什么说他是六世达赖喇嘛？因为康熙皇帝已经下过旨认定仓央嘉措是假的六世达赖，那么现在又来了一个达赖，肯定就是真的六世达赖了。所以，他说格桑嘉措是真的六世达赖喇嘛。

但是，西藏的僧侣不同意，他们坚决认定仓央嘉措才是真正的达赖六世喇嘛。而那个拉藏汗所立的益西嘉措自然是假达赖，至于这个格桑嘉措嘛，他是仓央嘉措的转世，是七世达赖喇嘛。

那么，拉藏汗又会怎么说呢？他当然要说其他两个达赖都是假的，只有自己的私生子益西嘉措才是真正的六世达赖喇嘛。仓央嘉措被押解赴京后，拉藏汗立即迫不及待地立益西嘉措为六世达赖，并且报请康熙皇帝同意。康熙皇帝虽然点头同意，但是西藏各界僧侣都不同意。拉萨三大寺——色拉寺、甘丹寺、哲蚌寺的首领坚持仓央嘉措才是真正的六世达赖喇嘛，既然仓央嘉措已经死了，那么就应该去寻找他的转世灵童了。

关于灵童转世的传说是这样的，一般上一届活佛圆寂之时，都会暗示或者指明转世灵童的下落。但是生不逢时的仓央嘉措流落在外，死也不逢时，在他离去的时候，身边没有一个亲近的人，自然不会有人问过他转世灵童的事，他也没有给后人留下任何暗示。

三大寺的僧人命人遍寻仓央嘉措的遗物，希望能找到一些关于灵童转世的蛛丝马迹。

就在僧人们手足无措之际，意外却悄然降临了。这时，仓央嘉措在青海湖弥留之际，曾吟唱起的那支情歌却从遥远的草原上辗转传入了圣城拉萨：

跨鹤高飞意壮哉，云霄一羽雪皑皑。
此行莫恨天涯远，咫尺理塘归去来。

那是仓央嘉措最后的遗响，更是一首震彻云霄的悲歌，但三大寺的僧人却顾不上悲伤，立即认真研究起活佛留在世上的这最后一首诗。他们将这首诗歌虔诚地抄在了羊皮纸上,并且深信,这就是活佛为自己转世所做的启示。

跨鹤,高飞,云霄,理塘,难道六世达赖仓央嘉措要去的地方是康区的理塘?

这里指的理塘,会不会就是他对于转世灵童的指引呢?

三大寺的僧人经过长时间秘密决议后认定,六世达赖喇嘛仓央嘉措的转世灵童一定就在理塘,得速速派人前去寻找。后来,他们果然根据那首诗的启示,在理塘找到了一个聪慧伶俐的儿童,他的名字叫作格桑嘉措。格桑嘉措于藏历十二饶迥阳鼠年(1708)七月十九日降生于康区理塘。这个格桑嘉措,便是日后的七世达赖喇嘛。

仓央嘉措的转世灵童终于找到了,僧人们合十膜拜,暗暗祈祷。但是,转世灵童虽然找到了,与拉藏汗的斗争才刚刚开始。

与此同时,拉藏汗也注意到理塘"灵童"格桑嘉错的重要性,先后两次派人到理塘察看,这就引起了支持仓央嘉措的青海和硕特部首领们的警惕,为了防止拉藏汗在格桑嘉措身上打主意,他们果断地在公元1714年年初将格桑嘉措转移到康北的德格地方。随后,根据康熙皇帝之令将格桑嘉措送至青海西宁附近的塔尔寺居住。

但拉藏汗和青海蒙古首领的不和,却引起了康熙皇帝的担忧,于公元1709年又派遣了侍郎赫寿到西藏"协同拉藏办理西藏事务"。西藏这种混乱的政治局势很快就被准噶尔部的策妄阿拉布坦利用,他先是将女儿嫁给拉藏汗的儿子,以联姻迷惑拉藏汗,然后以护送女儿、女婿的名义选派精兵长途奔袭,于公元1717年派大将策凌敦多布发动大军从和田出发,突击西藏。同时还派遣了一小股军队去塔尔寺,企图劫持格桑嘉措,以号召人心。当准噶尔军到达藏北草原时,拉藏汗才发现形势不对,匆忙召集人马抵御。

尽管准噶尔派去塔尔寺的军队被清军击溃,但是到达藏北的准噶尔军仍然宣传他们已经接到了真正的达赖喇嘛,并要将其送到拉萨来,以此涣散拉藏汗的军心。拉藏汗在战争胜败难定的情况下,只得硬着头皮仓促撤回拉萨城,想坚守拉萨,等待清朝派兵救援。但是策妄阿拉布坦的军队得到了那些不满拉藏汗的僧俗人众的配合,拉萨城很快就被攻破,骄横不可

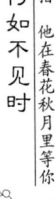

一世的拉藏汗只好夹着尾巴，逃进布达拉宫躲了起来，不久便在突围时被准噶尔部杀死，同时假达赖益西嘉措被囚禁，在全藏建立了统治政权；再后来，公元1718年，清朝政府自四川出兵西藏，但是被策凌敦多布击败；公元1720年，清政府再度进兵西藏，以恂勤王胤禵为大将军统领各军，年羹尧为四川总督负责后勤保障，三路发兵，同年十月十六日，策凌敦多布兵败逃走，清朝建立了对西藏的直接统治，拉藏汗所立的假达赖益西嘉措亦被押往中原五台山囚禁，至此，格桑嘉措才随同平逆将军延信的军队从避居地启程进藏。清朝政府正式颁发给格桑嘉措一颗金印，印文是"弘法觉众第六世达赖喇嘛之印"。

直到这会，康熙皇帝还是坚持着自己过去的错误，硬说格桑嘉措是六世达赖喇嘛，其实更是否定了仓央嘉措六世达赖喇嘛的身份。康熙皇帝不管谁是真正的六世达赖，他只知道，他自己是不能出错的。

但是，伴随着时光的流逝，曾经不公的遭遇，也终将被最后的公平纠正。

清雍正二年（1724），雍正皇帝册封格桑嘉措为"西天大善自在佛掌管天下佛教知一切斡齐尔达赖喇嘛"，既不说他是六世，也不说他是七世。

这里，虽没有公开承认仓央嘉措的合理身份，但已经很隐晦地点明了，在达赖喇嘛的转世排序的问题上，清政府掌舵者内心自有一杆秤，他们是无法抹杀掉仓央嘉措那一页的。

就这样，一直到雍正皇帝去世，再到乾隆皇帝继位，最后等到乾隆四十八年，乾隆皇帝才正式册封格桑嘉措的转世灵童强白嘉措为八世达赖喇嘛。

这是一个颠覆性的封号。这样的封号，其实就是默认了格桑嘉措为七世达赖。那么，既然格桑嘉措是七世达赖喇嘛，那仓央嘉措就理所当然地就是六世达赖喇嘛了。

历经沧桑的仓央嘉措，一生都在政治的漩涡中颠沛流离，便是死了，也始终没有获得一个正当的名分。他就这样在政治的争斗默默逝去，从康熙，到雍正，到乾隆，一直历经了三位皇帝，一直到拉藏汗也死了，一直到准噶尔部最终被清政府平定，一直到天下太平、盛世乾坤，清廷再也不怕西藏闹事，一直到这时，才被清政府暗中承认了他是真正的六世达赖喇嘛这一事实。

仓央嘉措,你这个活佛做得好辛苦!

读者需要记住的是,乾隆皇帝非正式承认仓央嘉措为真正的六世达赖喇嘛的这一年,已是公元 1783 年。这一年,也是仓央嘉措的百年寿诞。他生于公元 1683 年,在他出生的一百年之后,他终于获得了自己应有的身份。不知道这是乾隆故意为之,还是只是一种巧合罢了。

公元 1783 年,在仓央嘉措的百年寿诞的这一年,他终于可以含笑九泉了。与清政府争取了那么多年的西藏僧侣们,至此,一直压在他们心里的那块石头也终于可以落地了。为了庆贺这不同寻常的时刻,他们一起从西藏蜂拥至内蒙古的南寺,为仓央嘉措祈祷永恒的福祉。

仓央嘉措,一百年后,你终于恢复了自己应有的身份。现在,你终于可以为你心爱的玛吉阿米放声高歌了。

尾声

青灯，古卷，佛影。

记下心中的仓央嘉措，记下自己的心。

夜深了，北京下起了淅沥小雨。此刻，除了这无边的宁静，还有什么是值得我拥有的呢？

风从北面吹来，掠过草原，刮过树梢，转瞬即逝。三百年后，那个叫作玛吉阿米的女子再也没找到那串被他遗落在青海湖畔的红色念珠。

"生活就像巧克力，你永远不知道下一颗的味道。"前进还是后退，放弃还是坚持？之于生活，她似乎永远在选择和被选择中度过。

清晨的都市雾气朦胧，夜晚的空气里有喧哗流动。这样的日子年复一年，她仿佛是一颗砂粒，淹没在时光的冲刷中，有时想把自己裹起来，藏起来，躲到世界的尽头，有时也会盘问自己，这条路终究会通往哪里，是通向他的下一个轮回吗？

那辆刚刚启动的公共汽车永远不会为她停留下来，人们拥挤地生活在一起，却又仿佛相隔很远，看得到的只是彼此的冷漠，还好，她还有与之相伴的一份美好，那便是他写在三百年前的情诗，为她写下的情诗。

她要唱。在喧嚣的都市里，大声地唱，不要停，不要管，不要看，不要理，一直唱，一首接着一首，唱到山崩地裂，唱到海枯石烂，唱到风卷云散，唱到只剩下自己，只剩下自己的声音。

上天没有为她打开另一扇窗。慵暖的阳光下，小小的野花开始绽放，神奇的命运无法预料，巨大的指针终于在这一刻转动。"有一种鸟是永远禁锢不了的，因为它的每片羽翼上都闪耀着自由的光芒。"她肆意地欢笑，却难以抑制那镌刻在灵魂深处的痛苦，她站在那里，恍若一个唱歌的精灵，跃动的音符竟是如此绚美璀璨。

夏日的光华温暖而亲切，生命仿佛因她而美丽绚烂。天空里浮云静寂，一份久违的感动悄然而至，听，她已把她的灵魂，她的爱，她的梦，通通灌注在那小小的麦克风里，然而并不是每天都有阳光，生活中有爱也有恨，突如其来的风暴，猛烈得让人猝不及防，黑暗中看不到亮光，寒风里夹杂着雨水和砂粒，有谁会相信，又有谁会在乎？

走，向前走，不再回头。即使整个世界都不再有蓝天，纵然无边的草泽里只有自己独行，这条路漫长而又泥泞，不实的窃语和连绵的蔓草纠缠着她，羁绊着她，她也会义无反顾地往前走去，因为她要去找寻她那丢失了三百年的情郎——仓央嘉措。走吧，往前走，穿越冰冻的沼泽，翻过高大的山脉，在雷声中划出一道雨线，确定了飞翔，就不再收回翅膀，她相信最后总会找到梦想，天地之间，他的歌唱，也会是一道耀眼的光芒。

关于仓央嘉措的传奇已经流传了三百年，三百年后他还在继续，而且永远都在继续，关于他的故事永远没有尽头。

今天，要是你到了西藏，在那茫茫的草原上，那蓝天白云下面，碧蓝的纳木错湖畔，就一定会看到那样一个极其英俊的少年，那健壮的康巴汉子，头顶着鲜红的头巾，挎一把装在藏银鞘中的藏刀，立在马上，在草原上奔跑，偶尔回头，朝你微微一笑。再远处，便听见他为你高声歌唱，歌声苍茫、辽远、空灵、悠长，那便是仓央嘉措遥远的呼唤。

这情歌，在西藏回荡了三百年，只为唱给你一人听。

三百年前，他为你唱响这首情歌，风也听到，雨也听到，一直为等你来。

那就是仓央嘉措的灵魂，他从雪山上走来，他从圣湖中走来，他从情歌中走来。

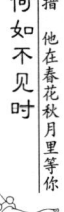

尾声

不信,你仰起头来看,极蓝极远的空中,仓央嘉措,他就站在云端里微笑着望向你,一个回眸,足以让你终身挂怀。

听,在那圣洁的纳木错圣湖湖畔,遥远的冈底斯山雪峰上,在那山巅,是谁又唱起那一首遥远的情歌?

曾虑多情损梵行,入山又恐别倾城。
世间安得如意法,不负如来不负卿。

他就在那里,那个孤独高傲的灵魂。只在那里,等你,吟唱起忧伤的歌谣,等了你足足三百年。

完 (第三版修订版本)

公元 2016 年 7 月 10 日于北京